Mi-st Chasers

捕霧的人

黃暐婷

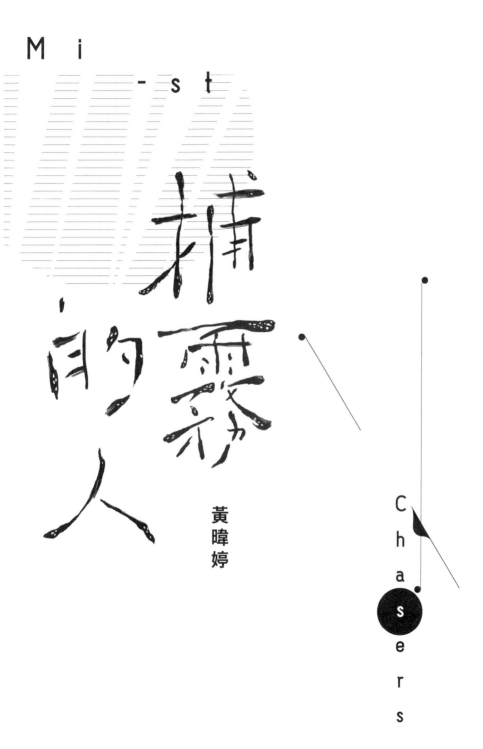

Chasers

Mi-st

目次

推薦序

以有形之網，留無形之跡

吳明益

「吃螞蟻聲音會變低沉耶。」他想起小至曾這麼對他說過。那時候他們高二，穿著薄薄的夏季制服，坐在教室的窗台上吹風。背光的時候，腋下的毛還會透出淡淡的陰影。

「少騙人了。」阿川將打濕的手帕蓋在自己臉上。

「真的啦。昨天我妹妹抓桌上的螞蟻吃，我媽媽說的。她說吃螞蟻聲音會變低……這樣，妹妹在合唱團以後就不能唱高音部了。」

——黃暐婷，〈蛀牙〉

在沒有人祝福的階段，追求文學的意志可以走多遠？我已經好久沒有想這個問題了。十幾歲接觸文學時，大抵是把寫書的人視為遙遠的形象（或偶像），只會拚命地一本書一本書讀下去。到了二十歲的前半部，每個人都剛剛從唯我的、賀爾蒙所操控的美麗身體與激情裡，來到一個青春與成年的臨界點。在那個臨界點上，有的時候我們以為自己是天才，另一些時候則坦然發現自己並不特別，會苦澀卻清楚地體認到，這個心智並沒有能力去真正愛別人、承受別人的人生。但喜歡文學的人透過小說，去理解被輾壓、為自己的欲念所苦、過於燦爛或傷情的人生……我們藉由參考別人的靈魂，來定位自己的。

在這個時刻的寫作，只有少數的天才能寫出好的小說。不對，即使是天才，在這階段也很難寫出真正的好小說，因為一切還有待沉澱。只不過人生即將步入愈來愈艱難的階段，一不小心，原本創作的力量與欲望，就會如春花朝露。

我和暐婷的相遇超過十年的時間，最早是我到成功大學演講，還是大學生的她是台下的聽眾之一。後來她考上東華的創英所，遂來與我相認。她選修了我的課，拿了自己寫的小說給我看，最終成為我指導創作的第一個研究生。當時在我的印象裡，她就是一個擁有少女樣貌的文藝追求者，正站在青春與成年的臨界點。

我和暐婷的關係比後來多數學生都還要疏離，因為雖然開設了創作課程，當時我根本對如何指導創作一無所知，而暐婷在我面前也始終都帶著安靜的眼光傾聽著……可以這麼說，在那段時間，做為兩個創作者，我們並沒有真正的坦率交談過。

但我隱隱感覺到暐婷的特質，她對許多事物的直覺性敏銳得讓人緊張。她的小說沒有花招，幾乎不見當時流行的各種技巧，很容易被追求燄火的世界忽略過去。我不曉得要怎麼帶領暐婷往前再走一步，多半時候也只是像一個安靜的讀者，就看著她寫出畢業作品，走進了編輯這行。當時我想，或許暐婷會像許多年輕人一樣，從一個想生產文學的人，變成一個文學的「助產者」。

前一陣子在讀麥斯威爾·柏金斯（Max Perkings）的《天才》（*Editor of Genius*），裡頭提到當他收到年輕的費茲傑羅作品時，想為他爭取出版機會，但出版社裡沒有任何資深編輯喜歡。同樣年輕的柏金斯不知道怎麼表達這些作品的具體優點（實際是一批並不完美的作品），但它知道作者有某種「核」在這部作品裡展示出來。他轉達無法出版的信件給費茲傑羅時寫道：「總而言之，我們覺得，這個故事缺乏讓讀者想往下讀的誘因。也許應該安排符合人物性格的高潮，而且早一點出現。」柏金斯建議費滋傑羅不要流於俗套，期待他改得更有張力。「希望我們還能見到它，」他最後寫：「屆時我們將馬上重讀。」事實上，想重讀的只有柏金斯一人而已，但這封信給了費茲傑羅鼓舞。

我想柏金斯一定是斟酌再斟酌寫下了這封信。他不能讓費茲傑羅認為，他是一個別人都看不出來的天才小說家，已經寫出了不可思議的傑作，這是一種誤導（反之，我看到臺灣的出版社與編輯喜歡把天才漫無節制地用在每一個新人作家身上）。但也不能讓費茲傑羅受挫到打退堂鼓。這是一封恰如其分的信。為一個年輕作家身體裡，那些值得重寫的作品催了芽。

回想過去，我並沒有扮演好像柏金斯一樣的角色，但就在我以為暐婷可能慢慢放下過去的文學夢時，她又在幾番轉折後，選擇離開編輯這行。偶爾我在報紙上看見她獲獎，覺得那些過去作品裡的「核」，似乎找到了重生的空間。不久暐婷寄來了她的第一本小說集《捕霧的人》的書稿。我在深夜讀著暐婷的小說，覺得雖然自己沒有真正鼓舞到她，但也很幸運地沒有毀棄她、阻擋她。經過工作與愛情、生活的歷練，暐婷找到了自己的敘事腔調。

《捕霧之人》是一部水氣氤氳的小說，不只因為不同篇章裡，溪流、井、伏流、雨、霧這些意象的反覆出現，而是小說裡的主人翁都陷在一種難以看清的情境裡，有時候甚至做出與自己內心完全相反的判斷與反應。我以為暐婷刻意不以繁複的敘事，或者雕琢的文字技藝陳述這些「難以控制的情感與人生轉折」，最終才呈現出這樣一本讀來有些安靜的小說。

沒有後設、沒有魔幻、沒有難解的意識流，也沒有刻意詩化的句子，但也因為了沒有這些重重蔽障，〈水溝之家〉裡那個帶著好奇與同情，出口卻總是傷人的涵子，或〈捕霧人〉裡無法溝通的父子，乃至於〈魚水〉裡在婚姻中感到痛苦，只能關注於不倒翁杯裡金魚的小池……，這些在迷霧裡一時難辨蹊徑的人，才會和我們生活裡許多魂靈如此相似。

在讀書稿時，我不由自主地將暐婷過去的作品拿出來對照，尋找每一篇作品發展的痕跡。在暐婷放棄收錄在這本集子裡的，一篇名為〈蛀牙〉的小說裡，寫的是兩個少年死黨的故事。其中一段對話讓我難忘，主人翁阿川的好友小至對他說，「吃螞蟻聲音會變低沉。」這原本只是流傳在少年間的傳說而已，但還沒有變聲的阿川在半信半疑間，決定一試。回到家以後，他夾起餐桌上的螞蟻，送到自己的口中。不久後，他真的長出喉結，而阿至則在一場意外中喪生，永遠停留在少年時代。

這種哀而不傷的描述，是暐婷作品的共同特質。她好像架起了〈捕霧人〉裡那個迷人的「捕霧」裝置，利用密網間距與溫度差，將看似無法留下的霧化為水，一滴一滴地透過管子匯集起來。和真正的水不同的是，這種水泡出來的茶或煮出的食物，帶有「舌頭會有薄薄一層不容易察覺的酸味」。這種氣味，就是暐婷小說的魅力。

並不是說暐婷已經單靠如斯純淨的，近乎簡單的技藝寫出了不得了的好小說，而是她在這本處女作裡展現出一種屬於她的可能性。我以為暐婷未來有可能像日本一些女性作家（比方說窪美澄），成為某個時代「捕霧人」式的小說家：把無形的微妙情感，透過文字的攔阻，留下可見的，能潤澤人心的水跡；以節制的美學，寫出一系列打動普羅讀者的人情小說。而彼時，希望我自己仍是最早的讀者之一。

（吳明益，現任國立東華大學華文系教授。著有散文集《迷蝶誌》、《蝶道》、《家離水邊那麼近》、《浮光》；短篇小說集《本日公休》、《虎爺》、《天橋上的魔術師》，長篇小說《睡眠的航線》、《單車失竊記》等。）

推薦序

與困境和解

林宜澐

暐婷在〈捕霧人〉中介紹了一種新奇的捕霧裝置：「立起網子，讓氣流將霧帶進網眼內……等待霧水沉降其上，再將水珠集中，就可以累積到可用的分量。」小說中的阿津之所以發明這玩意兒是因為缺水，一家三口陷在以缺水為核心的困境中，希望用這勉強的方法獲取些微清水。這背景使得阿津的發明帶著淡淡的哀傷，讓人想到薩提（satie）的音樂。薩提有一首描述三面體的鋼琴曲，緩慢的音樂圍著三個切面的水晶轉，哀傷揮之不去，暐婷的小說讓我想到這樣的氛圍。

她小說中的人物時常碰到阻礙，心理的、身體的、周遭環境的。或許因為如此，這些小說中不時會出現令人不舒服的物質，暐婷描述這些東西時，下筆從容不迫，毫不閃躲。在一些片段中，她甚至用略帶抒情的筆觸呈現了有些人避之惟恐不及的畫面。這或許可以解釋為她心靈底層某種憂鬱地觀看世界的方法：當藍色的濾鏡擋在眼前，原本會侵襲我們感官的汙穢之物，被切換成另一種樣態，在作者的凝視下，那些物質說出了不同款的故事，這不是化腐朽為神奇，而是拉出新的脈絡，一條可以讓卑微之物慢慢流動的路徑。那些暐婷筆下弱小的、焦慮的、苦痛的人，在小說的閱讀情境中因此得到解放，釋放了問題，讓讀者意會到，原來人生如此，世界如斯，從而在感慨中有了領悟。

第一篇〈水溝之家〉與最後一篇〈海的另一邊〉是同一個主角阿湧，〈水溝之家〉中住在水溝上的阿湧，在颱風過後不見蹤影，他的同學吳涵子看不到他，「心中有一點遺憾，但更多的是明亮的感受。她瞇起眼，看著這條川流不息的排水溝。縱使充滿棄物，縱使臭氣沖天，縱使是一條汙穢不堪的垃圾河，只要有太陽和煦的照耀，水溝一樣也會閃著光輝炫目、令人屏息駐足的粼粼波光。」而在〈海的另一邊〉中，尋找父親的阿湧在海邊「努力將所有感官能力都集中向視覺，盡可能將視線往遠方延伸、延伸、再延伸，希望在黑色的潮湧之後，能再次看見那道熟悉的身影。」失蹤的阿湧與尋找父親的阿湧前後呼應，這是暐婷對這世界的應許，雖然卑微渺茫，卻隱然有強韌的意志貫穿其中。

這種視野在小說中經常出現。〈親愛泡泡〉再一次以隱忍的姿態面對姊妹淘之間的友情，小沫面對同學波波虛假的情誼卻無計可施，最終以泡泡的意象自我療傷：

「啊，我買個泡泡糖。」「好想狠狠地咬什麼紮實的東西。真實、不會消失的東西。」一吹彈即破的泡泡成為無奈心情下唯一可觸之物，「真實、不會消失的東西」遙不可及，除了嚼嚼口香糖，還能做甚麼嗎？暐婷細膩的觀察捕捉了許多人際關係中的無力感，這樣的小說很有機會找到共鳴的讀者，小說展示現實，借力使力自我療癒，這是個例子。

到了〈傷井〉，大淵仔為了找到較佳水質幫女兒泡煮中將湯，拚了老命去搬動大石頭擲入遭汙染的水井中，以為「溪內的石頭會乎下腳的暗河變清氣」，大淵仔相信某些方法，相信更好的東西藏在底下看不見的另一個次元中，小說呈現這樣的情節，也是悲哀的嘆息。

暐婷的基調到這裡已然明顯。她敏銳的心思持續捕捉細小卑微的人間希望，雖然苦澀，卻始終漂浮著某種和解的氛圍，與苦難和解，與命運和解，既然活著，事情總要有個解決的方式，只要能和解，就是幸福。

這是小說作者以小說的形式呈現人生時，之所以能帶給讀者興味的一個主要原因。好的作者總會掌握到某一個比較高的制高點，有一個比較寬闊的視野，在這個視野中，再怎麼不快樂的事情都被包容，不再對我們造成威脅。就好像我們站在山坡上看著對岸的老虎，不但不覺得可怕，反而欣賞起牠的美一般，較高的視野會改變事情的性質，帶出新的感覺改變人生，小說比我們的日常生活更有機會讓這件事情發生。

也因此，這本小說每一篇的最後一段都在某種程度上扭轉了先前故事的走向：〈魚水〉裡「小池看見了，清楚地看見，她不靈光的老花眼從未如此明晰，滋潤的活水不斷注入，在水杯中優游的金魚，比任何時刻都有活力。」，〈濕地症〉裡兩個年邁艱苦生活的老夫妻，最後還是樂觀地「『鳥仔、鳥仔。』清水興奮地舉起手，指著眼前掠過的白色優雅。老泥握住她懸空的手指，安放在自己手心。『走，』他對她說，『我們一起回家。』」而〈成功湖有用論〉裡則是近乎宣示地說：「人生就是要不斷冒險、走岔路才有趣。看到哪邊有人就跟著乖乖排隊，按部就班地等著自己的名字被叫到，不是太無聊了嗎？不如把那些球瓶般的人龍撞倒，砸爛自以為權威的指標，在一片荒漠中立一塊奇特的招牌。」說是苦中作樂，卻又好像多了一份理解與包容，小說裡的事件因為如此而更立體，更有內涵，文學有改變現實的魔力，道理應該就是如此。

寫作者的內心往往有一種任性的素質，任性地用自己的角度詮釋社會，任性地用自己的語法敘述人生，在講究人際關係的社會裡，這種DNA通常不易與人相處。美國小說家 Lydia Davis 被問到如何既自私又不傷他人時說：「不要結婚。孤獨生活。找個人徹夜長談，天亮後一輩子都不再見面。」一語道破作家強大的自我跟社會之間的扞格。寫作終究是辛苦的個人事業，即便他最核心的願望可能只是要幫這世界的存在找個說法。暐婷年紀輕輕就決定往這條路上勇敢前進，這是她的第一本小說集，字裡行間處處可以看到她誠懇認真且不媚俗地探索人生問題的努力，這些故事不僅帶給她成長，也提供了讀者思考人生處境的動力。小說作者並不比別人偉大，但他的作品一定是人類的好朋友，在許多時刻帶給黑暗中的人一道希望的光，即便像這本小說集裡所呈現的那般幽微，卻也因此有了無窮希望。

（林宜澐，臺灣花蓮人，著有《河岸花園了》、《晾著》、《人人愛讀喜劇》、《藍色玫瑰》、《惡魚》、《夏日鋼琴》、《耳朵游泳》、《東海岸減肥報告書》等書。）

水溝之家

那隻狗什麼時候坐在那裡的，沒有人知道。今天是星期天，工廠難得的休息日，一台喘著氣的紅色喜美卻駛進工業區，沿著排水溝，往最裡頭的蠟燭工廠開過去。是吳涵子她們一家。她當老闆的爸媽想趁沒有員工和機器干擾時算清帳目。明天要開票給紙盒廠商，三點半前，不知道軋不軋得過來。

吳涵子遠遠就看到那隻狗了。直挺挺，一副家教良好的樣子，端坐在緊閉的鐵門前，沒有哈氣，也沒有瞇眼，好像正等著主人接牠回去。車子停下來後，吳涵子迫不及待奔向那隻狗。她一直想要一隻可愛的小狗，就像眼前這隻狗一樣，淡蜂蜜色的短毛，柔軟鬆垂的耳朵，隨時會溢出淚水的黑色眼睛。小狗抬頭看她，咧嘴一笑，露出一截短短的粉嫩舌頭。

媽媽走到小狗身後，掀起牠的尾巴，看了看牠的屁股。「母的。」

小狗身上的毛非常乾淨，幾乎沒有狗味，連淚溝都沒有，腳掌縫隙也只卡了一點點碎砂。若不是脖子上沒綁著象徵性的項圈，任誰都會認為牠是有人飼養的孩子。吳涵子試探地看了看媽媽的表情。不出所料，媽媽緊皺眉頭，正煩惱該用什麼方法把牠趕走。

「人家說『狗來富，貓來起大厝』，」在媽媽舉起手想驅趕小狗之際，爸爸突然開口，「這是好兆頭。」

「這隻狗一定是要帶財富來給我們。工廠一定會賺錢的！」爸爸堅定地看著媽媽，語氣有些激動地說。

媽媽嘆了口氣，搖搖頭，轉身把鐵門拉開，走進辦公室。爸爸還站在原地，看著對他微微搖尾的狗，深受感動地伸手拍拍牠的頭。吳涵子從爸爸濕潤的眼神知道，狗狗可以留下來了。

無論爸爸做什麼決定，媽媽永遠持反對意見，接手這間蠟燭工廠也是。吳涵子記得，爸爸有一天從汽車廠下班，脫掉公司制服，跟媽媽說，他國中同學的姊姊之前開了一間工廠，不想做了，要找人去頂，他想去試試看，應該能賺得比現在領人薪水還多。媽媽轉身摔了一個碗，罵爸爸不要做夢了。

「你懂什麼蠟燭？」媽媽把抹布丟向爸爸，「你是學工的！」

那個周末，爸爸的同學帶他們去看工廠，他姊姊也來了，詳細地介紹鍋爐、接蠟管線、包裝區、儲貨倉庫，和整個生產線流程。繞了一圈後，大家站在工廠前的小廣場，爸爸的同學問媽媽：「大嫂，感覺按怎？」他姊姊湊過來，挽著媽媽的手，親密地幫腔：「頭家娘，公司誠穩定，免辛苦四界去找客戶；來往的廠商也誠老實，免煩惱有啥物意外，錢賺起來緊擱實在！」

爸爸傻傻地笑了笑，和另外兩人一起等著媽媽的回答。「隨便你。」媽媽輕描淡寫地說，嘴角卻隱隱上揚。吳涵子知道，媽媽很享受被別人叫頭家娘的虛榮。

其實，吳涵子自己也很喜歡當「頭家的囝仔」。工廠的阿桑每次看到她出現，都會「阿涵仔」、「阿涵涵」地叫，廠長則是叫她「涵口」，說她如果有日文名字就是這樣念。有時候遇到附近工廠的年輕工人，他們還會對她吹口哨，或是發出低俗的笑聲。還有學期初的家庭狀況調查表，父親職業那一欄空格從「上班族」改成「老闆」後，老師看吳涵子的眼神也開始湧現不同以往的關愛之情。再也沒有比被一群大人吹捧更愉悅的事。吳涵子喜歡當頭家囝仔，喜歡工廠的一切，除了一件微不足道的小事——上廁所之外。

這本來不是問題的。沒有室內廁所，她可以到工廠後面的草叢解放，大家都這麼做。但吳涵子的媽媽不能接受，因為那片草叢緊鄰著辦公室，她不想邊接電話邊聆聽短暫的雷雨聲，或是一回頭就看見窗外有人正掏出褲子裡的玩意兒。爸爸在工廠裡外繞了繞，找不到多餘的空間，決定請人在前面那條河上搭兩間廁所。

雖然說是河，其實只是一條異常寬且深、未加蓋的大排水溝，不知道從哪裡接過來，經過了哪些民家或工廠，也不知道會流往哪裡去。排水溝非常非常深，是摔下去鐵定會骨折或半身不遂的深度。吳涵子一度覺得，這條水溝是通往地獄的冥河。溝水的顏色每天都不一樣，有時是塑膠雨衣那種鮮豔的黃色，有時是芋頭牛奶色，有時又變成柏油泥濃濁的顏色，水面還會結著一片又一片七彩如虹的油網。唯一不變的，是宛如塑膠烤過的臭氣，在溝底匯集成一股低氣壓，隨著風和氣流四處散逸。

為了節省拉管線的麻煩，廁所沒有裝馬桶或其他設備，甚至連一盞小燈都沒有，直接從堤防邊緣蓋出去，在地板那一面挖掉一個橢圓形的空缺，當作直通的便器。站進去，蹲下來，看著或聽見穢物激起水花，然後拍拍屁股離開。從旁邊看，簡陋的廁所等於是懸在水溝上的水泥間，一個用腳尖站立、動作僵硬的胖子，彷彿只要輕輕推一下，就有往溝裡墜落的可能。

排水溝的水量非常豐沛，即使是少雨的冬季，也從來不曾乾涸，常常會有各式各樣的物品漂流而過。洩氣的輪胎。結著龍眼的樹枝。腳踏車籃。吳涵子蹲在廁所裡，低頭看自己的尿液或糞便往下墜，碰巧砸中一個裝蛋糕的保麗龍盒。這是她在可怕的廁所中，好不容易發現的小小樂趣。

要不是等媽媽上廁所，吳涵子不會靠在堤防邊，把玩印著速食店招牌的橡膠手環，更不會失手讓它掉進那條水溝河裡。噗通。手環載浮載沉，隨著陰鬱的水流越漂越遠。吳涵子沿著堤防走，時而往下看手環是否被吞噬到溝底。她一路走，越走越不甘心。那不過是購餐的贈品，就算最後能撿起來，她也不敢再戴。但她還是想知道，除了她的手環，水溝裡那些有用無用的流棄物，最後會去哪裡。

過了馬路後，地勢突然變低，路面和排水溝之間的落差消失，堤防也不見了。吳涵子一時之間有點不能適應，本來離那麼遠的水溝，她以為和地獄一樣深的水溝，現在竟然和她平行。吳涵子回頭看，路口高聳得像山丘，遮住了走過的路，還有她的工廠。

越往下走，地面就越潮濕。溝水潑了上來。吳涵子的鞋底發出沉重的唧唧聲。在應該是排水溝流域的地方，突然出現一間用鐵皮搭建的小屋。鐵皮已經鏽蝕，露出粗糙的紅褐色表面，空氣中飄散著微腥的金屬微粒，屋角爬滿濕黏的苔，甚至長了兩三葉鮮豔的水菜。溝水時而拍擊單薄的鐵皮，時而漫進縫隙，又退了出來。看上去，這間鐵皮屋宛如一艘廢棄的破船，在失去功能的老舊港灣擱淺。

面向路這側的鐵皮，鑲了一道灰色的鋁門。門沒有關上，透出室內微暗的光。吳涵子遲疑地往前移動，這時門內走出一個和她年紀相仿的男孩子，臉髒髒的，沒有穿鞋，腳掌看起來是濕的。他身上飄著一股浸泡過油脂的氣味，並不好聞。

男孩發現吳涵子，用和她同樣的疑惑神情注視她，不同的是，男孩隨即露出羞怯的微笑。當吳涵子終於意識到男孩的笑容所代表的善意，準備也揚起嘴角回應時，鐵皮屋裡傳來細弱的啜泣聲，彷彿稚嫩的幼獸在呼喚親族。她無法判斷那陣聲音究竟是小孩還是幼貓。

男孩再對吳涵子笑了一下，撿起一個東西，隨後走進鐵皮屋，關上門，留吳涵子一個人站在原地。吳涵子沒有聽見鋁門上鎖的聲音，她一直站著，等著，想著，然後望著這座船一樣的鐵皮屋。她忘了自己為什麼會在這裡。

吳涵子想起來了，她的手環。是看到講台上這位轉學生才想起來的。因為轉學生的左手手腕，正戴著吳涵子那個掉進水溝的橡膠手環。

當然也可能是複製品。畢竟只要點速食店的套餐，再加幾枚銅板，就能換到一模一樣的東西。轉學生步下講台，走入其中一條走道。經過身邊時，吳涵子故作自然地吸了一口氣。魚皮的味道。是同一個人。他就是那個住在排水溝上，鐵皮屋裡的男孩。

黑板上寫著「李俊湧」這個名字，同學開始「阿湧」、「湧哥」地叫。阿湧的膚色很深，但沒有偏棕紅，並不像莊稼人，而是一種說不出的黑，讓他看起來有股奇異的氣質。那時空氣很潮濕，時間又過於短暫，在鐵皮屋前，吳涵子並沒有清楚看見他的臉。現在才發現，阿湧臉頰上有一小塊一小塊不明顯的白斑，邊緣微微掀起毛屑。

下課後，吳涵子和同學簇擁著阿湧，聽他說自己在前一所學校是短跑冠軍、打躲避球百發百中。吳涵子的視線無法從阿湧的左手腕移開，忍不住開口問：「你的手環是哪裡來的？」

阿湧抬起頭，眼睛黑白分明，就像對棋的黑子白子，為他的臉增添了純真的氣氛。「我爸爸從美國買的，很酷對不對？」

「屁啦！那明明是速食店的贈品，點一號餐薯條加大就有了。」一個同學立刻反駁。

「真的啦！真的是美國買的，我爸爸去美國買回來給我的。除了這個顏色，還有黃色、綠色、紅色，加起來就是王力宏啦！」

「你身上好臭！」班長突然捏住鼻子，用尖尖的聲音說。其他同學湊近阿湧身上聞了聞，也跟著騷動起來。吳涵子被往後退的同學撞了一下，不由得挺住雙腳，看著阿湧說：「你家住哪裡？」

阿湧再次把視線移向吳涵子，但很快就轉開目光。同學都等著阿湧的答案。他低頭竊笑，接著突然爆出刻意的笑聲。「哈哈哈！妳暗戀我喔？我才不要告訴妳我家在哪裡咧，妳晚上跑來找我怎麼辦！哎喲！我好害羞噢！」

上課鐘響了。吳涵子被急忙回座位的同學推擠出去，離阿湧越來越遠。油脂的臭氣隨距離變淡。她看著阿湧黝黑的眼睛，對於他是不是那個住在水溝上、友好的男孩，忽然感到一絲不確定。

吳涵子的視線一直追著阿湧，看他走入那條工廠方向的放學路隊，她想趁沒人注意時混進去，跟蹤阿湧回家。但是不行，今天媽媽會開車來接她，要去找開銀樓的阿姨借錢，明天的票差了十萬，不趕快湊足就要跳票了。還要拜訪工業區的大地主，問附近空廠的事。

爸爸的工廠生意沒有起色，賣不出去的蠟燭越積越多，原本堆貨的小空間不敷使用，逐漸侵占包裝區的走道。阿桑忍不住向廠長抱怨，有時候膝蓋會撞到貨，或者沒辦法彎身下去撿掉在地上的包裝緞帶，肚子會被擋住的紙箱磨得很痛。爸爸不得已問了隔壁的製鞋工廠，附近有沒有租金便宜的倉庫在招租，問到了一個工業區的大地主。聽說排水溝下游那一帶的地，都是他的。

聽起來，大地主的地離工廠似乎有一段距離。吳涵子在旁邊吸著地主太太請的果凍條，盡可能表現得天真可愛，像媽媽進門前叮嚀的那樣，要讓對方覺得這對母女的背景很單純，而且經濟上真的有很大的困難。大地主看起來是個慈善的老好人，不管媽媽說什麼，總是微笑以對，還會適時地點點頭。吳涵子從媽媽感激的表情和帶有些許哭腔的語調知道，她們問到了遠低於預期的租金。

最近冒出越來越多債務主，打電話、寄存證信函，或是直接上門，說公司積欠他們貨款，要爸爸快點還錢。媽媽懷疑，這間工廠一開始就是一場騙局，爸爸被同學和他姊姊聯手給設計了，曾私下要吳涵子打電話到那個同學家，打算接通後自己再接手問個清楚。但無論吳涵子凌晨被媽媽挖起來，或是下午在學校的公共電話撥號，電話另一頭總是只有嘟嘟嘟空蕩的回覆。

「一定是跑路，抓妳爸爸當替死鬼！」媽媽的臉色一天比一天難看，摔碗盤的頻率也變高，即使面對狗狗惹人憐愛的笑容，說出口的只有火爆的氣話。「什麼狗來富？還取旺財那麼俗的名字，又沒有真的旺財！」

吳涵子也不喜歡旺財這個名字，太俗、太老氣了，決定偷偷叫牠維尼。維尼似乎感受得到吳涵子的善意，只有在聽見這個名字才會抖動耳朵，緩緩地搖幾下尾巴。

或許因為維尼沒有旺財，過不了多久，爸爸便不再重視牠的存在。以前上班拉開鐵門前，還會摸三下維尼的頭，口中喃喃念道「旺財、旺財」，甚至把新買的紅色項圈拿去廟裡過火，舀拜過的香灰回來加進水盆讓維尼喝。但現在爸爸看到維尼只會嘆氣，中午也不會替維尼多訂一個便當，或多留一塊排骨肉。媽媽除了把吃剩的飯菜和骨頭倒進鋼碗裡，也是嘆氣，轉身就走了。

「母狗有啥物路用，只會乎人欺負而已。」工廠的阿桑總是這麼說。吳涵子發現，維尼的屁股附近有一圈毛禿了，露出櫻花色的皮膚，身上的毛越來越粗糙扎手，嘴角有時垂著黏糊的口水，還會突然神經質地狂吠。剛來時那副蓬鬆可愛的模樣，在維尼喪氣的眼神中，漸漸找不到相似之處。

二廠的事沒多久就敲定了。媽媽提議讓維尼到二廠去看守，省下多雇一名員工的開銷。貨物搬運完成後，爸爸開車把維尼的水盆、鋼碗、鋪在地上的舊衣載過去，吳涵子則牽著維尼，和媽媽沿著排水溝走。

「這到底是哪一家工廠的廢水啊？」對於這條排水溝的存在，接納周遭工廠有用無用的廢棄品、吞下所有員工排泄的穢物，照理說應該早就習慣了，但媽媽還是皺著眉頭，一臉嫌惡的模樣。「真噁心。」

吳涵子踮起腳尖往下看，維尼也興致勃勃地想把前腳搭上堤防，可惜牠的身體不夠長，雙掌不斷滑下去。連續徒勞了幾回，終於放棄。今天的水溝是咳嗽藥水的顏色。水面不斷飄起暖烘烘的蒸氣，味道比平時更讓人作嘔。吳涵子乾嘔了幾聲，眼角擠出幾滴眼淚，趕緊從堤防跑開。在路口等著來往的車陣時，她想起了住在水溝上的阿湧。

她還不知道二廠在哪裡。跟著媽媽走下斜坡，那間鐵皮屋像水彩暈染一樣慢慢出現在眼前。先是屋頂、輪廓，煞有介事的採光窗格和鋁門，接著是嚴重的鐵皮鏽色。空氣一樣潮濕。地面有幾灘積水。溝水嘩嘩嘩拍打著鐵皮。小屋斜對面停著爸爸的車，後方是一大間嶄新的倉庫。原來二廠就在鐵皮屋的斜向方。在吳涵子隱約的印象中，上次來，還沒有這個青澀的巨人。

「貨都有墊高嗎？」媽媽走進二廠檢視，爸爸隨後步入。吳涵子仰頭看乾淨明亮的建築，有新鐵皮獨特的涼涼的氣味，室內的日光燈管慘白得刺眼。她把維尼拴在鐵捲門旁的鐵鉤，聽見背後傳來一記微弱且稚嫩的女聲：「狗狗。」

吳涵子回頭看，一對小兄妹泡在水溝裡，拿著鋁盆往溝底打撈。鐵皮屋的陰影吞噬了他們。她側過身體，讓二廠的日光燈照出來。是阿湧。他短褲下的兩隻腳深深埋進水溝，從水裡摸出一個豔麗的寶物。「是鞋帶耶！」他迫不及待地左右翻看，「剛好兩條綁在一起，太好了！」

「哥哥，有狗狗。」阿湧順著妹妹手指的方向看過去，正巧和吳涵子的視線接上。兩人都愣住了。吳涵子不知道該笑、別開頭，還是往前走一步，問他們在做什麼。她的身體僵硬，腦袋像被灌了水泥。

這時，阿湧露出熟悉的羞赧笑容。他又是那個打破僵局的人。吳涵子的封印被解開。她要回應，這次要回應才行。她努力揚起嘴角，但是面部肌肉卻不受控制。她不知道自己現在究竟是什麼表情。如果有鏡子，她一定認不得自己的臉。

「涵子，快點上車！我們要回去了。」媽媽從二廠走出來，嚴厲地吼她。爸爸把維尼趕進去，叫牠要好好看顧二廠，接著關上鐵捲門，讓青澀的巨人進入睡眠。

阿湧低下頭，繼續用鋁盆在溝底翻找其他物品。他妹妹睜大雙眼，直直盯著吳涵子一家人。爸媽面無表情地上車、發動引擎。吳涵子的視線一直沒有離開阿湧。直到車子爬過路口，後車窗再也看不見鐵皮屋，吳涵子才用自己聽了也不認識、乾燥的聲音說：「他是我們班同學。」

「那個臉長癬的男孩？」媽媽把車窗關上，一面用手揮著口鼻附近，彷彿臭味仍陰魂不散。「看起來髒死了。」

廠長推開廁所門，走下階梯，在門口停頓了幾秒。「涵口，不臭喔？」他尷尬地對吳涵子苦笑，「妳已經靠在水溝邊一下午了。」

好幾個阿桑也接連向吳涵子求情：「阿涵涵仔，拜託妳好否？妳嘜擱看啊！妳最近逐日攏站佇遮，害我屎尿攏放袂出來了啦！」

吳涵子的臉頰紅了起來。她沒意識到自己在堤防邊站了多久，看了水溝多久，徑自沉迷在這條大家巴不得躲得遠遠的排水溝，發覺裡頭偶爾出現、令人驚喜、隱隱發光的璞玉，譬如機器模型，淑女傘，工人手套，摩托車後視鏡……。剛剛她還看到一顆髒兮兮的高麗菜，不知道阿湧會不會用鋁盆舀起來？

昨天課堂上，阿湧又被老師處罰了。他的英文作業簿好像泡過水一樣，濕答答的，一直滴水，還有一股惡臭。裡面有一道要用色筆標記重音的習題，除了褐色帶毛邊的水漬外，一片空白。

「我昨天邊寫作業邊喝可樂，那種大罐的可口可樂，寶特瓶裝的，不小心打翻，灑到作業簿，汽泡就把顏色吃掉了。真的，我本來有寫，是被汽泡弄不見的！」

阿湧向老師辯解。幾個調皮的同學聽了哈哈大笑。老師舉起塑膠尺毒打阿湧一頓，「功課沒寫還敢說謊！」尺條殘酷地落在阿湧的手心、背部和屁股，「作業沒寫，每次考試都零分，家長不簽聯絡簿，還給我說謊說個沒完！」老師把阿湧踹出教室外，大吼「垃圾！」作勢要再補一拳，叫他滾遠一點，不要再進來上課了。

自從轉學到班上，阿湧幾乎天天被揍。雖然老師以前也會處罰同學，打手心或罰站之類，但不曾像揍布娃娃那樣動手。最近老師越打越兇，已經接近暴力，狠勁宛如香港電影火拚的黑幫份子，只是阿湧不能還擊。

或許阿湧沒有題目要求的文具。吳涵子在心裡暗自決定，要將自己鉛筆盒裡的香水色筆送給阿湧，可是下課後，老師的辱罵開始在班上發酵。

「李俊湧，你身上真的很臭耶！」班長故意提高音調。其他同學圍繞阿湧，一邊拍手，一邊像歡呼一樣「垃圾人！垃圾人！」有節奏地喊叫。

「垃圾人！垃圾人！愛說謊的垃圾人！」

「垃圾人！又髒又臭垃圾人！」

旁邊的女同學皺起臉，氣呼呼地說：「垃圾人，跟你坐真的很衰耶！你過去一點啦！」

「垃圾人！」的罵聲一直持續。阿湧起身想推開惡意的同學，大家一哄而散，隨後又聚集在講台上，之後是窗台，走廊花圃，布告欄，又回到阿湧的座位。教室裡到處是鬧哄哄的回音。上課鐘響。老師進來了，打鬧的同學紛紛回座。阿湧撿起散了一地的課本，一冊一冊收回書包。幾乎每一本書的邊角都因潮化而發軟，有的上面還踩過黑色的鞋印。

老師沒有開口，用手指比了門外，要阿湧繼續到走廊罰站。吳涵子把香水色筆放回鉛筆盒，蓋上盒蓋。不知道什麼緣故，竟為自己友善的念頭感到面紅耳赤。

吳涵子靈光一閃。她轉身跑進工廠辦公室，裡頭只有媽媽一個人，正一面講電話，一面對著電腦打字。從關鍵字聽起來是客戶。媽媽拖長尾音，時不時就笑出聲，看來應該是好結果。

爸爸最近勤跑外縣市，去香火鼎盛的大廟、佛具行，或是禮儀用品店，拿蠟燭給他們試用。媽媽說工廠的蠟燭品質不錯，損耗率比其他工廠少，火苗穩定度高，燒起來又旺又好看，而且燃出的煙是白色的，還帶有淡淡香氣，就算久放蠟身表面也不會出油……只是公司名聲不夠響亮而已，要爸爸走出辦公室，向各方潛在的客源努力開拓。二廠的貨因此銷售了不少。爸爸每天晚上回工廠，看到媽媽打出的一張張訂單，開心地說：「旺財去守二廠後，真的開始旺財了耶！」

吳涵子從媽媽桌上的筆筒抽出一支橘色螢光筆，正打算步出辦公室，又像想到什麼似的折返回來，用嘴型問：「我可以去二廠看狗狗嗎？」

媽媽皺起眉頭，揮揮手打發吳涵子。她迫不及待地跑出去，站在堤防前，把螢光筆丟進排水溝裡，想讓它流到那間鐵皮屋，幻想阿湧會打撈起來。

「哎喲！是啥人啊？放個尿也欲佮人嚇驚！阿涵仔？欲佮我驚死噢！」

其中一間廁所傳來阿桑的驚叫。吳涵子尷尬地敲敲門，「歹勢啦，我嘸是故意的啦。」之後便朝二廠的方向跳步過去。她偶爾會靠近堤防，往下看有沒有螢光筆的蹤跡。筆太輕了，融進汙濁的溝水中。今天是燒焦的土褐色，有硫酸的味道。吳涵子發現，自己對臭味的忍耐度好像變高了。

鐵皮屋一如往常破敗潮濕。屋角的苔好像又往上蔓延了一些。視線再遠一點是二廠。淡淡的綠色，很新。吳涵子有點緊張。不知道阿湧從水溝裡舀起筆了沒？她緩緩走近，鞋底的踩水聲比她的心跳還響亮。門沒關。金屬碰撞的細碎聲音傳了出來。她試探性地往屋內望。等適應了光線強度，吳涵子的眼底慢慢浮現一個女人的剪影。

那個女人坐在果凍色、洗澡用的塑膠小凳子上。曲起腿，微微拱背，頭髮高束，頂上仍翹起不少鬈曲的短毛。女人停下手邊的動作，抬起頭，轉過來看吳涵子一眼。

她和阿湧一樣有很黑很亮的眼睛，眼皮摺痕深刻，黝粗的眉毛到尾端就變細了。嘴唇，最令人印象深刻的就屬嘴唇，上瓣和下瓣都非常厚實，像飽滿的肉條，互不相讓地疊在一起。這個女人和阿湧有著相似的輪廓，相同的糙米般的深膚色，說不上漂亮或難看，就是很不一樣，和吳涵子看過的所有大人都不一樣。她應該是阿湧的媽媽吧，吳涵子心想。

女人低下頭，繼續拿起零件組裝。地上有一包水龍頭管身，螺絲釘，螺絲桿，花瓣形的旋轉把手，和黑色圓形塑膠墊片。她先把墊片放進水龍頭管身，再插入螺絲桿，將旋轉把手對準桿頭套入，最後鎖上螺絲釘固定。有時墊片沒有放平，她會拿起鑷子，往管身壓一壓。完成後，放進旁邊一個更大的塑膠袋裡。袋子裝了將近三分之一滿，但吳涵子知道，就算全部做完，這一袋成品也不到兩百塊錢。這是家庭代工，附近工廠發包出來的作業，一個才幾毛錢而已。工廠有的阿桑家裡也在做，下班後就是她們的交取貨時間。

女人沒有戴手套，手指被金屬磨得乾澀，指輪開始發白。吳涵子凝望了一陣子，突然意識到自己的不禮貌，開口打破沉默：「我是阿湧的同學。」

她又抬頭看了一下吳涵子，隨後低下頭繼續工作。沒有笑。沒有招呼。只有水流沖刷鐵皮，哐噹哐噹的聲音在四周迴盪。

吳涵子的視線越過阿湧的媽媽，往屋裡看去。這是她第一次細看鐵皮屋內部。左手邊有一架古老的電視機，放在一張表面印著注音的摺疊桌上。牆上突出的鐵釘掛著時鐘，塑膠外罩有個被擊中、蜘蛛網般的破口。屋裡最深處放了好幾綑生鏽的鐵條。幾支扳手、鎚子。亂堆的衣服。看起來都是撿來的。沒有隔間。沒有沙發。沒有床。沒有稱得上家具的物品。單薄的鐵皮地板感受得到水溝強勁的沖刷力道，一震一震。電視機也跟著震動。整間屋子似乎隨時都在搖晃。

阿湧一直沒有出現。他的妹妹也不在，不知道去了哪裡。吳涵子尷尬地站在原地。阿湧的媽媽依舊埋頭組裝水龍頭。時間好像停下來，又好像過了一輩子。吳涵子的雙腳彷彿變成深深抓住土層的樹根。她盡量不著痕跡，卻十分僵硬地拔起腳掌，轉身離開鐵皮屋。一點一點，拖著鉛重的腳步，極其緩慢地走向斜對面的二廠。

聽見陌生的腳步靠近，維尼隔著鐵捲門小聲低吼。「維尼。」熟悉的聲音穿透。

維尼認出牠的小主人吳涵子，立刻委屈得哭了起來。「維尼。」吳涵子又喚了一聲，把手搭上凹凸的門片，這才想起，她忘了帶鐵捲門的遙控器。

任憑維尼的哀嚎越鳴越悲苦，引起扛鋼管經過的工人側目，她也只能蹲下來，撫摸冰冷粗糙的鐵皮，「好乖、好乖」地哄著，分不清究竟是安慰維尼，還是安慰自己。

晚上七點，月亮出來了，卻被工廠通明的燈火蓋過華光。爸爸在小廣場熄掉引擎，走下車，先繞進工廠問候晚班的工人，才走回辦公室。打單機吐出一張又一張訂單。媽媽繼續對著電腦輸入數字。吳涵子接過爸爸手中熱騰騰的紙袋，裡面是義大利麵、薯泥和最近廣告打很兇的披薩。

「瑤慈宮說要跟我們訂蠟燭，他們下周開始要辦為期一周的消災法會。」爸爸興奮地宣布這筆大生意。瑤慈宮總共要雙色旺來二十五箱、蓮花三十五箱、小號的玻璃葫蘆二十箱，和特大號燭柱十對。下星期交貨後，立刻會有二十萬元進帳。再加上幾間廟近期的廟慶和祈福活動，月底前工廠會湧入將近一百萬的營收。一百萬。這是吳涵子想像不到的數字。媽媽也是，她笑得嘴巴都張開了。

這陣子，媽媽不用每天匆匆忙忙趕三點半，也不需要帶著吳涵子四處去找親戚借錢，或者為了赤字的帳務扯頭髮、摔碗盤。媽媽沒有時間上百貨公司添購相稱的新衣，去美容院梳整造型，但別人叫她頭家娘，她回應的態度變得從容自然，儼然成為一個熟練、會做生意、真正賺錢的老闆娘。媽媽建議爸爸，二廠可以拉幾條管路，把工廠一些生產線移過去，或者搬去更大的廠房，省得兩頭奔波。

「對了，涵子，」媽媽突然轉過頭來，對挑起披薩上的培根單獨吃的吳涵子說：「以後不准妳再單獨去二廠。」

「妳那個同學家裡有問題。那間鐵皮屋原本是堆鐵架的倉庫，工廠撤租沒多久，他們不知道從哪裡冒出來，隨便跑進去住，也沒付租金，大地主說他怎麼趕都趕不走。這樣是侵占罪，是犯法，要抓去關的。那女的好像也有身分上的問題，聽說老公跑路還詐騙集團之類的吧。總之，附近電鍍工廠的老闆已經通報警察了，他們隨時會去抓人。」

吳涵子愣住了。潮濕惡臭的鐵皮屋。積著水、家徒四壁的窮酸破船。一個女人曲腿拱背，做著自己用不上也賺不了幾個錢的水龍頭。老是泡在臭水溝裡打撈棄物的髒孩子。吳涵子突然湧起一股想哭的衝動。他們不是壞人。不是。阿湧的媽媽做代工做得指輪都發白，阿湧也只是愛說謊而已。老師已經處罰過他，沒必要再抓去關。

但吳涵子說不出口。爸媽情緒高昂地討論出貨日期，她徑自掉入一層又一層的沮喪之中。吳涵子咬了咬嘴唇，只能鼓勵自己張開口，把淚水、鼻涕和委屈，跟著整片披薩一口吞下去。

教室外的天空像一塊髒抹布。雲跑得很快，一下子就吃掉了太陽。樹枝被風搔得沙沙作響。剛才掃過的紙屑、砂土和灰塵網在角落捲起小旋風，隨著氣流四處翻飛。空氣裡瀰漫著一股暴雨前濕涼的味道。

老師說颱風要來了，明天會停課，叫大家放學前記得關好門窗。同學興奮地在玻璃貼上X型膠帶，把抹布和報紙塞進窗台縫隙，萬一狂風暴雨，水才不會灌進來。意想不到的颱風假，每個人臉上都洋溢著不勞而獲的清爽神情。可是突然有個同學哭著說，他的墊板不見了，是鋼彈超人的限量墊板，春假去日本買回來的。

同學圍了過去。其中一人發難：「一定是垃圾人偷的！他每次都愛摸別人的東西，而且他沒有墊板。」

幾個男生架住阿湧，翻倒他的書包。裡頭掉出了一塊塑膠板，就是那個失竊的鋼彈超人。

「我哪有偷！它本來掉在地上，我以為沒人的，才撿起來啊！」阿湧辯解，烏黑的眼珠蒙上一層薄薄的霧氣。

同學彷彿終於咬住羊脖子的狼，指著阿湧罵「騙子！小偷！扒手！」越來越多人蜂擁而上，「垃圾人」、「不要臉」、「手腳不乾淨」的罵聲此起彼落。吳涵子站在旁邊，看了看那塊墊板，又看看阿湧有些心虛卻故作掏耳朵的痞樣，忽然想起媽媽說的話。

「他會被抓去關。」一開始，吳涵子的音量有點微弱，但同學還是注意到了，紛紛轉過頭來看她，期待她說出更多不堪的事。

「他們家隨便侵占別人的房子，沒有付房租，爸媽還被通緝，最近警察就會抓人了。他會被抓去關。」

吳涵子一股腦地說出媽媽告訴她的那些。教室的氣氛瞬間凝結下來。所有人目瞪口呆地盯著吳涵子。包括阿湧。他的眼睛閃過驚訝、憤怒、羞愧、措手不及、不甘、恨。複雜的情緒越燒越烈。

同學得到意料之外、令人竊喜的新資訊，開始理直氣壯地大聲辱罵。「通緝犯！」、「把你抓去關！」、「你要坐牢！」吳涵子給了大家新的詞彙，沒有人願意留情或示弱，拚命爆出更難聽、更傷人的指責。彷彿這是一場比賽，誰都不想輸。

謾罵從四面八方包圍而來。阿湧再也忍不住，猛然向吳涵子衝過去。但擋在他前面的人太多了，他只好拚命推擠、不分青紅皂白地攻擊所有人。窗外的天空有種水氣鬱積的沉重。他的臉滴滴答答，早一步下起雨來。

吳涵子後悔了。看見阿湧的淚水，她立刻就後悔揭露他的祕密。放學後，她脫離原本的路隊，小跑步追上阿湧。

「你媽媽……你媽媽的膚色很像糙米。」開口之後，她又後悔了。她不知道自己為什麼要說這個。明明想示好，說出來卻是無關緊要的事。「你知道糙米嗎？」

她的水壺在上下晃動的書包裡叮噹作響。阿湧沒有答話，徑自走進工業區的產業道路。吳涵子一直以兩步的距離跟在阿湧身後。她越走越焦急，想再說點什麼，阿湧突然回頭對她大吼。

「肏妳媽啦！」阿湧狠狠瞪著吳涵子。「肏妳媽！」罵完之後，他轉身拔腿狂奔，直往鐵皮屋跑回去。

吳涵子呆站在路口，向下看著比往常還濕的路面。積水了。水溝洶湧得溢出汛道，甚至在應該是路的地方匯流成一條小小的河。養樂多空瓶沖上岸來，繞過鐵皮屋，往低窪處流去。狂風灌進鐵皮縫隙，發出讓人頭皮發麻的尖銳哭聲。吳涵子有種奇異的感覺。這間鐵皮屋，阿湧的家，看起來就像一艘孤立無援的破船，隨時會腐朽、下沉，或往更危險、更不祥的方向漂走。

她不知道該怎麼辦。這種做錯事的感覺讓她很愧疚。吳涵子低著頭，沒注意紅色喜美開過她身邊。「涵子，妳怎麼沒走回家？」媽媽降下車窗問。今晚提早完成產線作業，工廠不加班了。

「要不要也把旺財帶回家？」吳涵子坐上車後，爸爸這樣問媽媽。

「不用吧，」媽媽側著頭看窗外的天空。雲更重了。雷在後頭悶悶地響，隨時都可能衝破雲牆，倒下傾盆大雨。「頂多下下雨而已，颱風不就這樣嗎？」

「也對，旺財待在二廠才會旺財，牠還要幫我們顧貨呢。明天颱風放假，後天一早就叫貨運出貨。」

吳涵子回頭，隱約看見一個很像阿湧的人影從鐵皮屋走出來，還有他的小妹妹。她擠到另一側的座位。後座車窗被爸爸鎖住了。她還來不及看清楚，車子便疾速往前駛，一下子就把工業區遠遠拋在後頭。

颱風雨勢比新聞預期得更激烈，光聽打在玻璃上的雨聲，皮膚就會隱隱作痛。吳涵子眼睜睜看著紗窗被暴風捲走，鄰居的花盆像鬼魅一樣飛過去。整個晚上不時有招牌砸落、棚架倒塌的巨響。她躲在被窩裡睡不著。不知道阿湧他們家該怎麼辦？發狂的風雨，鐵皮屋會不會被吹走？

隔天新聞放送各區災情，她才知道二廠淹水了。排水溝來不及宣泄暴雨，全部沖上路面，淹進下游低窪的廠房。她們一家急急忙忙趕到二廠。車開不進去，爸媽捲起褲管，戰戰兢兢地走下坡。大地主早就在那裡了，和幾個工廠老闆對著廠區指指點點。吳涵子看見水面上漂著拖鞋、紙錢、散掉的糞便，深吸一口氣，跟著走進水裡。

爸爸按下鐵捲門開關。遙控感應壞了。他用一根長長的鐵鉤把門拉起來，廠內的積水立刻從開口傾瀉而出。維尼被水流沖了出來，看到熟悉的主人，不禁又委屈地嗚嗚哭泣。一邊哭，手腳一邊划得更賣力，逆向游回他們身邊。

爸媽緊張地走進二廠。還好，他們早就用三層木板把貨墊高。在剛搬進二廠那時，媽媽目測地勢決定的。只有壓在最下面的貨，紙箱底部吸了一點濕氣而已，再重新包裝就好。媽媽鬆了一口氣。爸爸拍拍維尼的頭，感動地看著牠，就像第一次遇見時那樣。「旺財啊，幸好有你幫我們守住錢財。」

鐵皮屋還在那裡。沒有被沖走，外觀上也沒有什麼損壞。吳涵子走過去。鋁門關著。她輕輕敲門。沒有回應。她伸手握住門把，緩緩轉動，推開門。積水從室內退了出來，又被路面的積水反推回去。不見了。電視機、摺疊桌、破掉的鐘、那堆衣服，還有阿湧他們一家，統統不見了。

「他們走了，嘸知何時走的，我透早來就無看著人了。」大地主走到吳涵子身邊說。「他們擱佇門後壁面夾了幾百塊，用紅包包起來，嘸知是不是欲給我。」他泛起憂愁又溫暖的微笑，「唉，也是一家甘苦人啦。」

有個盆子隨水波漂浮，輕輕撞到了吳涵子的小腿。她彎腰撿起來。是阿湧打撈溝裡寶物的鋁盆。盆底凹凸不平，烤漆也斑駁掉落。淺淺的水漬裡，好像有微弱的小魚苗，或是什麼昆蟲的幼體在顫抖。

日光終於掙脫了雲牆，灑向水溝，低窪的工廠，和整座工業區。大家開始拿畚箕清理穢物和淤泥。吳涵子將鋁盆輕輕放回水面。它載著小小的生命緩緩漂移，越過鐵皮屋，越漂越遠，流向看不見盡頭的下游。

阿湧走了，她還來不及向他好好道歉。吳涵子心中有一點遺憾，但更多的是明亮的感受。她瞇起眼，看著這條川流不息的排水溝。縱使充滿棄物，縱使臭氣沖天，縱使是一條汙穢不堪的垃圾河，只要有太陽和煦的照耀，水溝一樣也會閃著光輝炫目、令人屏息駐足的粼粼波光。

捕霧人

一開始，只是一股舒適的涼意，而後潮濕的氣味侵襲而來，接著是一縷、一襲、一團水氣徐徐飄染，最後竟不知不覺，演變成全面圍困的迷霧。

阿津站在老家前的小廣場，身陷這場無預警的濃霧之中，想著自己到底該不該閉上眼睛。他感覺得到皮膚上的寒毛引來一些細緻的小水珠，鏡片也爬上蟲子般的水卵。他伸出左手，勉強看見自己五根手指，但指尖已經融入霧裡，就像是白色的停電感受。倘若視覺已然失效，白茫與黑暗的差別僅在色階，那他大可以放鬆他的眼皮和睫狀肌，欣然接受這場短暫的停頓。甚至，如果可以，和緊接而來的現實澈底斷開更好。

「轉來了？」

可惜時間是沒有缺口的。乾燥的聲音傳了過來，在這片濕潤的氣息中顯得格外刺耳。是父親大淵仔在說話。無論何時聽見他的聲音，阿津總覺得像是指甲刮黑板那樣讓人不快。

「嗯。」阿津含糊應了一聲，回身拔下機車鑰匙，不自覺嘆了一口氣。低著頭，緩緩走向那個模糊的身影。

若不是妹妹小沁打電話來，阿津絕不會輕易回家。打從媽媽去年底過世，他就認定自己成了孤兒，從此要在世界上孤獨地活著。小沁偶爾是他的夥伴，一個老是錯看男人、卻又很快燃起希望墜入新戀情的笨女孩。他們在市區同時失業，小沁甚至被同居男友趕出門，在阿津租的小套房哭了好幾天，然後一起焦慮地更新人力銀行不漂亮的履歷，湊錢合買樂透，天馬行空地幻想要是中獎該如何揮霍。但是後來她投靠了父親，搬回老家和父親一起生活，還在區公所找到一份收發公文的低階工作。阿津心中有些黯然，同時又賭氣地認為自己從此不必再負擔兄長的責任，他可以不用替妹妹擔心找不到人生的路，其實連他都幾乎迷失了。既然小沁選擇回家當絕無差錯的好女兒，那就讓他澈澈底底、孤立無援地面對經濟、夢想、未來……各種壓力和難題，一個人在夜裡感到茫然。想不到，小沁現在又突然向他求救，在凌晨兩點襲擊他的手機，只因為老家停水了。

「爸要你想想辦法啦，沒水用好麻煩。」小沁撒嬌地說。即使一段時間沒聯絡，她身為老么的依賴性還是展露無疑。相較於她的從容，阿津反而覺得有些尷尬。

島上進入六十八年來罕見的乾雨期，阿津住的地方開始階段性限水，街上到處是購買大水桶的民眾和儲水節用的警醒標語，連超商相較含糖飲料總是滯銷的瓶水區也全數掃空。然而他無法理解，山坡上那個一年到頭飄著濃濃孢子霉味的老家怎麼也會沒水？就算被畫入限水區，他記得再上去一點的土地公廟就有好心人接管引出清甜的山泉，不僅鄰居，高中時他也天天跟著媽媽提水回家。況且，遇到問題，父親怎麼可能指望他伸出援手？他不知多久沒和父親說話了。

「只是妳自己洗澡不方便吧，少拿爸當擋箭牌。」阿津知道，若是小沁直接示弱，他或許會心軟答應，但她選擇搬出另一個權威，想逼阿津就範。這種自以為能圓事的性格，完全承襲自媽媽。「你爸說」、「你爸想」、「你爸希望」……，這是媽媽生前最愛掛在嘴邊的發語詞，好像她只是一個負責傳遞父親思想，無痛、無感、無自主意識的人偶。阿津不懂，為什麼媽媽不承認自己的擔憂，總是將關心歸於沉默的父親？

「哥，拜託，你都幾歲了，不要再那麼幼稚。真的，明天回家看一下吧。」

阿津正想反駁，耳朵卻彷彿貼上一堵冰冷的牆。他拿起手機一看，掛掉了。不容討論且毫無拒絕機會。這一點，妹妹倒是跟媽媽不一樣。

阿津把手機丟向枕頭，倒數螢幕熄滅的秒數，心情煩躁了起來。他真希望自己能違逆小沁的命令。如果這裡頭沒有父親的意志，真的只是她的請求的話。

有些無機物很奇妙，會隨著時間流逝而顯露出傷痕和表情，這間房子就是。需要漫長等待才能開啟的電視，運轉噪音越來越大的冰箱，斷一隻腳的五斗櫃，開關早已卡住的遲緩電扇，裂開的全身鏡……。阿津一踏進家門，立刻嗅到一股衰老的氣味。他看著走在前方、動作遲鈍的身影想，或許整個老家就是以父親為首，一齊走向無法回頭的朽邁。

他口中的老家，這間水泥屋，其實並不是他們的故鄉。阿津記得，國一某個悶熱的深夜，媽媽把熟睡的他搖醒，叫他和妹妹趕緊收拾行李，他們臨時要搬家，換個地方重新生活。車子開進顛簸的山路，在陌生的黑暗裡搖搖晃晃。小沁小而柔軟的頭隨著車身在他的肩膀和胸口之間移動。他扶住妹妹的臉，從後座努力凝視背向他開車的父親。他看不見父親的表情。他不知道他們到底要去哪裡。

車子爬上坡道，在某個不起眼、容易錯過的路口轉彎。車燈照出一間厚實的水泥屋，就是他們後來的老家。屋裡一片平坦，什麼也沒有，像極了蒼白的收容所，絲毫沒有家的溫暖氣息。父親獨自接引各種管線，引進水、電、瓦斯；用木板隔出略微擁擠的房間，像趕狗回籠子一樣把他們趕進去；要求他和小沁遵守奇怪的生活規矩，譬如以後自己搭公車上下學，不能告訴同學家裡的電話和住址，也不准跟以前的朋友聯絡。阿津在這裡過得很不快樂，他被迫忘記自己的過去，適應父親為他換上的新臉孔。每天晚上，他都想著將來長大一定要逃離這個家，建立屬於自己的王國，再也不要回來。就算真的有一天要歸鄉，他也不會承認這個貧乏的居所。可是，等到他上大學，同學問起他的故鄉風景，他除了支吾其詞之外，只能尷尬地微笑。阿津在同學各自描述老家的興奮笑語中奮力探索記憶，悲傷地發現，自己已經想不起更早之前的房子了。

阿津走向客廳旁的小空間，他的房間大體上沒有什麼改變，床、書桌、衣櫃的位置都一樣，只是床上散放著絲襪、短褲和胸罩，地板也多了尚未開封的瓶瓶罐罐，應該是小沁房裡放不下、堆過來的雜物。現在，這個衰敗的老屋，只剩妹妹的日常痕跡還帶有甜蜜的生機。

「昨暗開始無水的。」讓人不快的聲音又來了。阿津沒有轉向聲音來源。他知道父親就坐在客廳沙發上。他背對父親，肩膀微微靠著門框。

「我以前做工受過傷，現在較無力，無法度去扛水轉來。」

「喔。」

「你妹也扛袂動，看你咁有啥物方法會當解決。」

「嗯。」

「啊你工作找著……」

阿津迅速打斷父親：「妹幾點下班？」

「差不多五點，騎轉來十分鐘。」

阿津轉身，抬頭看一眼牆上的時鐘。四點五十五分。「我去便所。」他穿過有父親在的陰暗客廳，推開彈簧鬆脫的紗門，走向屋外的廁所。

和浴室連通的廁所是後來搭建的小水泥屋。父親分割完三間房間，才發現這個嚴重的失誤，趕緊在屋外的小空地另外加蓋。雖然說是浴廁，其實也只是一條混有冷熱水的水管、一座洗臉台，和一座笨重的馬桶組合而成的空間。由於只有一道門作為流通的開口，這間浴廁終年沉積濕氣和各種混合氣味，折磨所有不得不依賴它的人。

阿津啟動開關，等了將近十秒，電燈才亮起虛弱的光暈。他走進去，發現馬桶裡有未消化的糞便，是濃稠、色澤宛如瀝青的異樣穢物。臭味帶著微微的熱氣，應該不是隔夜或遲一陣子的排泄，而是新鮮的產物。阿津強壓作嘔的反應，閉上眼睛，拉開拉鏈，將注意力集中在他手指舉起的小頭尖端。尿液從他體內發射，擊中漂浮的流碎物。他盡量憋住呼吸。結束後，他走向洗臉台，轉開水龍頭，卻什麼也沒有發生。等到他終於受不了缺氧，短促地吸一口氣，才想起小沁一直提起的事。沒水了。

父親看見面色難看的阿津進屋，略顯局促地解釋：「我下晡放屎，無水當沖。」

「嗯。」阿津正考慮有什麼東西能洗淨他手上殘餘的尿滴。冰塊？流理台邊淤積的水漬？小沁放在他房間地板的化妝水或保濕霜？阿津一抬頭，就看見父親窘迫的臉。他湧上一股比手指沾到尿滴更黏膩不適的感受。他不想和父親獨處，轉身又走出屋外。

霧還沒散去。捉摸不定的白色涼氣。阿津覺得自己正被一股柔軟的濕意包圍，非常舒服。他嘗試搓手，撫摸沒有衣物遮蔽的手臂，指頭上感受得到細緻的滌化。雖然沒有真正被水流沖洗，但他覺得變乾淨了。無論是沾到尿滴的手指或心情都是。

摩托車的聲音朝他的方向駛來。昏黃的車燈照在他身上。小沁叫了一聲，趕緊急剎而止。阿津用手擋住小沁的車頭，掌心沾滿明顯的水珠。看來區公所到老家的這一段路，也是陷於大霧的盲眼危機之中。

小沁取下安全帽，開口第一個問題就是：「有水了嗎？」

阿津搖搖頭。小沁哀叫了一聲，整個人趴在儀表板上。看妹妹如此沮喪，阿津決定先去土地公廟載幾桶山泉回來，至少讓她和父親能簡單料理晚飯、清洗身體，把馬桶的穢物沖掉，勉強度過一兩個難熬的無水之日。島嶼不降雨，水庫乾渴不供水，他實在也沒有其他辦法。

阿津來回跑了五趟，一桶水放廚房，兩桶水放浴廁，另外還載了幾罐大寶特瓶儲放在客廳。萬一水明天還是沒來，他們至少還有後路。安置好後，阿津交代小沁水量配置，安慰她不會無預警停水太久。這時父親走進廚房，打開冰箱，似乎要準備晚餐的樣子。阿津趕緊說，他要回去了。

「不一起吃飯嗎？爸有買你喜歡的豬肝，要煮湯。」小沁還陷在停水的焦慮中，表情十分憂愁。

「不了，我回市區吃。水留給你們用吧。」

阿津拾起客廳桌上的機車鑰匙，瞥見廚房裡父親笨拙地用寶特瓶水洗菜的模樣。他記得媽媽還在世的時候，父親是不會進廚房的。阿津回頭向小沁道別，短暫想起馬桶裡不尋常的排泄物，那黏稠惡臭的瀝青。他走出霧氣氤氳的屋外，很快就忘記了。

阿津牽著摩托車，走向後方停車棚。輪胎滾出一條水的痕跡。車子的把手、坐墊、後照鏡和排氣管都覆蓋一層濃厚的水氣。阿津立起腳架，車身的水珠因此震落，讓地面淤積起淺淺的水灘。從老家回到乾枯的城市，在一排乾燥、擋泥板滿是塵土的車輛中，他濕漉漉的機車顯得格格不入。

租屋處的布告欄上貼了新的通知。由於無雨，水庫水位持續下降，市區要進入下一階段的限水模式。阿津查看時間和地區細節，老家並不在公告的範圍之內。他想，稍晚上網搜尋看看，或許關於偏遠地區的網路消息會比公文通知還來得快。

他走回房間，打開電燈，放下鑰匙和提袋，一邊吃晚餐，一邊收信。忽然一記甜蜜的叫聲揚起。阿津低頭看，他的腳邊有隻養樂多瓶般大的小貓咪，正仰頭對他露出小小的牙口撒嬌。

阿津有些錯愕，不知道小貓什麼時候、怎麼進來的。他的房間沒有對外窗，備份鑰匙留在小沁那裡，不可能是其他房客惡作劇，或者外面的人故意遺棄在他的房內，剛才他也沒發現這團小生命祕密地跟蹤。小貓繼續張著牠的牙口，伸出前肢捉住阿津的褲管，一步一步往他身上爬。阿津終於知道了，牠的目標是他手上那個超商飯糰裡頭貧乏的魚料內餡。

他剝取一小條魚料湊近小貓嘴邊，小貓立刻蠻橫地吃了起來。他一點一點餵，直到手上只剩沾著美乃滋的米飯和海苔，小貓才從他身上跳開，專心清潔自己的臉頰。阿津咀嚼已無滋味的飯糰，看小貓利用他的身體躍上桌子，聞一聞放在滑鼠邊的寶特瓶茶飲，用牠帶刺的舌頭舔拭瓶身沁出的水珠。

整理好自己後，小貓直挺挺坐在阿津面前。牠行星般的迷魅雙眼彷彿在發亮。阿津緩緩伸出手，小貓將口鼻湊過去，濕潤柔軟的氣息在他掌心裡盛開。他看看牠乳白色、茸毛蓬鬆的肚腹和四肢，背部裹著一條黑帶，就像他剛剛吃的飯糰。

「飯丸。」阿津喚。小貓昂頭叫了一聲。

「飯丸。」

「喵噢——」

他們宛如兩個互相唱和的聲部。飯丸似乎很喜歡牠的新名字。阿津看牠瞇起眼睛，毫無防備地依賴著他的手，心中湧起新鮮、激動，不可思議的滿足感。

人力銀行寄出的履歷已被三間公司讀取，阿津卻遲遲沒收到面試通知。他焦慮地敲點滑鼠，不斷更新信箱，深怕遺漏重要信件，甚至多心地翻找垃圾信件匣，懷疑自己是不是誤觸某個按鍵造成訊息空白。他已經等待超過一個月了，幾乎錯過工作銜接的黃金時期。焦躁和挫敗感一天一天加劇。想不到號稱富同理心、批判社會不公的出版產業，對失業者竟如此薄情。

接下來要繳稅，還有房租和各種生活開銷，他的存款開始進入五位數倒數，即使咬牙也不可能撐過去的狼狽數字。阿津想，或許不要堅持找出版業相關的工作，試試看行政助理，不然去早餐店或超商打工應急都好。他迫切需要一份收入，不管待遇高低，他需要錢。

手機適時地響了。阿津興奮且多情地投射，會不會是某間公司直接電話約面談？

拿近一看，是熟悉的號碼。他失望地接起，小沁在另一頭放聲哀嚎：「我已經三天沒有好好洗澡了啦！」

阿津看看電腦螢幕顯示的時間。中午了，區公所剛開始午休。「我看水公司網站也沒公告。區公所那邊有消息嗎？」

「只有徵人啟事而已，辦事員的職務代理人。薪水三萬三千元喔，你要不要來應徵？我可以幫你說好話。」

阿津心頭一震。一份薪水，遠高於他在職時的收入，是他目前最急迫的需求。但是，一想到得回老家和父親同住，讓父子關係再次陷入緊繃，他立刻從妥協的心情中驚醒。阿津故作冷淡地說：「少來了，妳只是想要有人每天幫妳搬水回家吧。」

小沁咯咯笑，聲音充滿被拆穿的尷尬。「哪有，其實爸也希望你回來啊。他還要我問你身上錢夠不夠，他可以先幫你繳所得稅。」

阿津頓了一下。他猶豫是否要放棄莫名高傲的自尊，接受父親伸出的援助之手。這時飯丸碰巧叫了一聲，將他拉回對峙的現狀。

「那是什麼聲音？嬰兒？你有小孩了嗎？」小沁驚訝地問。阿津看飯丸在廁所門口繞圈子，之後走進去，跳上馬桶，將小小的頭俯低，發出滋滋的汲水聲。牠在舔馬桶裡的水。飯丸口渴了。阿津總算意識到這件事，老家馬桶裡的瀝青糞便也突然回到他眼前。

他想開口問小沁，他知道那穢物是父親的，那種顏色並不尋常。「對了，妳……」他用力嚥了一口口水，想排開喉頭哽住的結，卻把想說的話也一併吞下去。「今天下班順便繞去土地公廟載水吧，我這裡也停水了。」這不是他的本意，可惜來不及回頭了。

阿津答應小沁明天就回老家一趟，才終於結束迂迴的對話。他按下掛斷鍵，起身看飯丸的水碗。空了。今天是市區的停水日，房東一早便把走廊的飲水機關掉。他沒有儲備飲用水，飲料飯丸也不能喝，他得出門去買水才行。

即使隔著安全帽，阿津仍感覺得到空氣中浮躁的微粒和霾，從縫隙飄進面罩，刮著他脆弱的角膜。太久沒降雨了，不只空氣變髒濁，居民的心情也蒙上躁動的塵灰。沿路上他看見許多行道樹綁著黃色布條，寫著「停水停收基本費」、「水公司趁危自肥」的標語。停紅燈時，路口的給水車前大排長龍，人群蔓延至轉角，侵占到商家的入口，幾個拿著巨型水桶的婦女正對隊伍前方的老先生叫囂。這是一座乾渴又粗魯的城市。雖然天氣和老家一樣灰茫、晦暗，卻完全不及老家山坡濕潤的寧靜。

幾家超商的瓶裝水早已售罄，阿津常去的超市架上也空空蕩蕩，店員說要晚一點才會補貨。他於是走去隔壁的五金行打發時間，隨意逛了起來。阿津翻看各式工具，虎鉗、劃線刀、角尺、手搖鑽、砂輪機、木塞刀……，心中浮出一股熟悉感。父親做工，這些東西他從小看到大，也常被父親拿來當處罰的用具。他曾被塑膠管抽過背部，擋尺打過手心，疼痛遠遠大於老師的藤條和掃把柄。阿津總是打開電扇讓麻辣的印痕降溫，憤怒地想著有一天要用更強壯的體魄逼退父親。

父親雖然漸漸放下武器，卻仍不放棄自己的威嚴，一直到他大學還會動手。那天他和社團同學到老家附近勘景，他們要拍招生短片，想營造空靈悠遠的氣氛。父親不知為何突然從馬路闖進他們之間，激憤地瞪著他，徒手打了他一巴掌，力道之大讓父親腰際的扳手都為之震落。他短暫進入失聰狀態，左半邊開始暈眩，接著頭殼內響起高頻率的嗡鳴。他沒辦法站穩，跌坐在碎石子上，疼痛的訊息卻傳不進大腦迴路。他吞一口口水，想平衡耳內的疼痛和傾斜，聽見的依然只有尖銳的鳴擊。同學的表情看起來非常驚恐，嘴巴圓張，應該是在尖叫吧。他摀著臉頰，茫然地望著緊咬嘴唇、滿臉怒意的父親。為什麼要打他？他們離老家太近？父親以為他蹺課？還是社團成員只有他一個男生？直到現在，阿津還是搞不懂那記巴掌的原因。唯一確定的是，父親讓他在同學面前澈澈底底難堪了，其中一個還是他暗戀很久的女孩。

阿津再也不想看見父親，他的暴力粉碎了一個半熟男性的自尊，自以為內斂的沉默則讓原本就不和諧的父子關係更形僵硬。阿津盡量待在學校，周末和同學討論報告、出遊，寒暑假主動申請當圖書館的工讀生。找不到藉口逃避的年節，他只好催眠自己是為媽媽和妹妹回去。進入職場後，他更有理由推託加班，另外再帶她們去昂貴的餐廳吃飯作為彌補。父親一步一步從他的重要名單上後退。媽媽過世後，他毫不遲疑地劃掉最末端的位置。他處心積慮地淡化血親。他要讓和父親有關的一切統統消失。

但是，父親的影子卻冷不防跳出來嚇他。他視線所及的器材和零件，每一個都蘊藏著父親的記憶。不愉快的記憶。衝突的記憶。阿津無意識地拂過木榫，螺母，舌片……不慎讓其中一顆榫釘掉落。他彎下腰，發現下層貨架放著孔洞又密又細的黑色網子。他沒有關於這種東西的印象，這是難得沒有父親鬼影的物品。他拿起來摸了摸，質地比想像中還柔軟，不知道是做什麼用的。阿津感興趣地研究、翻看，視線卻被黑網旁布滿灰塵的紙箱吸引過去。是瓶裝水。商場通路缺貨的瓶裝水。阿津驚喜地看了標籤，過期了，但是價錢比量販店還便宜一半。

他仔細回想久遠的健教課本、自然實驗，努力搜尋水超過保存期限的知識。沒接觸過空氣和唾液，沒添加糖分或色素，被開發後直接鎖進寶特瓶中，水應該沒有壞掉的道理。阿津沒有考慮太久，滿意地放下手中的黑網，拍拍紙箱上的灰塵，抱起最上面的那箱瓶裝水，走向櫃台付錢。

他的嘴裡滿是沙子的苦味。或許是空氣中塵霾引來的不適，或許是記憶浪潮侵襲的重擊，回程時，阿津又想起幾件必須咬緊牙根才能撐過的舊事。高二段考前一夜，父親硬是撞開他緊閉的房門，搜出他藏在枕頭下的色情漫畫，逼他自己撕碎。前年終於應徵進入夢寐以求的出版工作，父親聽見他的月薪時輕蔑的嘲諷……。摩托車油門的弧度越旋越大，阿津想用速度將記憶拋在腦後。媽媽不在了，沒辦法再以溫柔的眼神看顧他的傷口。他得自己按捺，不要摳破瘡痂。

到家後，阿津趕緊劃開紙箱，先打開其中一罐瓶裝水，漱洗口腔一番後吐出來，清除嘴裡和心情的不快，再淺嘗一口過期水的滋味。不知道是不是錯覺，他覺得水喝起來有類似薄荷逼人的寒氣，讓他的大臼齒隱隱作痛。阿津倒了一些在飯丸的水碗。

飯丸走過來聞一聞，意興闌珊地掉頭離開。

阿津的信箱依舊沒有動靜。他焦慮地打開臉書，想看看幾家大出版社，他們有時會直接在粉絲頁上徵人，但他的版面卻被同一則新聞占據：

由於各大水庫淤積率過高，無法供應用水，因此全島不分區域即刻進入停水狀態，實際恢復供水時間待清淤作業完成百分之六十再行公告。

好像是中午緊急召開記者會宣布的消息。所有民眾措手不及，網路上盡是憤慨的留言。走廊傳來一陣騷動。房東逐戶敲門通知停水天數要無限期延長，有人嘆氣，有人歇斯底里地咒罵政府，阿津還聽到隔壁房客不滿地說，他這個月不繳水費了。輪到阿津的房門被敲響，他突然猶豫要不要起身回應。他怕房東發現飯丸會罰他錢，甚至要求他搬出去。但是他也知道，門縫透出的光線早就洩露他的確在家。

阿津看著飯丸，用手指堵住嘴唇，示意牠別叫。飯丸頭偏向一邊，口微微張開，吐出輕柔的聲息。阿津皺起臉，激動地搖搖頭。他希望聲音並沒有穿透薄薄的門板，傳進房東敏銳的耳朵。還好，房東的腳步遠離了。她移動到下一道房門，繼續告知其他住戶。

他既緊張又生氣，站起身走向飯丸，飯丸卻被他猙獰的表情和突來的動作嚇了一跳，連忙鑽進紙箱內被取出的那瓶水的空位。

「過來！」阿津的語氣充滿責難，「過來啦！」箱子裡發亮的眼睛蕩漾出更不安的流光。他深吸一口氣，稍稍穩定焦躁的情緒，決定換個方式，朝飯丸伸出手，溫柔地說：「來，來爸爸這裡。」

飯丸瞪大雙眼，把身子越伏越低，隱身於陰暗和恐懼之中。阿津失落地拾起紙箱邊緣的灰塵網，內心有股無法言喻、隱形的疼痛。他走回電腦桌，繼續更新毫無動靜的信箱，偶爾回頭看看那個略微變形的紙箱。飯丸仍躲著不肯出來，他只好再取出幾瓶水，讓飯丸委身的空間大一些。阿津轉開其中一個瓶蓋，喝一口讓牙齒疼痛的過期水。他想，即使如此難受，日子還是要過下去的。

阿津舉起黑網，在霧中來來回回兜攬。幾分鐘後，他收下網子，細小的網眼上聚集了如毛孔泌出的迷你晶體。他摩娑手指上飽滿的水液，湊近鼻子聞一聞，伸出舌尖輕輕一沾，確實如一般水一樣沒有特別的氣味。他舔到的，只有自己指輪裡淡淡的、粉粉的鹽粒。

昨晚阿津又去五金行買兩箱過期水，結帳前，順便把黑網也一併帶了回來。他直覺這個孔縫異常微渺的網子一定有什麼作用。或許因為這是唯一沒有父親記憶的東西，他想挑戰這個五金零件，看看自己能憑空創造出什麼。

如果黑網能一點一點捕捉老家濃鬱的霧氣，說不定可以順利聚集成一定程度的水量。他只要想辦法改良不斷招攬霧的累人動作，譬如立起網子，讓氣流將霧帶進網眼內，或者把網子放在高處，等待霧水沉降其上，然後再將水珠集中收集，就可以累積到可用的分量。阿津興奮地在腦中構想藍圖，決定等等就去工具間尋找三腳架和水桶。

「那是啥？」父親打開老家聒噪的紗門問。阿津回頭，大霧中只有父親隱約的深色剪影。父親緩緩走出來，形影漸漸清晰。

「霧真大。」父親說。

阿津渾身不自在。他拉扯黑網邊緣，假裝看著上面不存在的異物，忽然想起像肉刺一樣長久卡在他喉嚨的那個問題。他輕輕咳了一聲，故作淡漠地說：「你身體咁是……」阿津快速抬頭，恰巧瞥見父親蒼白、窘迫，似乎在忍耐什麼的神情，他隨即別開頭，尷尬地截斷話題：「無。」

父親沒有再說話，捂著腹部站了一陣子，慢慢走進老家。阿津逃向工具間，翻找可以嘗試的零件，搬回門前的空地，開始他的科學實驗。他才剛蹲下來把網子張開，就聽見一記巨響，好像是櫥櫃斷一隻腳倒下的聲音。阿津立刻想到那個年邁的五斗櫃。他毫不在意，繼續把黑網綁在三腳架上。許久之後，他都沒有聽到後續的處理動靜。照理說，父親應該會扶起殘破的櫃子，折斷剩下已嫌多餘的腳隻，將它推向牆壁，闔上吐出的抽屜。但是一點聲響也沒有。屋子裡異常安靜。阿津有些納悶。他放下工具，推門走進客廳。五斗櫃好端端站在那裡，沒有跌倒。躺臥在地上的，是父親，還有一灘鮮豔的血便。

阿津慌張地跪下來，鮮血仍在緩緩擴張它不祥的版圖。父親全身痙攣，白眼上吊，嘴角流出唾沫，牙齒震得喀喀作響。阿津的腦海頓時一片空白。隔了幾秒，他才終於回過神，怕父親咬到舌頭，焦急地尋找毛巾或手帕，抽下客廳桌布，捲成一條麻花，扳開父親不聽使喚的兩排牙齒，強行塞進他的嘴裡。父親咬著桌布，喉頭發出野獸般短促的呻吟，臉色開始發紺。送醫，要送醫。阿津在腦中搜尋最近的醫院，他們得下山才行。他拖著沉重的父親，用背部撞開紗門，把父親抱上摩托車，發動引擎，趕緊往山下騎去。

經過某個彎道，為了閃避一隻突然衝出來的黑狗，阿津反射性地拐了一下車頭，身體僵直的父親便被甩下後座，滾向路旁不毛的碎石地。阿津緊急剎住，車輪卻因此打滑，連人帶車摔出去，撞上邊坡的護欄。阿津不顧手腳擦傷，趕緊爬起來，扶正摩托車，逆向騎回父親身邊。他從坐墊裡拿出另一張沒拿下車的黑網包住父親，再用拋錨時以便拖車的童軍繩纏住他，把他綁在自己身後，就像背著一個裹在棉布內的嬰兒。阿津確認不會再有甩落父親的危險，立刻將油門催到最底。他向下穿過一層一層的濃霧，覺得背部越來越重。

「爸！」風吹散了阿津顫抖的話語。父親並沒有回應。

「爸！」阿津又大聲喚了一次。那種情景，他常看到，也曾聽媽媽提起：年輕爸爸背著發燒的孩子，焦急地在深夜裡狂奔，一邊呼喚孩子的小名，一邊急敲醫生緊閉的家門。只是現在，他變成了那個慌張的青澀爸爸；而父親，則是脆弱的大孩子。

阿津終於看見遠方醫院的招牌，在霧和霾模糊的交界亮著蒼白的燈光。他轉頭對父親說快到了，再忍耐一下。父親依然沒有反應，將生命所有的重量壓在他的背上。

阿津臉上布滿錯綜的水痕。他用手背一抹，分不出究竟是沿途霧氣在他溫熱的臉頰凝結，還是從父親昏迷開始，就無法停住的眼淚。

網子變得如此沉重，有些網眼裡還結著小小的水珠。阿津坐在急診室外的等候椅，摺疊剛才包住父親的黑網，擰出一攤足以讓他大腿溽濕的水漬。水很冰涼，但不到寒進骨髓的程度，他卻不由自主地全身顫抖。

那隻惡獸，那個阿津以為要一輩子對抗的巨人，竟然在他面前倒下了。他沒有任何歡欣的勝利，只感到純粹生物性的恐懼。可能遭親族拋下、極為不安的恐懼。媽媽過世前，他時常往返醫院和老家，早就有心理準備；父親這次則毫無前奏，讓他完全措手不及。或者應該說，阿津確實發現了一些細微的暗示，譬如老家馬桶，譬如父親捂著胃的痛苦神情，只是他不肯小題大作，機警地未雨綢繆。

送進急診室時，醫生看見父親臉色烏黑，怒氣沖沖地斥責阿津，讓大量內出血使得腦缺氧的病患咬毛巾根本是在害他，這樣只會造成呼吸受阻，甚至因此窒息。阿津看著被推進診間救治、胸口起伏十分微弱的父親，想起以前媽媽常說、每次都會激怒他的那句話：「你跟你爸很像。」他現在才了解媽媽真正的意思。他和父親，一直都用錯誤的方式對待彼此。父親的錯誤讓他成長充滿惱恨，他的錯誤則害父親差點喪命。

小沁闖進急診室，焦灼地四處張望。阿津站起身，攔下一臉驚恐失措的她。阿津盡量用符合他年紀和身分的冷靜口吻說，醫生說爸是胃潰瘍，出血狀況已經穩定下來了，等等要安排住院。

小沁的眼淚像湧泉噴發不止。她一邊哭，一邊說些含糊的話。阿津只聽得出自責和椎心的黏稠聲音。雖然妹妹僅比他小三歲，仍像個羽翼未豐、被家人過度保護的孩子。小沁說，她完全沒發現父親身體的異狀，關於阿津提到的瀝青血跡，她也從來沒注意。如果阿津今天不在老家，父親一定早就離開他們，去找媽媽了。

「爸常說希望你回家，」小沁哽咽地說，「爸希望你回家……」她又陷入淚水洪流之中。阿津將小沁被淚痕模糊的臉擁向自己的肩膀，藉著撫摸她小小的頭，壓抑自己幾近潰堤的情緒。

媽媽死前曾說，比起不懂事的妹妹，她更擔心阿津倔強的個性，會讓父子關係鬧得很僵。「不要對你爸逞強，他是你爸爸，」媽媽虛弱如枯枝的手握著他，「你爸也在逞強。」阿津當時面有難色，連忙轉開話題，說他會好好照顧妹妹，請媽媽不要擔心。媽媽含著淚光，在期待和失望的邊緣看著他。他知道媽媽正等他說出對父親的承諾。但他做不到，只能緊緊握住媽媽的手，彷彿跳針一般重複自己會盡兄長的責任。媽媽後來在遺憾中嚥氣。他無法不恨父親。他不覺得父親像媽媽說的那樣在逞強什麼，只是仗著自己不可動搖的父系地位，從各方面持續壓迫他。直到現在，父親如一座斷腳櫥櫃傾倒後，他才知道父親這一路的逞強、忍耐、反應失當，其實和他一樣，只是一種對生命的不知所措。

護士出來呼喊父親名字的家屬，要他們去批價櫃台辦住院手續。阿津整理凌亂的心情，他得趕緊恢復成那個萬事獨立的兒子，能夠依賴的大哥，安排、解決所有複雜紛擾的局面。當初他沒能對媽媽承諾的事，他覺得自己好像有能力做到了。

「走吧，別哭了，」阿津吞下眼淚，攬住小沁顫抖的肩膀，「我們進去看爸。」

摩托車熄火後，阿津把外層掩飾的紙袋往下拉，打開提籠，鼓勵飯丸下車探險。飯丸小心翼翼地踏出步伐，快速抽動鼻頭，嗅聞陌生的氣味。牠舉起前肢，捕抓眼前緩緩飄過、宛如幻蝶的白色煙氣。飯丸沒有見過霧。牠對這片捉摸不定的水氣非常有興趣，專注地追逐起來。

阿津走向老家門口架起的黑網。捕霧網上結滿水珠，集水管也累積了將近八分滿。他把霧水傾倒進旁邊的桶子。飯丸聽見潺潺的水流聲，趕緊跑過來，抬頭看迎接霧氣的捕霧網，興致高昂地攀爬三腳架，聞一聞網子，舔起網眼裡尚未墜落的水珠。飯丸瞇著眼睛，一臉滿足的模樣。牠好幾天沒喝水了。市區還在停水，馬桶內的流動水早已乾涸，飯丸也不肯喝阿津買的過期水。最後，那幾箱過期的瓶裝水，阿津只好轉送給其他房客。

他也學飯丸閉上眼，享受霧氣拂面而過的滋潤。他和所有島民一樣，深受停水和隔海之國飄來的霾害折磨，不止皮膚、呼吸道，他覺得連肺葉都遭灰塵和懸浮微粒占據，咳出來的噴沫甚至帶著沙漬。剛才騎車沿路爬坡，心情似乎一點一點向上淨化。回到老家後，浸潤在沁涼的濃霧，更有種沐浴過的潔淨感。這是在乾旱的市區不會有的舒適。阿津沉浸在霧水溫柔的滌洗，於是父親的聲音出現時，他嚇了一跳。

「你飼的貓？」

「對，之前撿來的。」阿津擔憂地說，「你緊去歇睏。」父親上周出院回家了。

胃潰瘍的情況已經恢復，只是身體仍非常虛弱，無法再搬重物，或者太勞累。

「無要緊。」父親看著捕霧網，好奇地觀察霧、網子和剖開的集水管。阿津向父親解釋，這是他設計的捕霧設備，可以把老家這片濃霧變成水。當氣流推動霧，經過網子細微的孔隙，霧就會凝結轉化成小水滴，流進下方的管子，搜集起來。他還在思考要怎麼讓水管裡的水直接流到水桶，省下看顧水量的心力和時間。

父親聽完，緩緩點頭，露出羞赧的笑。「你有讀冊，知影較多。」

「無啦，也是看網路頂面的資料，有人佇做這款研究。」阿津雙頰微微發熱。他還不習慣父親不著痕跡的讚美。

風來了。阿津轉身迎向風的方向，敞開雙手，讓霧襲上他的身體。他想像自己就是一張捕霧網，一個坦懷的捕霧人，正打開全身上下的毛孔，擁抱那一片無邊無際的潮氣。

「暗時咁欲留佇厝呷飯？」父親問。

阿津睜開眼，心中湧起一陣前所未有的舒坦。「好，煮豬肝湯，」他對父親說，「就用捕霧網搜集到的水。」

魚水

這是小池最近熱中的事。每隔一陣子，她都會迷上一種新的嗜好。去年夏天，她報名了社區大學的保健飲食課程；冬天買了好幾本關於羊毛氈的書；前幾個月則是跟一群年紀相仿的婆婆媽媽在公園跳土風舞。小池的興趣不會維持太久，一旦失去熱度，或有新的刺激出現，她會立刻轉移目標。這次，大概從上周五開始，她放棄了靜心冥想，轉向另一種更親近生命的正向活動——按照她的說法，是讓悶壞了的小金魚出來沖澡透氣。其實，簡單的說，就是替金魚換水。

那隻金魚，是丈夫大川在某個遲歸的晚上提回來的。他把那包鼓漲的塑膠水袋隨手放在客廳桌上，壓在下方的報紙字體被水的張力撐得變形，好像隨時都會爆破開來。大川身上散發一股興奮的刺鼻氣味，眼神渙散，意識似乎沒有跟著回家。

「這魚哪來的？」小池問。

「夜市。」大川輕描淡寫地說。

「你和誰去夜市？」小池繼續追問。大川沒有回話，徑自走入兒子阿浦的房間。自從阿浦離家去南部念大學，大川就像困居牢獄的囚徒終於發現潛逃的縫隙一樣，開始和小池分房生活。

小池搖晃圓滾滾的水袋，那隻金魚在有限的宇宙裡慌張游竄。突然來了一隻不能食用的魚，家裡並沒有適合的魚缸，又不能像鮮花一樣放著不管。小池起身走向廚房，打開廚具櫃東翻西找，發現一只腹底渾圓的玻璃杯，底部有個微妙的支點，既能滾動，又能同時保持平衡，不會讓杯內的液體翻覆。是女兒小沫不熟的大學直屬學弟送的畢業禮物，但她從來沒看小沫拿來用過。

「姊姊，妳之前帶回來的不倒翁杯還要用嗎？」小池走到小沫緊閉的房門前問。門縫流瀉出光線和敲打鍵盤的細瑣聲音。「姊姊，」她敲敲門，不厭其煩地重複：「妳的不倒翁杯還要用嗎？」

沒有回答。

小池聳聳肩，自討無趣地退開。她安慰自己，反正這個家沒有人願意聽她說話，她早就習慣了。唯一會在她說話時把目光轉向她的兒子阿浦每個月回家一次。至少這個月她還有能期待的奢侈。

一抽掉綁繩，塑膠袋內飽滿的腥氣便散逸出來。混合壓力、潮濕和生命的味道。小池小心翼翼地將金魚倒進杯子裡。水旋流的力量讓杯底的平衡點不停改變。金魚慌張地四處游移，無法預期的杯體滾動讓牠吻部撞上內壁。牠趕緊改換方向。碰撞和驚慌交錯重複。金魚看起來就像個神經質、不知所措的迷途孩子。

杯子終於找到最妥善的平衡點，不滾動了。金魚慢慢平靜下來，輕輕地甩動尾鰭。規律開合的嘴巴吐出微小的氣泡。單調的生態系頓時瀰漫出安逸的氣氛。小池伸出食指，在水杯前左搖右晃。金魚彷彿受到引誘，徐徐追逐她土黃色的指頭，無論她移動到哪裡，金魚都像個忠貞的教徒追隨其後。小池驚喜地想，比起那個帶牠回來、對她漠不關心的丈夫大川，這隻來歷不明的小金魚，還滿討人喜歡的。

七秒。電視畫面開啟的空白等待。熱水器點燃的反應期。深夜被尿意喚醒，從床上掙扎起身的時間。七秒有時很長，有時很短。如果是記憶的長度，那屬於令人欽羨的無憂，還是可惜？

小池很久以前就曾聽說，魚的記憶只有七秒，可是她發現，金魚其實認得沖澡透氣的暗示。平常金魚隨意浮泳，沒有特定節奏或規律路線，但只要小池哼唱自創的曲調，牠就會開始繞著杯內旋游，在小池靠近時挨向她手掌的那一側，等待她捧起不倒翁杯，走進浴室。

小池微微傾斜杯口，倒出裡頭略顯渾濁的水液。金魚順著水流滑入她弓起的手掌心。髒水穿越手指縫隙，流向洗臉台排水孔。她得小心維持手掌的碗形，免得手中鼓動的小生命跟著水流消逝。她單手打開水龍頭，將水量轉至最小，朝橫臥的金魚潑灑新鮮的清水。金魚鼓動清晰的鰓，嘴巴一張一合。她以指腹輕輕按摩牠細緻的鱗片，想用自己模糊的指輪刮除牠身上的汙垢。小池的動作輕柔、和緩，就像幫脊椎還十分柔軟的嬰兒洗頭。她湧起了許久不曾經歷，溫熱的母親心情。

她把水量轉大，沖洗杯內黏滑的水苔。關上水龍頭。搖一搖。倒掉。再沖入新鮮的水。小池僵著左手，趁還沒抽筋前將金魚輕輕地滑入杯內。咚。金魚小小的身體激起水泡。牠趕緊巡游一圈，彷彿確認自己失而復得的領土。小池用毛巾擦乾雙手，捧著金魚水杯，謹慎地放回客廳桌面。儀式結束。小池舒暢地呼了一口氣。金魚在全新的小水域優游，隱隱閃爍清澈的鱗光。

門鈴忽然響起一陣沙啞的歌。這種時間會是誰？丈夫大川和女兒小沫都出門上班了，她今天輪晚班，下午才要去公司站櫃。小池納悶地打開一點門縫。是向他們承租頂樓加蓋鐵皮屋的女人。五官像山脊一樣深邃，膚色宛如未脫殼糙米的少婦。小池推開門。屋內的光線流向陰鬱的公共走廊。她短暫進入盲眼狀態。等眼睛調適了光和黑暗的亮度差階，她才看到少婦身後跟著一對瘦弱的兒女。

「怎麼沒去上課？」小池彎下腰，問那個看起來是就學年紀的男孩。她隱約有印象聽過少婦叫他阿湧。

「房東太太。」少婦開口，聲音含著些微的委屈。

「我們家姓池。妳以後叫我小池就好了。」

小池俐落地說。這已經是她面對陌生人，自我介紹的制式開場白。她並不姓池，名字裡也沒有類似的諧音字。丈夫才是真正擁有這個姓的人。小池因為和他結婚，漸漸地像刺青一樣紋上這個名字。剛開始，大家叫她「池太太」；有小孩之後，老師和其他家長叫她「池媽媽」；不知道為什麼，她服務將近二十五年的公司，同事也改口叫她「小池姊」，連新上任、年紀比她還小的主管都是。她原本的名字缺乏特色，姓和名筆畫不多不少，卻都沒有能讓人記住的強烈個性。

少婦怯弱地問小池當地布告欄的事。她想找附近的零工或家庭代工，不知道哪裡會公告這些訊息。小池用記憶在街道上走一圈，熱鬧的大馬路、清晨市集，甚至狹小的死巷子都繞進去了。沒有。她想不起哪個地方貼著徵人啟事。她略帶歉意地說，或許可以去區公所看看，那邊有租屋布告欄，說不定也會有她想要的工作資訊。

「我什麼都可以做，」少婦無助又誠懇地看著小池，「請房東太太幫幫忙。」

兩個小孩仰起小小的頭，用彷彿會溢出淚水的眼睛望著小池。小妹妹看起來還沒有了解這個世界運作的智力。哥哥牽著她的手，眼神似乎快速閃過千言萬語。小池輪流看著這三雙同樣美麗卻情緒各異的眼睛。焦急、欲語、靜滯，少了一雙男人的、父親的、承擔責任的眼睛。小池忽然發現，她還沒有看過少婦的先生。從他們租屋簽約那天開始一直都只有這三個人。

表明完沉重的心意，少婦帶著孩子上樓，回到他們狹窄的暫棲之處。輕重錯落的腳步聲形成三種聲部，在宛如音箱的樓梯間回響。頂樓沉甸甸的鐵門終於鎖上。小池轉身，室內的光亮讓她又陷入目盲。這次她閉了好久，才能再睜開眼。

任何煩惱，無論大小，一旦在夜晚燃起念頭，就會像失控的火苗一樣蔓延焚燒。

小池戴上老花眼鏡，仔細閱讀勞保局寄來的宣導手冊，一邊敲打計算機，一邊長長地嘆氣。她只要認真思考什麼事，其他感官便自動關閉，以至於大川走進房間時，小池從椅子上彈起來，嚇了好大一跳。

大川不是要來找她，也不是異想天開想再次和她共眠，找回前陣子中斷、持續三十幾年的生活溫度，而是他放在兒子房間的內褲沒有了，洗澡前不得不回原本的臥室拿。大川把飄著廉價洗衣粉氣味的浴巾披在肩上，打開衣櫃，一副失憶的窘迫。這困居了幾千個日夜的房間正挑戰他的記憶。他想不起內褲的正確位置。維持家庭事物秩序一向都不是他擅長的領域。

「第二格抽屜，」小池在大川身後說，「要不要我幫你拿？」

大川彷彿悟道般遵守小池的指示，拉開的抽屜這時卻整個崩落下來。他慌張地把掉出的襪子、手帕、汗衫撿起，再順著鬆動變形的卡榫將抽屜推回櫃內。這個抽屜壞好幾年了，每次開一定得把手伸進後方托住木板，才不會讓衣物隨著抽屜坍塌。這理當是生活於此之人都知道的規矩。大川低著頭，耳朵和頸部爬上一陣明顯的緋紅。他沒有看小池一眼，連不小心視線交會也沒有，倉皇地走出房間。

對於大川的疏離和漫不經心，小池感到非常疑惑，心中也有股淡淡的怨氣。從什麼時候開始，他們兩人從相處和平的夫妻，變成一對刻意冷漠、只剩法律定義來維繫關係的伴侶？她是不是做錯了什麼？難道婚姻到最後就注定化成一池令人走避的渾水？小池困惱地坐回桌邊，但一看見計算機上貧乏的數字，她又脫離一時氣憤的情緒，陷入原先憂鬱的長考。

開始倒數了。她的退休年齡。當時退休金制度意願徵詢，她想了想自己尷尬的歲數，還有轉職的低微可能，決定選擇舊制；大川因為定性不足，常常情緒性辭職，考慮這種不穩定的性格和工作狀態，勾了勞退新制。她的實際收入比大川高，主要是靠站櫃銷售的業績獎金，底薪卻低了一階，也沒有隨年資增加。她最快後年可以自請退休，這樣算起來，只能一次領一百一十萬，以她漫長的餘生而言實在太少了。可是，若拖到強制退休的法定年齡，雖然是本土老精品公司，但就現在國內低迷的經濟氣氛，誰能保證不會倒閉，或無預警撤資到鄰國？她應該像大川一樣選新制嗎？不，政黨和財團不斷掏空國內資本，這個國家明年還在不在都不曉得。對於金錢、即將來臨的晚年和國家狀態，她實在無法樂觀。

她和大川很早就說好財產分開自理，每個月共同負擔基本開銷和房貸。但大川沒收入的時候，她則毫無保留地奉獻所得，讓家庭運作能如常滾動；久而久之，經濟重擔便全然落在她窄小的肩頭上。還好，女兒小沫這幾年總算進入職場，縱使薪水是無可奈何的22K，怎麼說也算經濟獨立了，剩還在念大學的阿浦需要煩惱。她不知道大川有多少存款，或者有沒有存款。她自己是盡量把錢都存下來。雖然他們還有頂樓加蓋可以收房租，不過屋況老舊，房客來源並不穩定。這次少婦一家會住多久、之後會不會有人接著續租，沒有人知道。

小池又嘆了一口氣。晚上想這些沒有答案的問題太傷神了。她的心臟跳得好快，有點喘不過來。她起身在房間走動，想舒緩緊繃的神經，意外發現衣櫃前有個不合時宜的長方形塊狀物。是大川的手機。和存摺一樣不讓她碰的手機。應該是大川打翻櫃子時不小心遺落的。小池一開始有些慌張，刻意迴避躺在地上的異物。但隨後她咬著下唇，沒有猶豫太久，匆匆走向那支僵冷的小機器，把它撿起來。

她的呼吸越來越急促，像初次犯案的小偷一樣緊張。小池輕而易舉地滑開基礎控鎖。螢幕亮了。遊戲。訊息。相片庫。先看哪一個好？她點入相簿，一個年輕陌生的女人映像突然全屏顯現。她倒抽一口氣。那個女人舉著一包鼓脹的金魚水袋，背景是模糊雜沓的夜市。女人笑得很開心，是那種同等回應攝影人情緒的笑。她可以想像拿著手機對準這個笑容的攝影人心情有多高昂，縱使她不曾親眼看過。

退出程式。關上螢幕。小池後悔了。她十分氣惱，雙頰發燙，但心中隨即升起一股莫名的罪惡感，好像自己逾越道德界線，偷窺不能看的限制影像。和人生大部分的時刻一樣，她不知道現在應該怎麼辦才好。她把手機放在床上，不安地走來走去，又彆扭地拿起，將它放回冰涼的地板，一開始它出現的地方。她強烈覺得自己不應該再和這個沒人允許她發現的祕密共處一室。她慌慌張張地步出房門，彷彿逃難一般，奔向黑暗中僅有金魚水杯微微閃爍波光、無人守候的客廳。而那隻金魚，仍輕輕擺動牠薄柔的尾鰭，兀自沉浸在純淨、光潔、無害的小宇宙裡。

兒子阿浦按照預定，周五深夜搭著半價客運回家。大川在那之前已收拾好自己簡單的物品，把房間還給阿浦，回到他們的臥室，爬上單側許久已無重量壓痕的雙人床，倒頭就睡。小池背側著身，聽著大川渾濁、洪亮的鼻息。她感覺他們兩人都刻意遠離對方的身體。

隔天一大早，大川就出門工作。他任職的快遞公司配合某些周末照常營業的企業，並沒有休息。中午回家簡單吃個飯，又出去了。他們一如往常沒說什麼話。有時小池單方面說了什麼，但就像對水池丟石頭一樣，大川並沒有回應。

阿浦才剛起床，坐在客廳慢慢喝一杯加了碎冰的冷水，用臼齒咬碎顆粒較大的冰塊，偶爾發出神經疼痛的叫聲。這是他一貫的醒腦方式。小池把被大川翻過的凌亂菜餚擺好，正想喚小沫吃飯，已經聽見廁所馬桶嘩啦啦的水流聲。

「誰養的魚啊？」阿浦睜開終於甦醒的眼睛，把臉湊近這個新鮮的小玩具，伸出手，朝杯口推了一下。不倒翁杯左右搖晃，金魚倉促地游動，看起來十分驚慌。除了小池外，家裡第一次有人侵擾牠寧靜的堡壘。兒子從另一側再推一次，水杯開始大幅度旋轉。金魚先是逆著旋轉的方向奮力擺尾，最後敵不過轉速，捲進中央凹下的漩渦。

杯底的支點撞到遙控器，杯子瞬間翻倒，又猛然立起。但來不及了，大部分的水灑了出來，金魚也跟著滑向潺濕發皺的報紙。阿浦趕緊抓起掙扎的金魚，投回不倒翁杯。金魚豎起的背鰭浮出過低的水面，他把自己沒喝完、混雜冰塊的冷水倒進去，補足原本適切的分量。

聽見兒子的驚叫，小池走回客廳。看到桌上濕掉的報紙和阿浦闖禍的心虛模樣，她就知道發生了什麼事。她不以為意地笑一笑，接過水杯，溫熱的掌心讓杯體外緣結出不少細緻的水珠。不知道是不是錯覺，她覺得金魚的活動好像變遲鈍了。

或許是受到驚嚇吧。小池沒有多想，拿著金魚水杯走進房間，放在床頭櫃上。等它完全靜置才離開。

他們三人吃起有點遲的午餐。阿浦隨意地談學校的事，教授上課的怪癖，最近流行的活動，打工認識的外系所學姊，和同學半夜騎摩托車去海邊看流星雨。小沫很少動筷子，低著頭專注滑手機。小池看到女兒對手機自顧自地咯咯笑，忽然想起那件令人不堪的事。

「你爸爸……」小池在兒子夾菜的空檔，踟躕地說：「你爸爸好像在外面有女人。」

「啊？」阿浦驚訝地停住動作，肉片還懸在他的筷子尖端。「怎麼可能？爸爸不是每天都回家吃飯睡覺？」

「拜託，妳是電視看太多嗎？他都幾歲了，頭禿成那樣，還舉得起來嗎？」小沫不耐煩地說。小池有點意外她竟然跟上他們的話題，雖然她過於露骨的回應讓小池有點不自在。

「你爸的手機裡，有不認識的女人的照片。」小池一個字一個字慢慢說。

「那又怎樣？」小沫低著頭問，視線仍然沒有離開手機。阿浦尷尬地看看叛逆直率的姊姊，又看了看臉色凝重的媽媽，不知道該怎麼辦。

小池短暫沉默了一陣。這種橋段她見過無數次，電視劇、報紙家庭副刊、公園其他婦女的傳聞……，但真的換她成為必須開口的人，熟悉的問題卻變得難以啟齒。

「如果……如果我跟你爸離婚，你們要跟誰？」

阿浦面有難色，他原本就不健康的臉顯得更加青慘。小沫絲毫不在意，從容地回答：「這房子是誰的？誰有房子我就跟誰。」她繼續夾著已無人動用的菜餚，「薪水已經夠少了，我可不想再另外付房租。」

小沫淡漠的回應像一盆寒進骨髓的冷水，無情地朝小池潑過去。她在想像中發抖，感到前所未有的孤立和無助。小沫繼續低頭滑手機，偶爾發出輕微的笑聲。阿浦機械式地扒著碗裡的白飯。小池坐著，等著，哆嗦著。一直到碗盤淨空，都沒有人說話。

那之後，小池苦等不到大川再犯的粗心。她期盼那個藏著祕密的手機能又一次不經意地出現在房間地板，或其他什麼意外的地方都好。她需要直接讓她傷心落淚、失控發瘋的證據，加強那個燦笑的陌生女人對她的威脅。這其實很兩難。她心底並不希望事實朝她的預感而去，甚至一想到就會害怕得顫抖，但她所有意志都在搜尋、解釋任何微不足道的訊息。遲歸。刻意保持身體距離。偶爾飄來的刺鼻氣味。還有絕不讓她看手機這個舉動，是否就是作賊心虛？在關鍵性的證據明朗之前，或許她還沒有理直氣壯指責大川的權力。就如小沫當時對她尖銳的質疑：區區一張女人笑得很開心的照片，怎麼能證明丈夫不倫的背叛？

小池搖搖頭，甩掉目前還太遠的煩惱。現在是站櫃時間，她必須把心力放在工作上才行。上周阿浦回家，她推掉周末排班、賺業績的大好機會，接下來得把握住周間每一個可能的客人，否則這個月的收入會讓人更沮喪。

一對年輕情侶穿過自動門，雀躍地走到小池面前。「歡迎光臨。」小池擺出銷售員一貫謙和有禮的姿態，卻不由自主盯著眼前青澀的愛侶猛瞧。他們這間公司的客群大部分是四十歲以上的夫妻，有時會有三十幾歲的手足聯合買禮物送長輩，這麼年輕的客人她還是第一次遇見。但讓小池困惑的並不全然是他們的年紀，而是其中那位看來主導兩人關係的人，陰陽不明的氣質。

對小池而言，世界上只有四種人，或者說，她只分得出這四種：女人，沒有女人味的女人，男人，和沒有男人味的男人。眼前留長髮、看來十分羞澀的女孩毫無疑問屬於第一種，但旁邊那個有著長睫毛和剛毅下巴線條、頭髮剃短的小個子是第二種還是第三種，她就無法確定了。

小池盡量掩飾自己的好奇，用中性的口吻問：「請問兩位想找什麼款式？要送人還是自用？」

「我們要買對戒，」無法分辨性別的小個子眼神堅定地看著她，「結婚對戒。」那個聲音依舊讓小池混淆，但她漸漸將光譜移向第二種。雖然音質粗糙，卻明顯沒有經過變聲疼痛的折磨，聲線還保有彈性。小池知道男孩子變聲是怎麼回事，她兒子阿浦國中時就曾經歷那彷彿喉嚨灼燒般的生理轉變。

「結婚？是……兩位要結婚嗎？還是……？」小池吞吞吐吐地問。不可能有人來幫自己以外的對象買結婚對戒。她希望她詫異的眼神和問題沒有透露出無禮。小情侶相視而笑，甜蜜地點點頭。「噢……恭、恭喜啊。」她言不由衷地祝福。

小池偏頭考慮了一下，看看紅著臉的女孩，又看看得意洋洋的似男孩，憑著職業鍛鍊出來的直覺，拿出設計較新穎的款式，開始介紹起戒指。她一直分神想著關於現實的問題。結婚?現在已經沒有限制了嗎?這麼說起來，之前新聞好像說過哪個縣市的戶政事務所可以登記。小池腦中閃過千百個疑問，以至於設計概念講解得非常失敗。還好，她們兩人沉浸在亮閃閃的喜悅中，對對方嘗試的各式戒指發出讚歎或表達意見，沒有真心聆聽小池零落的介紹。

「妳們兩個好年輕，就要結婚，」小池終於按捺不住心中的疑惑，迂迴地探問：「父母都同意嗎?」

似男孩看看女孩，略帶歉意地笑了笑。令小池意外的是，代表兩人開口的，竟然是那個始終不多話的害羞女孩。

「我媽媽很高興，」女孩微微顫抖的嗓音透著堅定而強烈的情感，「她說世界上很多人只愛自己，甚至為了保護自己去傷害其他人，但我有愛人的能力，有一顆健康的心，她覺得非常驕傲。」

女孩稍稍收斂自信的神情，臉上的紅潤也跟著退卻。「我爸還在被我媽洗腦。他比較古板，不太容易改變觀念。不過我想他應該已經開始接受了，只是還拉不下臉而已。」她說完吐吐舌頭，望向一直凝視著她的似男孩。似男孩感動地微笑，輕輕捏了捏她的手。兩人交扣的十指握得更緊。

她們兩人又埋頭挑選了一陣，在兩三個戒指中做最後比較，反覆脫戴，看起來非常猶豫。小池沒有提供任何建議，也沒有幫腔，忘了自己還穿著制服，應該要努力推銷的工作原則，只是靜靜地看著她們。她不想破壞如此純真的親密。

似男孩發現小池濕潤的眼神，搔搔臉頰，忽然開口說：「其實，我爸媽結婚時就是買這家對戒。」她傻氣地抓了抓後腦勺，「我爸媽過得很幸福，我希望我和我的另一半也能戴你們家的戒指，跟他們一樣幸福。」

這番告白讓小池全身起了強烈的雞皮疙瘩，感動得說不出話。雖然她只不過是這家精品公司的老員工，汲汲營營計算退休時機，對世間的幸福沒有一丁點貢獻，她的眼淚卻幾乎要奪眶而出。似男孩最後拿起線條簡單交錯、象徵無限圓滿的戒指，慎重其事地套上女孩的左手無名指。她們兩人都笑了出來。

小池也是。她也跟著幸福地笑了。只是，對比眼前這對愉悅、幸運的佳偶，一想到自己毫無功勞的人生，傾斜的家庭，走調的婚姻，她悲哀的眼淚終究還是掉下來了。

冷靜地想，小池也不是真的那麼愛大川。

他們和大多數同輩一樣，是自由戀愛而結婚。小池當年確實深受大川的機敏和伶牙俐齒吸引。保守封閉的時代氛圍，大川在一群樸拙的男人當中非常耀眼，就像潺潺溪水中一顆綻放火光的原石，為了討好她也不會吝惜放低姿態。他們兩個在彼此最理想的狀態走入婚姻，也擁有過單純的幸福。只是時間之流總會侵蝕、帶走一些不穩固的狂熱。年輕的激情早就過去。她生命的重心因此轉移。三十幾年了，她努力工作，咬牙累積小額積蓄，重心全放在她眼裡永遠長不大的兩個小孩身上。最值得回憶的人生總在過去，譬如光榮，譬如愛情的滋味。她相信丈夫一定也是。而她現在之所以會如此憤怒、難堪，完全是一種不平衡的感受，與愛全然無關。大川輕鬆放下她以為要背負一輩子的責任，從社會禁錮和家庭規範中滑溜出去，替自己找回某種刺激，再次感受生命應有的快樂；而她，則像個愚蠢的老女人，死守著妻子和母親的身分，獨自忍受生理折磨和價值觀衝擊。最讓她心寒的是，小沫竟然說，不想成為像媽媽一樣無聊的人。

小池難以接受自己的努力變成可笑的迂腐。她拖著疲憊的大腦和身體走進房間，沒開燈，制服也沒換下，直接倒向床鋪。黑暗中，物品都帶著模糊的輪廓。櫥櫃。燈罩。全身鏡。還有濕黏的臭氣。即使閉著眼，她仍有自信能掌握房內各種家具的位置。只是那股罕見、屬於熱帶的味道，她完全沒有頭緒。

她低頭聞聞自己的腋下，移動浮腫遲鈍的小腿，爬起身，向四方抽動鼻子，嗅聞氣味來源。她游移迷濛的視線。毛巾。四季被。枕頭。靜止的金魚。對了，是金魚。阿浦回來那天她放在床頭櫃上從此遺忘的金魚。她好久沒有讓牠出來沖澡透氣了。

一移動水杯，奄奄一息的金魚突然驚醒，奮力游竄幾回，又失去動力。水面上積了毛髮和一團團的灰塵，賴以為生的水體也漂移幾條絲狀的糞便，底部還有斑駁的鱗屑和霉斑。金魚在髒濁的水中緩緩傾斜身體，大意地露出過白的肚腹。牠需要活水。再不換水，小金魚就會澈底翻覆過去。

小池走進浴室，還沒開啟水龍頭，就聽見規律的滴水聲和嘈雜的低語。她疑惑地走出去。大川和小沫不知什麼時候都回來了，聚集在阿浦的房間，不約而同地仰著頭。

「外面下雨嗎？」小池問。

「不是。弟弟房間的天花板突然漏水了。」小沫回過頭來說。大川爬上床鋪，踮起腳尖，查看天花板暈開的水漬。細小的水珠受重力牽引，朝某個變形的低點聚集，彷彿迅速生成的鐘乳石，最後抵擋不住強勢的地心引力，終於失控墜落。「滴——」。不偏不倚，水滴落向床鋪正中央。那裡已經淹起一池小小的水漬。潯濕的疆土還在往外擴散。

大川爬上從陽台搬來的梯子，對準水滴處貼上防水膠帶。過沒幾秒，水仍然從不牢實的縫隙溢流而出，甚至超過膠帶的負重力，一舉沖破軟弱的圍籬，連同濕透的膠面一起掉下來。

小沫興致索然地離開，回到自己閉鎖的房間。剩握著金魚水杯的小池和大川兩人。大川湊近天花板仔細觀察，壁面似乎有一道細小的裂縫。非常細小，就像一根無意間遺落的頭髮。小池也看到了。要不是違反物理學，髮絲不可能往上掉在天花板，他們絕對不會發現那條幽微的破綻。

那道裂縫的位置，剛好是頂樓加蓋鐵皮屋的廚房和浴室之間。礙於違章建築法規，他們一直不敢大肆整修，怕引來其他眼紅鄰居的投訴。老舊管線似乎走到了壽命盡頭。小池望向大川。大川對著漏水皺眉，一籌莫展。她看看桌上的時鐘。九點半。接近不便打擾的夜晚時分。小池想了想，放下金魚，對眉頭緊蹙的大川說：「我去頂樓問看看。」

大川匆匆瞥了她一眼，迅速將視線收回，短暫猶豫之後說：「那順便跟他們收房租，這個月遲好幾天了。」

小池走出家門，一階一階確實地踩穩樓梯，緩緩步向頂樓。樓梯間的電燈點不亮，她很難想像平常少婦怎麼摸黑回家。終於到達最後一階。小池喘口氣，稍稍放鬆自己沉重的骨盆。鐵門後的毛玻璃透出室內極其微弱的光源。門是鎖上的。小池敲敲門。沒有回應。但是她隱約看見毛玻璃後面浮現一團小小的人影。

「你要找誰？」稚嫩的聲音傳出來。咬字有點含糊。是那個還不太會反應、總是睜著大眼的小妹妹。

「妹妹啊，妳媽媽在家嗎？」

「不在。」

「那哥哥呢？」

「哥哥不在。」

這麼晚了，少婦和小哥哥會去哪裡？小池擔憂小女孩獨自在家的安危，本想哄她快點回房間，如果有其他人敲門都不要回應，但不知怎麼，小池說出口的竟是潛匿在她心中的疑問：「那妳爸爸呢？」

鴉雀無聲。空白的沉默經過很久。小池等不到回答，以為門後的女孩跑掉了。正當小池略帶歉意地反省自己的失禮，小妹妹突然出聲。

「沒有。」她的聲音裡有說不出的豁然開朗，就像絞盡腦汁，終於找到複雜習題的正確解答。

「爸爸跑了！」

那個回覆的語調正向、高昂，甚至有些歡欣。毛玻璃後模糊的人影上下跳動，彷彿興奮地手舞足蹈。沒多久，又消失於淡濛的光影。

小池還沒理出清楚的情緒。回到家，看見手拿抹布、黏土、指甲油，仍嘗試各種方法止漏的大川，一時之間說不出話。

大川抹抹臉上的汗水，發現了站在門口的小池。「怎麼樣？房租呢？頂樓也有滲水嗎？」

「他們……沒人在家。」小池簡單地說。她無法適當剪裁想法，而不參雜疑問和對說明毫無幫助的憂傷心情，只好選擇省略。

大川點點頭，沒有再說話，轉回注意力，繼續對抗那個讓人苦惱的水源處。每當他以為現在使用的方法奏效了，阻擋物隨即崩落，降下更多洪流。他在一次又一次的失敗中探尋出路。小池看著他認真不懈的背影，先是湧起失落許久、溫熱的悸動，而後又被羞惱覆蓋。丈夫終於又變回那個扛起煩難、盡心負責的男人了嗎？還是純粹為了遠離她，不想和她同床共眠？

小池不知道大川真正的答案，但她心中有希望的傾向。她拿起金魚水杯走向廚房，倒掉大部分的髒水，小心不讓金魚溜出，再拿一條乾燥的抹布，回到阿浦房間。她先用抹布將床上的水漬吸乾，再把水杯放在濕痕的中央。水量淺薄的杯體出乎意料、很快就穩定住了。天花板落下的水珠毫無偏差地滴進杯子裡。每落入一滴水，金魚就會顫抖一下。小小的身體在不平靜的水中，就像一面隨風飄揚的旗。

「先這樣吧，」小池扶著膝蓋，緩緩挺起腰桿，對一臉莫名的大川說，「明天還要上班呢。」

最後一盞日光燈熄滅。來了。大川在一片黑暗中走進臥室，不熟練地撞到電扇和櫃角，終於摸索躺上雙人床那等待已久的空位。

小池聞到一團熱烘烘、柔和的肥皂香氣。就在她身後，越過背部，飄進她濕潤的鼻腔。這是好久以來第一次，阿浦沒回家時大川躺在她身邊。雖然是因為他賴居的房間漏水，雖然小池仍嗅得出包藏在人造香味底下，他心中隱隱的不情願。

「還好阿浦不在家，不然就麻煩了。」小池的聲音在安靜的夜裡顯得清晰不已。大川好像有附和，又好像沒有。她等了很久，心還懸在那裡。

他們維持同樣的背對姿勢，沉默地躺著。兩個人都不敢翻身，深怕破壞僵持緊繃的平衡。小池知道大川沒有睡著，正和她一樣亮著眼睛，或者偶爾閉上，將注意力集中在對方的一舉一動，就像兩隻反向對峙的獸。

「你是不是……」她終於按捺不住，幽顫地開口了。那個一直縈繞在她心頭，讓她感到屈辱、毫無明證的鬼魂。「滴——」。好巧不巧，漏水聲突然打斷她關鍵的問句。情緒瞬間散了。在即將脫口而出的重要關頭，她全部的意識卻被清亮的水滴聲吸引。「滴——」。

句子沒有接下去。問題成為一個引人好奇的懸念。大川用他粗啞的喉頭發出疑問：「嗯？」

小池回過神來，怯懦地吞下話語。「沒有。」她心跳得很快，沒有再啟齒的勇氣。「滴——」。水珠一滴接著一滴，從天花板某個破口滲漏，順服霸道的重力，毫不猶豫地墜往水杯，投向另一片更豐沛的歸屬。她彷彿聽得見一滴水融入水中，天衣無縫地顫抖。

漏水聲仍規律地持續。逼——。在水滴與水滴墜落的間隔，響起一記單調的機器音。小池望向兒子沒關上門的房間。大川放在那裡的手機由於收到訊息，螢幕亮了，連帶也微微照亮那個狹小的空間。小池看見了，清楚地看見，她不靈光的老花眼從未如此明晰，滋潤的活水不斷注入，在水杯中優游的金魚，比任何時刻都有活力。

廢雲

小漩兩眼直盯著電腦螢幕，食指焦慮地敲點滑鼠。她剛傳送出訊息，正等著另一頭的美編回覆。

沒有動靜。對方甚至還沒有讀取。她按捺著心中想直接拿起電話撥打的焦灼，深怕自己的衝動會造成陰錯陽差的占線。三個小時過去了。早上快遞先生取走稿件前說，今天數量多，中午用餐時間不送件，可能需要兩到三個小時對方才能收到。小漩算了算時間，暗自將時限設於午後兩點。現在是一點五十九分。她把游標移向螢幕右下角的時間顯示器，拉出精確的秒數倒數。三，二，一。兩點整。時限到了。她的耐性極限就這麼長。她迅速地按下美編的手機號碼，這串數字組合她早已銘記在心。電話撥通後，長而空蕩的銜接聲從她左耳傳到右耳。嘟——嘟——。沒有人接。小漩的手指又不自覺地開始敲點滑鼠，在腦中條列出各種可能性：

一、美編恰好出門買耽遲的午餐

二、熬夜到早上的美編不小心睡著了

那份重要的一校稿，可能有兩種下落：

一、快遞先生也聯絡不上美編，先繞去別處送件

二、稿件早就送達美編手上，只是她忘了回應萬事都要再三確認的小漩

大概是以上這些交叉組合。就在小漩配對各種可能，並憑經驗計算個別機率時，她突然閃過第三種不祥的黑色念頭——稿件送丟了。

小漩掛上遲遲沒有人接應的電話，發了一身冷汗。各種可能都有可能。在她兩年多來的出版職涯中，就曾遇上不少光怪陸離的狀況，讓人欲哭無淚的荒謬處境。她深呼吸，試圖冷靜自己浮躁的情緒。她想，至少得先等待美編的回覆，再詢問快遞公司配送情形，這樣才不至於失禮。

恐懼像氣球一樣大肆膨脹。只要再灌入一口輕微的空氣，就會因壓力失衡而爆炸。小漩意識到自己必須轉移注意力。她檢查書籍資料卡，更新書號資訊，查詢網路書店的分類排行榜，但什麼都看不進去。螢幕右下角閃爍新郵件通知。她趕緊將視窗切回信箱。可惜不是她急切等待的美編，而是那個令人倒胃的作者，寄來他三番四改的稿子。這已經是第八份只有幾處標點符號微調的文稿。他大約兩、三天會寄一封，

每次都說是新修正的版本，務必要以這份檔案排版，若有內文版型必須立刻寄給他確認。距離他的出書時間還有半年以上，小漩目前沒有多餘的心力提前照顧他。她的專注力和工作能量並不是只要做一本書、服務一位作者而已。對於這種高姿態、以為能出書就是名人、歇斯底里使喚編輯的作者，她感到十分不耐。大家都把自己看得太重要了，以至於連基本的尊重都沒有留心的誠意。最簡單的，譬如說，她那稍稍不同的名字。

比起以前在學校，和當保險業務員與客戶頻繁接觸的時期，進入出版業後，她的名字反而常常被寫錯，總有不知是好事者還是無心之人將她改成濃厚女性氣質的「璇」。她不是溫潤、漂亮的璇，而是水流旋轉、中央有深邃核心的「漩」。無論是作者、書店、通路，甚至其他編輯同事都一樣，絲毫不在意文字上和禮貌上的失誤。若是這個錯誤發生在她編輯的書裡，即使是一個無關緊要的量詞，一個音同義異的字，或許都不會那麼輕易被饒恕。

一股怒火燒上她略微失控、不滿的心。她編寫措辭有些激動的回信，想一針見血地告訴作者，他再怎麼修改標點符號也無法增加作品的魅力；出書期還久得很，等他把稿子改到自己都想吐再寄過來就好；還有最重要的，她再也受不了名字被永無止境地寫錯。但是寄出前她又退縮了。她把那些意氣用事的真心話全部刪除，改成溫順應從的語氣，只用輕描淡寫的附註提醒她名字的正確寫法。小漩雖然不喜歡他自視甚高的姿態，也不認同他內容空洞的作品，但怎麼說他都是總編強力簽下的作者。為了保全她岌岌可危的飯碗，最好還是不要讓情緒走在工作之前。

又進來一封新郵件。是規模最大的網路販售通路。信上只簡單寫了一句話：「請於今日下班前提供七月新書一千字編輯推薦語。」

這是什麼意思？七月她手頭上有兩本書，他們要的是哪一本？小漩趕緊拿起話筒，又是一串她熟慣的電話號碼。對方占線中。現在兩點半左右，只剩四個多小時，這段時間她還要檢查數位樣、寫書封文案、校對另一本書、開列印製條件請廠商估價、計算損平、和書店討論周末的講座、整理文宣資料……。小漩在腦中迅速判斷輕重緩急，重新更動工作次序。通路和媒體的命令凌駕一切。這是她觀察到的潛行規。通路是上帝、阿拉、佛祖，是其中之一的衣食父母，也是嗞血鬼、文化土匪、盛氣凌人的威權。他們能提供各種資源讓書得到名不副實的曝光機會，也可以任出版社無人知曉地消失於茫茫書市。無論是什麼要求，只要他們開口，出版社一定得盡全力滿足。

她切斷話音，再次撥號。通路負責窗口仍在占線。美編依舊沒接。小漩絕望地掛上電話。時間越來越緊迫，最重要的工作卻窒礙難行。午後烈炎的陽光毫不留情地從她面前的窗戶直射入室。她兩眼昏茫，螢幕化成一片過曝的白布。她瞇著眼睛，一抬起頭，就看到蒼白的天空，正懸宕著笨重、灰敗、髒兮兮的廢雲。

廢雲。小漩都這麼稱呼那些烏煙瘴氣的雲朵。它們是由路面上混著油的黏糊水漬、腥臭的地溝、灰塵、城市大量空調運轉的熱氣蒸發向上，凝結成黑色的微小液滴，遮蔽被高樓切割的破碎天空。空氣是灰色的。雲是灰色的。景物是灰色的。在此工作和生活之人也是灰色的。廢雲。廢棄無用之雲。一抹厄運的陰影。最後總在讓人措手不及的時刻，降下黑色的大雨。

她從沒這麼討厭看見雲。以往在家鄉，她時常仰望高遠而完整的天空，觀看雲流動變幻的各式形體。飛機雲。層雲。魚鱗狀的卷積雲。即使是長毛邊的壞天氣雲，也都像舒適的冬被，絲毫沒有令人窒悶的不快。但這城市的廢雲，卻像一塊髒抹布或一團惡臭的煤煙，夾帶汙染、細菌、病源，總暗示著憂愁和壞運氣。就像她大部分的編輯同事相信「水逆」一樣，覺得水星逆行會引來意外的災難，小漩則認為，只要看到廢雲，一定會有壞事發生。

螢幕閃爍新進入的訊息。她連忙點開視窗。是美編。終於有一項重要工作能開始運轉了。小漩兩眼掃過訊息。愣住。又從頭掃過。只有三個字。那三個字筆畫很少，她不用零點五秒就看完，但背後的意義卻讓她的腦袋停止運作。

果然。小漩單手支著沉重的額頭，腦殼內傳來一陣尖銳的疼痛。廢雲發威，不祥的預感成真了。

隨身攜帶稿子幾乎變成一種致命的習慣。下班回家。通勤。等待會面的短暫空檔。小漩都會在事情連接的夾縫中，擠出零碎的時間看稿。編輯的事務繁雜瑣碎，很少能從工作狀態抽身，特別是大量修改的一校稿又被快遞公司寄丟，她得趁周末重看一次，親自送到美編家，才趕得及接下來緊湊的作業。

小漩把已經看過、寫滿紅字的稿子放在旁邊的餐墊上，繼續埋頭校對下一頁。餐廳近午的嘈雜人聲形成理想的隔絕膜，她沒注意到朋友紛紛走向各自的座位，拖拉出靠桌的木椅，直到稿子被某隻纖細的手挪移，她才慌忙地抬起頭。

「對不起，不小心遲到了。妳在幹嘛？」波波將那疊紙推向小漩。她塗了洋紅色的口紅，十分飽滿、豔麗的顏色。小漩看她噘起的嘴唇，想著印刷對應的色票。

小漩收起稿子，剩下的留待搭車和回家後看。她好久沒跟這群朋友見面，每個人的妝扮都往漂亮那一端的光譜邁進。纖瘦、若有似無的誘惑表情、微透肌膚的衣著，完全符合這個城市對女性美的標準。只有她還穿著寬鬆的棉質上衣和牛仔褲，一臉樸素，任腹部厚實的贅肉自褲頭上溢出。

她們帶著意味深長的眼神彼此打量，言不由衷地讚美和自貶。服務生適時送上水和菜單。她們熱烈討論菜色，觀察鄰桌可愛的餐點，偶爾分享自己良好的用餐經驗。小漩卻掃興地挑剔菜單版面，圖片和字排得太滿，天地留不夠多，甚至指著其中一道菜名說：「這個字寫錯了。」

朋友驚訝地對望，之後才爆笑出聲。「小漩不愧是編輯，連吃飯也要抓錯字。」小沫調侃地說。伶牙俐齒的她總是最先做出反應。

「當編輯真好，每天看書寫寫字就有人付妳錢，好愜意，好文青噢。不像我們電話客服員，每天都要聽一堆奧客抱怨，還會被投訴態度差。」

「對啊，我在生技公司做業助也是，被當小妹呼來喚去，還要兼櫃台。我也好想進文創產業喔，小漩運氣真好。」波波說完，嘟起洋紅色的嘴唇。

小漩尷尬地笑了一笑。她心想，不是的，編輯並不是妳們想得那麼美好，她一樣被呼來喚去，一樣被刁難，一樣兼行銷和打雜的工作，一樣要忍受主管情緒性的羞辱。出版社編輯，所謂的文化產業，其實並沒有比較高尚。但是這些話疼痛地哽在她的喉嚨，她不知道該怎麼解釋才說得清。

「不過，現在還有人在看書嗎？」小沫偏著頭，掩飾自己無情的尖銳，「家裡只有我弟還會買書來看，因為他要考公務員。」

大家會心地點點頭。從學校畢業後，最常捧在手心的只剩手機、隨身鏡、保養品和亮晶晶的配飾。書的質感，紙張的氣味，幽微的閱讀震顫，已經變成上個世紀的考古記憶。沒有人緬懷，沒有人想要重返過去。這是血淋淋、無法辯駁的殘酷現實。

服務生點完餐後，收走她們手中勉強類似書本的菜單，她們又回到輕鬆閒聊的狀態。這時小漩的手機突然響了。她拿近一看，是那個討厭的作者。她輕輕對大家說了聲抱歉，快步走向洗手間附近寬闊的走道。

「老師好。」小漩恭敬地接聽。對所有作者都必須尊稱老師，即使對方沒有值得學習之處也一樣。

「喂，我剛聽人家說，我出書的時候恰巧遇上國際書展展期，到時妳會幫我安排講座吧？」

「老師，真是不好意思，國際書展的相關訊息尚未公告，我這邊目前還沒辦法作業。」

「這樣喔，怎麼這麼慢？對了，我還想在東區書店演講，有沙發坐墊、能容納兩三百人、很大間的那廳。之前你們有幫陳老師在那邊辦過簽書會，我看效果很好，我也想辦在那裡。」

「關於這個部分，由於書店還沒開放明年的檔期申請，沒辦法跟老師保證會在哪個場地舉辦，不過我會先記下來，到時候一定極力幫老師爭取。」

他又吩咐了一些浮誇的要求才掛掉電話。小漩垂下發燙的手機，右邊臉頰因為熱而有些浮腫。她走進洗手間沖沖臉，擦掉額頭上的汗珠。鏡子裡除了她疲累的表情，還映照出後方狹小的換氣窗格。天空被大樓的遮雨棚擋住了，只剩一片毫無生氣的陰暗，其他什麼也看不見。

「怎麼了？男朋友？還是媽媽？」小沫看小漩一臉困頓地走回座位，好奇地問。

「沒什麼，」小漩虛弱地坐下來，喝一口苦澀的檸檬水，「工作的事而已。」

「假日公司還打電話，怎麼這麼無良啊？」、「去勞工局檢舉他，超時工作。」

她們紛紛幫忙出氣，小漩只是無力地微笑。

服務生送上香氣四溢的菜餚，精緻的擺盤讓大家發出可愛的驚叫，她們迫不及待地將餐盤湊近臉龐，做出各種討喜、讓人心動的表情。小漩低著頭攪拌醬汁。熱氣帶起香料甘美的刺激。她想吃，像其他人一樣津津有味地咀嚼，卻已經沒有品嘗的胃口。

除了用感性的右腦面對文本引發的情感浪潮，大部分在辦公室的工作時間，小漩都是用左腦在計算數字、安排時間、和大量的合作對象溝通、計較無人察覺的微小細節。她的右腦一向發達，左腦則是被工作漸漸訓練成頑強冷酷的司令。當左右腦不小心起衝突，情緒在某個緊繃的關鍵點即將覆蓋過理性時，她必須靠意志力阻止失控。因為編輯繼續生存的重要特質，就是保持絕對的理智。

看到薪資單時就是這樣。她的勞健保真的被取消了，公司還預扣了幾千元的所得稅和補充保費，薪水變成一個讓人難堪的數字。她知道自己很激動，她感受得到心底的憤怒和微微的顫抖，但她必須鎮定，這是當初為了能留下來而答應的條件：放棄和公司有關的一切頭銜。她還是可以每天進辦公室，做著和之前一樣的編輯事務，工作環境也一如往常，只是公司將不再承認她的名分。就正確而合理的邏輯來看，這完全出於她自願。縱使她的怒火再烈，也只能焚燒自己無用的尊嚴。

小漩把薪資單收進抽屜，拿起另一紙合約書，走向總編的辦公室。他們順利買下那本德國暢銷勵志書的版權了。她一直在關注同類型書種的銷售動態，台灣已經好幾年沒有出現聖經型的勵志書，只要老老實實地做，市場一定會有不錯的銷量反應。

總編漫不經心地聽完她的說明，隨意瀏覽合約。「喔，其他國家也有出嗎？那去跟大陸買現成的譯稿好了，妳轉成繁體字花一兩天稍微順一順，就可以排版。這本不難做，定九月初上市。」

小漩愣了一下。她想好好做這本書。她認為這本書有長銷的潛力。「不找台灣的譯者嗎？我覺得李邁克很適合，他的用字有恰到好處的溫度，交稿準時，之前合作也很愉快……」

「不要！台灣的德文譯者好貴，還要花時間等，買大陸譯稿快又省錢。」

「可是台灣的語境和中國不一樣，慣用字也有差……」

總編不耐煩地翻了白眼，粗魯地打斷她：「小妹妹，妳知道嗎？中文字是塊狀閱讀，一次大概三到五個字，不會有讀者那麼仔細一個字一個字看。況且現在陸劇、陸綜這麼多，讀者對大陸用語早就滾瓜爛熟，很有親切感了好嗎？」

小漩站在原地，想再辯駁，總編不容挑戰的氣焰卻讓她無法回嘴。總編揮揮手趕她出去，突然想起什麼事，說：「對了，稿子妳送給美編了吧？妳跟快遞公司說，他們寄丟的那一件我們不會付錢，順便跟他們再要一些合作折扣，不答應的話我們就換別間。」

這是威脅和不敬。對快遞公司、編輯還有書都是。她帶著巨大的挫敗感回到座位。桌前的窗簾被放下來了。她想伸手拉，至少讓一點新鮮的光線透進來，稍稍照亮她慘淡的桌面，卻被她後方的同事制止。

「陽光會曬到我的後頸和手臂，」同事皺著眉頭說，「我怕曬黑。」

她妥協地放下拉繩，同事給了她一個滿意的微笑。小漩勉強地牽動嘴角，隨即轉身窩進座位裡，不想讓任何人看見自己崩垮的表情。她是個孤立無援的局外人，作繭自縛的浪漫主義者，逐漸在艱困險惡的洪流中迷失。她忽然想起前同事阿津，那個對出版業也有著滿腔熱情的大男孩。她看向旁邊原本屬於他的座位，現在已經被各種公關書堆滿了。

和小漩一樣，阿津也在公司降低人事成本的資遣案中被解職，他們都是資歷未滿三年的編輯。阿津和她一起去找社長，表明自己想留下來的強烈心意，願意接受降薪或其他不會增加公司負擔的條件。他們最後妥協於「每天進辦公室的外編」身分，以為能繼續咬牙堅持出版夢，小漩卻在拿著自願降階同意書去財務組蓋章時，無意間聽到隔壁會議室裡，總編對社長說：「如果真的要留人，一個就夠了。男生比較不細膩，又太有野心，總有一天一定會跳槽，公司不需要浪費錢幫其他同業培養他的能力。」

阿津仍被辭退了，無論他如何懇求主管，總編還是命令他交出公司門禁卡。小漩看著他失魂落魄地收拾私人物品，戀戀不捨地整理編過的書，不忍告訴他公司這個傷人的算計。小漩問他，要不要上頂樓談談心，趁最後一天他們還在同一家公司，兩個人好好發洩、好好抱怨一下。她和阿津之間有著類似戰友的革命情感，不僅年紀相仿，同期進公司，時常為彼此的書名和文案提供意見，甚至一起上街反黑箱服貿，向不斷傾中的政府怒吼他們的不滿。在一群僅維持表面和平、冷淡的同事裡，阿津是她唯一可以坦誠的朋友。

推開生鏽的頂樓鐵門，春天潮濕的空氣撲鼻而來，帶著舒適的輕微寒意。天空很高，瀰漫清朗的亮度，沒有灰濛濛的霧霾，也沒有惹人過敏的懸浮微粒。原本在辦公室透過布滿灰塵的窗玻璃看，小漩還以為外面是憂鬱的陰天。

他們靠著欄杆，面對城市參差的高樓和難得純淨的天空。鴿子優閒地從眼前飛過。馬路上微渺的人點緩緩移走。車陣綿長地排列。小漩不知道該從何說起。喝一口有些燙手的咖啡，開口問：「你之後還想當編輯嗎？環境這麼艱困，薪水又少。」

阿津的眼睛垂了下來。沉默了一會，才揚起頭說：「會吧，還是想在出版業。」

「為什麼？市場幾乎委靡，工作環境又不友善，公司只想著壓榨底層工作者來賺錢，出版根本是無可救藥的黃昏產業啊！」

阿津輕輕笑出聲，一臉有趣地問：「那妳怎麼沒趁機離開？」

小漩啞口。確實這個位置，是她委屈退讓、求著留下來的。即使有不平的怨懟，那個人也不應該是她。

「可能我太浪漫了吧？」阿津瞭望城市模糊的邊際線，幽幽地說：「對我來說，編輯就像是書本品質的守門員，讀者的領航手，文化發展的敏銳先知。我覺得這是一種需要極大的耐心和意志堅持的職業，同時還要能忍受孤獨，以及擁有內斂、低調、絕不居功的覺悟。所有光環全在作者一個人身上。即使看完一本漂亮、舒服、讓人激動的好書，一般讀者也不會翻到版權頁去看文編是誰，美編是誰，就像電影院的觀眾不會坐到最後看完工作人員名單才散場一樣，大家只看得見印在最外面、字體最大的名字。編輯的心血是隱形的，但若取消編輯這個環節，書一定找不到與眾不同的腔調，或者最適合它自身的模樣，甚至有可能變得面目全非。或許是一種天真吧，我覺得編輯這個角色、出版這個行業擁有無限可能，充滿不可思議的挑戰性，讓我無可自拔、深深地為之著迷。」

小漩看著阿津堅毅的神情，感動得微微顫抖。這番話喚起她遺忘已久的初衷。沒錯，她當初也是懷抱這種熾烈的心情，以殉道的姿態一頭栽進出版業的。熱情是支持夢想的唯一燃料。只要還有一根微弱的柴火，一苗暗淡的火光，她都要想盡辦法延續火種。阿津及時的告白像一陣助燃的風，一道熱烈的引火物。她滿懷感激地看著阿津，他的眼中也有同樣的激動。

「一起加油吧，我們一定要繼續在出版界努力。」

他們相視而笑，同時仰望清高的天空。那天的天空是讓人安心的淡色的藍。乾淨，溫柔，療癒。小漩環視一圈舒朗的天際，驚喜地發現，在這座陰鬱的城市，總是被渾濁汙染遮蔽的天空，這一天，在她重新點燃希望的時刻，恰巧沒有半片礙事、阻擾光芒的廢雲。

和她工作上有來往的夥伴都是一群沒有臉的人。小漩從來沒有見過他們，事實上也不需要見面。透過郵件往返和電話溝通，工作就能或快或慢地朝前方推動。在她的腦中，他們每一個人都具有單一卻鮮明的形象。譬如通路是不耐煩的聲音，作者是信末讓人嚇一跳的驚嘆號，媒體是索討公關書的鬼影，美編則是永遠會延遲的時間。小漩私自將這些虛擬人物歸類，在每一次抽象的互動中摸索最適當的距離和姿態，好讓日後的工作運行能少一點絆腳的顛簸。

她陸續寄出幾封給不同工作對象的信件，每一封都用迥異的精神人格來訴說。按下最後一封信的傳送鍵後，她頓時感到暈眩不已。想不到單單只是寫信，竟耗費如此大量的心神和體力。她得趕緊振作精神，稍晚還得打電話提醒寫序的老師明天交稿。一想到漫長而沒有盡頭的待辦事項，小漩的頭又開始隱隱作痛。

鄰座傳來一陣騷動。同事將散亂的公關書拿回各自的書櫃，資訊工程師也開始更新電腦軟體，阿津的座位又恢復成清爽的面貌。人事小姐來了，觀察一下位置，若有所思地偏著頭。

小漩問其中一個同事大家在忙什麼，對方一臉驚訝地看著她：「我們即將會有一位新同事，妳不知道嗎？」

她不知道。她沒有收到任何訊息。自從她被公司剔除，縱使工作量和其他人一樣龐大，甚至有時還會被總編命令去協助與她毫不相關的雜務，公司內部的事項卻從來不把她納入通知名單中。小漩尷尬地對同事一笑，故作開朗地說她不知道。

人事小姐說，新同事明天就會來報到了。社長為了要拓展出版路線，特別從另一間大集團挖角這位主編過來，希望能讓公司出現不同以往、令人耳目一新的書風。他們都很期待。

「她算正式員工嗎？還是跟我一樣掛外編身分？」小漩問。

人事小姐笑了出來，「當然是正式員工啊，人家可是工作十年的資深編輯耶，怎麼可能掛外編？對了，妳把書架上那些畫得滿江紅的校稿拿去丟掉，不知道是誰的，都沒人收。」

小漩的心被刺痛了。她隱隱含著不甘，依從人事小姐的命令，沉默地收拾無人認領的校稿。上面覆蓋著一層厚實的灰塵，形狀、想像上的觸感和顏色，都像是她最討厭的廢雲。她無可控制地打了好幾個噴嚏，眼角閃閃泛淚。

「灰塵很多嗎？那妳等會兒順便拿抹布擦一下好了。」人事小姐發落完，掉頭就走了。

其他同事都回到座位，繼續自己未竟的工作，只剩小漩走進走出，為了另一個從天而降、備受社長期待的高階陌生人而忙。她茫然地問自己到底在做什麼。編輯是什麼。價值是什麼。在她失神地喃喃自問時，電話突然響了。她急忙放下髒兮兮的抹布，越過座位隔板接起電話。話筒傳來總編刺耳的聲音：「來我辦公室一下。」

小漩拖著沉重的步伐走進那間絕無好事的小隔間。她兩腳還沒站定，總編便單刀直入地質問，語氣充滿不饒人的尖銳：「妹妹，老師跟我說，妳還沒寄版型給他選，也都不主動幫他安排講座，是怎麼回事？」

她輕輕嘆了一口氣，誠實回答：「他的出書期還有半年，我現在手頭上在忙其他書，還沒開始作業。」

「我知道大家都很忙，不過既然老師都交稿了，妳不是應該盡量提早作業嗎？萬一到時候才慌慌張張得像趕火車一樣，對老師怎麼好意思。」

小漩想辯駁，總編卻緊接著說：「而且他的內容需要再大幅潤飾，可能連架構都得更動，妳要先把這些時間算進去，別以為收到稿子只有排版跟校對而已。」

「那……」小漩鼓起勇氣，以和緩的口吻掩護銳利的核心，「既然連架構都可能要改，為什麼當初要簽下這本書，版稅還給到百分之十二？」

總編耐性漸失，聲調越來越激昂：「老師有名啊！打出他的名字多少人會心甘情願地買單！編輯的功能是什麼？不就是把沒那麼精采的文本包裝成吸引人的商品，讓沒有辨識能力的讀者乖乖掏出錢來嗎？不然妳以為編輯要幹嘛？雇妳來批評書的喔？」

小漩沒有答話。千言萬語在腦中激烈翻騰。一旦理智潰堤，難堪的真心話就會傾洩而出。她告訴自己必須冷靜。

總編拿起另一份文件說：「還有妳這本新書的印製條件，內頁有需要用到雪銅紙嗎？用便宜的米色漫畫紙就可以了吧？磅數選高一點，增加書背厚度，定價再提高三十元。」

「可是，」小漩嚥下口水，恢復理性討論的神情，「雪銅印出來的氣質比較適合。我覺得這本書在閱讀的時候，有一股清幽、素雅的氛圍在流動，換米漫紙就沒辦法襯托了。而且這樣灌水書背和價錢，好像在欺騙讀者……」

「小姐啊！」總編激動地用力拍桌，脖子以上迅速漲紅，「出版可不是什麼慈善事業，是商業，講利益，要賺錢的。讀者根本不會發現多這幾十塊的差別，更何況我們還要讓折扣給通路，不提高價錢是要賺什麼？妳要吃飯吧？要生活吧？想繼續做吧？如果還抱著這種不切實際的浪漫想法，我看妳乾脆回家睡覺比較快！」

小漩低下頭，她知道自己的眼神已藏不住憤怒。含糊應答一聲後趕緊轉身，想走出這間充滿謬論和戾氣的辦公室，總編這時卻又突然叫住她。

「大小姐啊，我拜託妳用點心，搞清楚狀況好不好？尤其老師那本，趕快開始動吧！台灣市場說實話太小了，我們重點要放在大陸，特別是之前政府提的服貿，可以簡化我們進入大陸市場的審查程序，我就不知道那些閒著沒事的學生是在阻擋什麼，他們可是有十三億人口的商機耶！雖然現在還沒簽署協議，只能以版權交易的形式突圍，但只要能售出版權，就算他們只有百分之零點零零一的人買書，公司的業績都會因此提升好幾成，社內其他書目也跟著有販售簡體版的著力點。這種連鎖效應是很可觀的。」

小漩很想回頭跟總編說，別傻了，妳才在做夢呢，中國才不會老老實實回報實際銷售量，按冊數付版稅給我們，也不可能毫無算計地接受我們出版的書，這種常識連我這種小編輯都知道。比起寄望空幻的版權金和暗藏危機的服貿，好好思考怎麼做一本貨真價實、引起讀者興趣的優質書，才是出版人最重要的意識吧。

但小漩什麼也沒說。她雙唇緊閉，踏著剛毅的腳步走出去，回到毫無歸屬感的座位。她沒有拉開窗簾，讓陽光流淌進來替她紓壓，她連詢問同事的力氣都沒有了，一股腦地癱倒在桌上。小漩閉著眼睛，眼前只有一面斑駁閃動的黑影。就算不掀開前方遮擋日光的窗簾，她也知道，那片蒼白的天空，一定正被汙濁無望的廢雲籠罩。

這個念頭不知道出現過多少次了。只是困難的高峰度過後，小漩總是得立刻整頓心情面對緊接而來的種種障礙，絲毫沒有將念頭醞釀成強烈心意、付諸實行的時間。她只能在喘息的夾縫中，偶爾幻想拋下重擔的瀟灑。離職。這是從壓迫中解脫的唯一選項。循環不休的出書流程。磨耗心神的多向溝通。高密度的工作時間。沒有尊嚴。幾乎看不見未來的衰敗產業。她覺得意志的極限真的到了，無法再向前延展了。縱使職業上理智的聲音在她耳邊說，只要再延展一個指尖，再撐一下就又過去了，她卻怎樣都伸不出手。

小漩坐在電腦前，屈著雙腿，絕望地想著。休息的日子總是短暫易逝，特別是星期日下午，那段即將進入傍晚、天色渾沌的昏昧時刻。除了感傷和焦慮之外，她束手無策。

她心神不寧地打開工作信箱。一邊更新郵件，一邊對自己發脾氣。她要離職。她不想再過這種沒有品質的生活了。不曾真正下班。薪水少得可憐。這幾年她都是讓人擔憂的月光族，雖然她老是以薪水少當無法存錢的擋箭牌，頂撞父母善意的關切，但她知道，真正的原因其實是補償心態——她得靠花錢發洩工作上的壓力和不滿。衝動購物。刻意去昂貴的餐廳和酒館。對名牌充滿欲望，卻只敢把這些戰利品堆放在狹窄的租賃套房，睡前拿出來欣賞。她的存摺數字只有在發薪日增加，其他多數日子，都是悲哀的零頭。

反正她不是正式員工，既然不受勞基法保障，也就沒有違反契約的懲罰，她大可明天說不幹就不幹了。小漩氣憤地想，對，她不幹了，這家公司爛透了，說什麼大環境影響，使得公司經營困難，不得不解僱他們一群菜鳥編輯，卻以高薪挖角另一位資深主編。這種殘酷不仁的環境，沒有再替它賣命的必要。整個出版界都一樣偽善。她不幹了。什麼熱情。什麼出版夢。反正她的年資已經中斷，這段不漂亮的經歷也不會有出版社願意用她。號稱文化水準高、充滿良心的出版界，其實比任何行業都要殘忍現實。她早就知道的。

如果離開出版，她要做什麼，又能去什麼地方？咖啡店？補習班？回頭當保險業務？她已經沒有當時奔波拜訪客戶的體力了。或者像她的朋友波波去科技廠做打雜妹？小漩茫然地抱著頭。她突然覺得人生就像她的名字一樣，盡是麻煩、危險、混亂的激流；中間的核心變成掏空的黑洞，她所有的心力、信仰和價值，一一捲進那個陰鬱的盤渦。

她不由自主地嘆了一口氣，意識全被黑暗的想法占據，手指則機械式地繼續點動滑鼠。信箱忽然進來一封新郵件，寄件人是每次都會遲交稿件的美編。小漩不抱希望地點進去看。信上充滿和此時的她迥然不同的正面情緒。美編說這次作業異常順利，連自己都很意外，想不到竟然在時限之前就完成修改，可以提早交稿，麻煩小漩明天請快遞來家裡取件，早上就可以來了。

小漩愣住。不可置信地把郵件又從頭看了一遍。當初因為稿件寄丟，浪費了不少補救時間，使得編務流程變得緊湊不已。她原以為這次可能又得因為延後出版而被總編和通路斥責，美編的奮鬥不懈卻讓她得到意外的緩衝。她可以恢復既往的步調，安心地推動接下來的環節了。

她趕緊打電話給快遞公司預約明早的取件服務。切斷通話鍵後，她興奮地在狹小的房間裡走來走去。前一刻才激烈翻攪的困惱頓時煙消雲散。她好久沒有這麼快樂。偶爾降臨的好運讓她心情輕鬆，充滿無法言喻的滿足感和希望。她嘗到意外的甜頭，又通過了一次自己質疑自己、挫敗自己的考驗。工作並不是只有壞事。她可以再撐下去。她的熱情還沒有結束。她仍能堅持她對出版的執念，繼續埋首編輯沉重繁雜的工作。

小漩突然很期待明天一進辦公室，就看見那包稿子安穩地躺在桌上，等著她打開封口，拿出潔白無瑕的文稿，用她銳利、精準、仔細的眼光再校對一次。然後她可以調整文案，開始和美編討論封面。她想，到時候色調一定要溫暖明亮，書名最好用手寫字體，才能準確傳達這本書安詳、靜好的質地。

她越想越振奮，漂亮的點子從腦中源源不絕地迸湧而出。這是小漩工作至今第一次，星期一的到來不再那麼憂鬱。

鬧鐘還沒響，小漩的眼睛就亮了。她起得比平常還早，精神奕奕地咬著滿是泡沫的牙刷，哼唱不成調的歌曲。洗完臉後，她對鏡子漾起愉快的笑容。裡頭那個和她有著同樣神情的大女孩也回給她一個清爽的微笑。她已經許久不曾看見自己這麼開朗、討人喜歡的表情了。

換上襯衫和俐落的牛仔褲，小漩迫不及待地想快點出門上班。她收拾桌上的雜物，錢包、面紙、筆、門禁卡、一份只差推薦序的稿子，和剛充飽電的手機。正打算把物品一股腦收進包包時，手機突然震動了一下。有新訊息。她解開螢幕鎖。是阿津。小漩突然想起他們好久沒有聯絡了。

「最近還好嗎？」阿津的訊息這麼寫著。

他還是一樣貼心、主動關懷朋友。小漩趕緊關切他的近況：「一樣忙。你呢？找到工作了嗎？」

「沒有，哈哈。」

小漩跟著他的回覆也笑了出來。偏頭想了一下，小心翼翼地輸入文字。「要試著找找出版以外的行業嗎？」

訊息顯示已讀。接著是一段長長的空白。小漩惶恐地反省自己是不是誤踩禁忌的雷池，惹得阿津不悅。隔了很久，阿津才回傳過來。「還是想做出版呢。」

小漩沉重又會心地對著螢幕點頭。她可以理解阿津的心情，縱使經歷了一夜翻騰，被不健康的公司體制虧欠，以及來自人和時間漫長反覆的精神折磨，對於出版她還是有著無可救藥的熱情，對書懷抱浪漫的天真。她不應該便宜行事地鼓勵阿津去找其他工作，或者違心地安慰他出版業是阿鼻地獄，離開比較好。小漩想，她應該更慎重地聆聽阿津的煩憂，一起想對策，甚至積極幫他打聽門路才是。雖然她並不是被出版社承認的正式員工，至少她還在這個行業裡面，總是有辦法問到小道消息。但她瞥了一眼螢幕右上角的時鐘，不出門不行了。她只好先撇開複雜激昂的情緒，將不知從何說起的話語暫且按捺下來。

「我先出門上班，今天有書要送印，還有稿子等著我去收。晚點聊。」

「好。」

小漩對阿津的體諒湧起一股感激。手機正要放進包包時，螢幕突然又亮了起來。阿津又傳來新訊息。

「能為書忙真好。」

小漩心頭一緊。抿了抿嘴唇。仍決定把手機丟進包包內，扣上拉鏈。她確實掛念著包包裡那個發燙的小宇宙，但她首先得將全副精神拿來面對緊接而來的事務流程。稿子，封面，送印，還有其他臨時、瑣碎的雜事。小漩拿起牆上的鑰匙，鎖上門，踏出陰暗的走廊，走向上班族熙來攘往的大街。有的人臉上殘留前一夜的睡意，有的人嘴角閃著刮鬍時匆忙劃破的血痕，有的人神情緊繃地講著電話，有的人雙眼空洞，像失去了靈魂。無論如何，一天的工作開始了。

她伸展開雙臂，用力地深呼吸。要繼續戰鬥了。等等進辦公室先處理稿子，上傳新書輸出檔案，然後打電話通知印刷廠。對了，在那之前，還要再寫一封簡單的信讓美編安心才行。

小漩在腦中一一條列工作順序，雙腳也跟著踏出有節奏的步伐。她鬥志高昂，充滿挑戰的勇氣。她習慣性地抬起頭仰望天空，想感受微風和晨光的滋潤，卻恰好看見不遠的前方，那棟高聳的辦公大樓上頭，正懸掛著一片破舊、不祥的廢雲。遠一點的天際，還有更大團的灰色煙霧正迅速聚攏，準備朝這座忙碌的城市壓境——

又出現了。廢雲。小漩不自覺地停下腳步，眼前一黑，無奈地嘆一口氣。她有預感，今天又會是麻煩的一天。

成功湖有用論

暑假的味道，還是從緊閉的百葉窗滲透進來。南國的日光。流連不散的緩慢鐘聲。讓人昏昏欲睡的空調溫度。毫無進展的時間。濃濁、熱帶獨有的暈眩。走廊盡頭偶爾傳來電梯笨重的起降，接著是一串沙沙沙的腳步。開鎖，關門。又一台冷氣開始運轉。

午後三點，這種酷暑還不肯慢慢消退的時段，研究室裡只有阿浦一個人值班。他把剛才搜集、編排好的資料列印出來，加上一兩句不成熟的見解，按順序貼好分類標籤，放在教授乾淨的桌面。阿浦抬起頭，不經意瀏覽書架上那些不熟悉的書目，又看向桌上那份格格不入的文件。直到現在，他還是很疑惑一位會計系的教授，怎麼會願意僱用念文化系、即將升大四的他，來做租書店租閱排行榜的整理？這怎麼想都應該是文化分析的研究範疇，再不然就是大眾傳媒的領域。他以為會計系對企業營運或理財投資會比較有興趣。

阿浦走向窗邊，旋開百葉窗簾，眼睛被尖銳的白光刺激得張不開。但他沒有退縮，掙扎著雙眼拉起簾葉，打開玻璃窗。溽氣一股腦從窗外湧入。他的皮膚立刻起了一層薄薄的汗，眼球也彷彿灼燒般刺痛不已。等逐漸適應亮度，他又拉開眼前阻隔的灰色紗窗。那座學校象徵之一的湖泊頓時從細碎的窗格中跳脫出來，浮現清楚、明朗的輪廓。

椰子樹、小拱橋、柳枝、大白鵝、蔓延的漣漪……，空氣清澈的話，甚至還看得見水面下顏色略深的魚影。這是文院學生再熟悉不過的湖畔風光。阿浦在這景致旁待了三年，每次去教室，他都會刻意選擇最後一排靠窗的座位，在恍惚的課間望著湖面發呆。他本以為大學最後一年會和這片景色漸漸疏遠，在宿舍打電動、睡覺，還有在氣派的商學院打工，度過大部分的時光，卻碰巧遇上商院大樓整修，教授們得暫時棲居其他學院閒置的研究室，而僱用他的教授又正好被安排在湖泊正對面，讓他不得不在值班時，繼續被千篇一律的湖色包圍。

說穿了，那座冠上校名的湖泊只不過是一座虛情假意、有著中式造景的人工湖，甚至說是池塘也不為過。以它的規模和氣度，都像公園裡刻意討好居民的小水塘，營造靜好、閒適的假象。湖邊總有母親牽著步伐不穩的小小孩學走路，有時還有惡意的孩子追逐上岸遊憩的鴨子。但這個暑氣將一切融化的下午，遊客不得不躲往另一側植有百年大樹的榕園，在古老的樹蔭下等待日頭沉落。成功湖附近難得一個人也沒有。風微弱得吹不起漣漪。連白鵝也將自己藏在拱橋傾斜的陰影裡。

阿浦把手伸進口袋，恰巧摸到一枚硬幣。他的幾根指頭前後翻轉，探測硬幣大小。是一元，中午買超商組合套餐找回的零錢。他拿出這枚粗糙的硬幣，毫不猶豫地對準湖面奮力一擲。這是他不知從何時開始養成的習慣。只要口袋有小額銅板，經過成功湖時就會往湖裡丟，就像到什麼知名的靈驗之地一樣，縱使它只不過是校園內一座自成生態的小池子。硬幣疾速墜落，擊破平靜的水面，嚇得幾隻白鵝趕緊游開。他閉上眼睛，雙手合十，無聲地許了一個願望。

「你把成功湖當許願池嗎？」

阿浦被突如其來的聲音嚇一跳。他回頭一看，是剛從別的學校考進會計研究所、即將升碩一的小汀學姊。

「你剛才把零點五分鐘的打工收入丟進湖裡了，」小汀學姊將背包放在自己的座位，按下電腦開啟鍵，「如果我沒看錯硬幣大小的話。」

阿浦的臉頰爬上一陣緋紅。他像個做壞事被揪出的孩子，懷著莫名的歉意和羞恥看著小汀學姊。學姊則自顧自地拿出厚重的原文書，眼神未曾離開手頭上正忙著的事。阿浦值班時常遇到小汀學姊，卻總是無法順利搭話。他對於學姊的認識只有準確、縝密、規畫妥當的粗淺印象，就像一座永遠不會出錯的節拍器。當她的同學還在為大學最後一個無憂無慮的暑假狂歡，她已經找定教授當指導老師，擬好研究大綱。

「窗戶再不關，室內溫度會上升一到兩度，接下來的三分鐘我都得挨熱。」

阿浦尷尬地關上窗戶，放下百葉窗。「玻璃窗記得鎖。」小汀學姊冰冷的聲音從背後襲來。他順服地拉起窗簾，扳回扣鎖，再次降下簾葉。阿浦為自己的笨拙自嘲地笑了一聲，之後鼓起勇氣走向學姊，故作自然地開啟話題。

「對了，學姊知道成功湖的傳統嗎？生日的時候要被……」

「教授剛傳訊息來說今天不會進研究室，」小汀學姊不客氣地打斷他，視線範圍仍局限於電腦螢幕和論文之間，「你如果資料查完了，可以先回去做自己的事。」

阿浦在原地愣了兩三秒，才點點頭，把桌上的手機、皮夾和鑰匙收入口袋，將散置的電腦椅推回桌前。他走到門邊，猶豫著要不要和小汀學姊說再見。回頭一看見學姊專注的背影，他隨即打消自以為是的念頭，快步走出研究室。

走廊的黑暗像一張細密的網蓋了下來。阿浦的眼睛一時無法適應，只好站在原地，等待黑暗過去。「自己的事啊……」他輕輕關上身後的門，嘆了一口氣。不透光的走廊沉澱著研究室門縫溢出的冷氣殘餘。他雙眼幾近盲目地循著電梯微弱的光源前進。長而陰暗的廊道上，只有他孤獨的腳步聲空寂迴盪。

他沒有自己的事。或者說，他不知道自己要做什麼事。阿浦有時候想，自己的人生會不會是一句多餘的廢話。

大概從去年開始，大二下學期的時候，原本輕蔑這個系的同學突然像著了魔一樣，不再只有期末才手忙腳亂地熬夜念書，而是無時無刻都在辯證課本上的概念，甚至主動約教授討論報告，積極地為研究所考試努力；連幾個一起打電動、夜遊的室友聊天時也不自覺掉起書袋，下課後直往圖書館跑，待到閉館才回宿舍，洗完澡繼續夜讀。阿浦極度訝異，同時又困惑地想，是不是哪一天上課他沒有和同學一起行動，多繞了系館後面的路，因而不小心踏入迷霧之中，從此走上截然不同、毫無方向的人生？

阿浦心底非常羨慕那些有明確目標的同學。關於大四後的人生走向，他觀察班上除了研究所考生，還有一小群就業派，和一兩個刻意延畢拖延兵役的男同學，只有他無法歸屬於任何一類。曾經有同學問他畢業後的打算，他心虛倉促地回答了一個漂亮的答案：「考公務員吧，文化行政感覺有機會。」

他也是這樣告訴家人的，但他其實一點想法、一點準備也沒有。比他大五歲、同樣念文學院的姊姊小沫工作找得很辛苦，薪水又低得讓人頭皮發麻。對他來說，那就像是可怕的預言和威脅，暗示他不值得期待的悲哀未來。

「如果你當初不要選文組就好了，男孩子念文的沒出路啊。」媽媽總是這麼哀嘆。他知道那是身為母親善意的擔憂，只是聽在耳裡，這種關切還是太沉重了。社會上瀰漫著一股文學院無用的氛圍，彷彿文科學生就是拖垮國家競爭力的累贅。他之前看新聞報導，日本甚至考慮廢止大學的人文學科，打算增加科學訓練和職業訓練課程，提升實務研究和經濟發展力；少子化的台灣，或許有一天也會走上這條路。但大學並非就業培訓場，科系也不代表絕對專業，就像他讀機械的爸爸，現在一樣在當毫無關聯的快遞送貨員。而他也只是單純地，不知道自己到底要什麼而已。

日頭在西北方浮浮沉沉。阿浦還不想回宿舍，寢室吸飽了夏日盛午太陽的能量，一定正開始散除窒悶的熱氣，但是去涼爽的圖書館又會遇到那些為了考試拚命用功的同學。他本來想在冷氣舒宜的研究室待到傍晚，吃完飯再吹著微涼的晚風回宿舍的。被小汀學姊趕出來後，他在偌大的校園裡毫無頭緒地閒晃，找不到一個短暫的棲身之處。

遊客漸漸回到降溫的成功湖畔，散步、追趕鳥群或休憩。阿浦在一張木板翹起的椅子坐下來。水面徐徐吹過一陣燥熱的風。烏龜在湖中一顆乾燥的石頭上動也不動。沒有和他一樣的學生在湖畔流連。大家不是去圖書館念書、補習班上課，就是北上參加營隊為就業做準備，沒有哪個準大四生暑假還像他困在校內無所事事。阿浦突然為這流逝緩慢、不進不退的人生狀態感到厭煩。他撿起腳邊的小石頭，憤然丟進湖裡。激烈的水花驚擾了旁邊一個穿著無袖洋裝、正擺出迷人表情拍照的女孩子。她厭惡地抹掉肩膀和腿上細碎的水珠，拿著相機的男伴瞪了阿浦一眼。阿浦慌張地點頭致歉，匆匆站起身，離開尷尬的現場。

沿著岸邊大小錯落的石塊行走，阿浦想起剛剛從研究室拋擲下來的硬幣。他走向硬幣墜落的那一側。波光反射著傾斜的豔日。他的視線無法穿透水面，探入渾濁的湖底，只勉強看見自己被放大的影子落向微微晃動的湖波，招來一群奮力探出水面、張口討食的魚。他習慣性又把手伸進口袋，指尖碰到一個冰冷的硬物。他有點興奮地伸出手，張開緊握的手掌一看。手心裡，只有那把磨損舊了、沒有光澤的宿舍鑰匙。

沒零錢了。他連許願的微小資本都沒有。阿浦洩氣地把鑰匙放回口袋，低著頭，踢著地上壓扁的飲料空罐。鋁罐在柏油路上發出尖銳、幼稚的噪音。他一鼓作氣踢向湖邊設置的垃圾箱。空罐不偏不倚射進可燃垃圾的開口。阿浦看著罐身在錯誤的箱底發出細緻的銀光，不由得罵了一聲髒話。這精準的謬誤，簡直是上天惡意的玩笑。

他毫無目標地在校內四處遊蕩。男宿旁的光復操場傳來喧嚷的人聲。阿浦走下階梯，望見操場上滿是趁著天光運動健身的人。哨音此起彼落。校隊隊員在場邊拉筋，或在場中拉起的球網練習扣球。升旗台上幾個女孩害羞地打氣吶喊。在操場內側跑道，阿浦看到一個體態有些肥滿的熟悉身影，穿著平日不曾見過的體育服和短褲，正維持低緩的速度慢跑。是會計系的教授。卸下筆挺西裝的教授褪去學者的犀利，多了幾分溫潤平庶的長輩氣息，讓阿浦湧起一股遇見鄰居阿伯、親切的感覺。

阿浦小跑步上前打招呼。教授停下腳步，疑惑地望著他。過了一會，眼底才浮出恍然大悟的熟悉感。「啊，你是來我研究室做租書店排行榜的那個外系學生。」

阿浦點點頭。教授恢復爽朗的神情，問：「暑假都不回家嗎？還是留在學校念書？」

阿浦支支吾吾，不知該怎麼回答。教授不解地看著阿浦，從後口袋抽出毛巾，抹掉臉頰滴落的汗珠。「我忘記了，你之前說你念什麼系？」

「文化學系。」阿浦不自覺降低音量。

教授的眉頭皺了一下，驚愕地笑了出來。「文化學系？念那種系有用嗎？以後要做什麼？挖骨頭？」

阿浦尷尬地笑了一笑。這樣的質疑他聽了三年，每當他說出自己的系名，總不免要被有意無意地調侃一番。對於這些善意的詢問和惡意的取笑，他已經麻痺了。

「像我們這種頂尖大學，明明以世界百大為目標，真不搞懂為什麼還要成立這種會拖累排名的系。難怪學校也只能號稱『南霸天』，一過濁水溪就不行了。」教授把毛巾收回口袋，兩手叉腰，不知不覺恢復師長嚴肅的姿態。「你們學長姊畢業後都在做什麼？」

「有的人出國打工度假，有的人去補習班當老師，我知道還有一個是保險業務員，好像已經在台北買房子了。」

「聽起來都跟本行無關。你們同學呢？未來打算怎麼辦？」

「大部分都在準備考研究所。」

聽到這個回答，教授不耐地嘆了一口氣。「研究所？現在多少人是為了延後出社會才念研究所，根本沒有做研究的興趣，只是在浪費彼此的時間而已，將來也沒辦法把學歷轉換成能力，拿到比別人高的薪資。」教授將凌厲的目光轉至阿浦身上，「那你呢？有沒有想過之後的事？我看你資料上的見解寫得滿有趣的，很有想法。」

阿浦躲避教授質問的眼神，低下頭，彆扭地吐出一直以來都很安全的答案：「不知道，可能……考公務員吧。」

教授失望地搖搖頭，一副被打敗的模樣。「你們這個世代真的太糟糕了，畢業不知道要幹嘛，不是考研究所，不然就是當公務員，對社會發展一點貢獻也沒有。同學，大學科系是一次人生的分水嶺，決定了你未來在社會上的位置和階層；出社會則是最後一次洗牌，看你有多好的運氣進入具前瞻性的產業和前景看好的公司。往後的人生不會再有大幅改變，只會在兩根指頭的範圍內起起伏伏，除非路走偏摔落谷底，否則不可能再向上飛躍。你已經失去第一次創造人生的機會，很快又要面臨最後一次命運的判決。我幾乎可以預見你未來的生活了。」

阿浦動也不動，雙腳像被釘住一樣僵硬。

「你算運氣好，認識了我。以我的身分地位，可以為你提供你一輩子也碰觸不到的門路，讓你過上比同學更好的生活，但前提是你得知道你要什麼，還有飢渴的企圖心。」教授別開輕視的眼神，口是心非地勉勵：「唉，加油吧。」縱使他們兩人的手臂只相差幾釐米，教授也不願意鼓勵性地拍拍阿浦的肩膀，徑自向前走，頭也不回地離開。

教授的腳步揚起一陣細微的塵煙。阿浦猛烈地打了好幾個噴嚏。肺被不順暢的氣流扯痛，耳內也因為壓力失衡起了長長的耳鳴。夕日在西北邊搖搖欲墜。排球擊中白線，往場外越彈越遠。結束的哨音和吆喝同時響起。阿浦又無可控制地打了幾個洪亮的噴嚏。操場上那麼多人，卻沒有一個人聽見。

竟然沒有。

阿浦怔怔盯著金額沒有增加的存摺，再一次把本子推進補摺機裡。機器發出遲鈍的運作聲，但沒響起令人愉快的打印，很快又把存摺吐出來。還是一片空白。阿浦的心頭襲上一陣慌張和無力。他以為暑假的薪資會像學期中一樣隔月第五天就入帳。即使省吃儉用，他身上也只剩下幾枚銅板而已了。

他抓抓頭，不知道該怎麼辦。當初跟家裡說暑假要留在學校打工念書，不回去也不用匯生活費，現在再厚著臉皮向家人要錢，似乎太無恥了，也會讓不豐渥的家庭經濟增加沉重的負擔。爸爸、媽媽和姊姊的薪水都不多，要支應房貸和各種生活開銷；頂樓加蓋的鐵皮屋雖然租出去了，但屋況老舊，一個月也收不了多少錢。該不會真的要吃土吧？阿浦擔憂地想，手在口袋裡把玩著鏗鏘作響的零錢。

熱帶的日光像塗滿劇毒的箭，一射觸皮膚就發麻刺痛。空氣中飄著汗液淡淡的鹽味。阿浦用力踩踏老舊的腳踏車，想讓微弱的風速帶走自己過高的體熱。他騎過滿地落花的鳳凰樹劇場，小葉欖仁步道，有舒適陰影和潮濕綠意的榕園，繞向熟悉的成功湖。在隱匿的湖中小島，他意外發現小汀學姊的身影，正蹲在小島邊緣低頭盯著水面。阿浦停下腳踏車，把車隨意靠向路邊的一顆椰子樹，走上連接小島的紅色拱橋，到學姊身後慢慢蹲下。

阿浦輕聲打了招呼。小汀學姊警戒地回頭，發現是認識的人，防備的表情瞬間放鬆下來。這是阿浦第一次看見學姊鬆懈的模樣，柔弱、親暱、帶點孩子氣，讓他突然湧上一陣奇妙的好感。

「這邊有孑孓。」阿浦順著小汀學姊手指的方向看過去，水面上確實有一群微小的深色蟲體在顫抖。「要通報校方才行。」學姊認真地說，很快又恢復成一板一眼、事事嚴謹精確的模範生姿態。短暫的友好稍縱即逝。阿浦的心情不知為何竟感到有些低落。

「雖然叫成功湖，但一點成功的跡象也沒有，只會帶來意想不到的災難，真沒用。」小汀學姊撿起手邊的枯枝，嘗試破壞活動的孑孓。

阿浦深深吸一口氣，收拾好情緒，輕鬆地笑了笑。「也是，如果像『南榕廣場』那樣兼具命名美感、歷史意義還有學校象徵，就太難得、太高明了，可惜最後還是被迂腐的學校黑掉，只讓『中正堂』、『修齊大樓』這種俗氣又官僚的名字存在。」

小汀學姊沒有任何反應，自顧自地擾動湖面。阿浦尷尬地自我解嘲：「不過像光復操場就比較有用啦，還可以辦運動會什麼的，雖然『光復』兩個字也充滿偏狹的政治意味，至少比名字一樣爛的成功湖有用。」

小汀學姊像突然想起什麼，轉頭問他：「你之前說成功湖有什麼傳統？」

「生日要被丟湖。」阿浦看著小汀學姊，疑惑她為何這樣問。

小汀學姊鄙棄地皺眉，又將目光轉回湖面。「原來只是這種白癡大學生無聊的起鬨。」

阿浦難為情地低下頭。大一的時候，他也被系隊那群癲狂的隊友丟湖慶祝過二十歲，一夥人熱熱鬧鬧狂歡了整夜。他於是改變話題：「對了，學姊，妳知道什麼時候發薪水嗎？」

「期末考那周我已經做帳出去了。學校行政人員暑假只上半天，以他們的工作效率推算，搞不好月底才會入帳。」

聽到學姊的回答，阿浦腹部閃過一記痙攣，背脊升起絕望的涼意。「怎樣？沒錢了？」小汀學姊見阿浦突然臉色發白，立刻看穿他沉默的窘境。「那你為什麼還要丟硬幣？我看到你好幾次都把零錢丟進湖裡，我還以為成功湖有讓願望實現的傳說。」

阿浦的喉嚨變得乾燥不已。他嚥下口水，咳了一兩聲。「我是防孑孓啦。不是有報導說硬幣會釋放銅離子抑制孑孓生長嗎？看來是騙人的。」

小汀學姊正想繼續追問，突然響起的鈴聲卻打斷她進逼的氣勢。阿浦輕聲說了抱歉，拿出口袋裡震動的手機，一看到來電顯示，又匆匆收回去。他想起上次回家時媽媽說爸爸外遇的事，甚至問他和姊姊會選擇誰。他害怕離家之後整件事又發生失控的轉變，而媽媽現在就要來索討答案。

「不接女朋友的電話下場會很慘。」

阿浦搖搖頭，沒有說話。鈴聲依舊悶悶地鳴響。小汀學姊立刻意會是另一種更彆扭的狀態。「你不是正好沒錢了嗎？乖乖道歉父母都會原諒的。」

阿浦嘴角勉強地上揚，他希望學姊不要再自以為是地說大道理了。她的關心不知不覺中已經帶刺，她卻一反常態地滔滔不止。「追根究柢也是你自己把錢隨便丟進成功湖才這樣的吧？我算過，就我看到的次數，你至少浪費了七十四元，更不要說我沒注意的時候，不知道可以買幾個便當……」

「並不是沒得到回饋的都是浪費，」阿浦按捺不住，脫口打斷小汀學姊的指責，「有些事是不能對等計算的，世界上總有各種無法歸納的不確定性，還有形而上、無法說明的寄託。」

小汀學姊冷冷地看了阿浦一眼，「你是在寫論文嗎？講那麼饒舌，充其量只是為自己的幼稚詭辯，逃避真正的現實而已。」

阿浦虛張聲勢的自尊被學姊無情戳破，一時之間惱羞成怒。「對啦，我就是這種懦弱又沒用的人，跟成功湖一樣，頂多讓遊客拍拍照、餵餵魚，成為蚊子的溫床，可有可無，消失也無所謂！」

「神經病。」小汀學姊把手中的枯枝投進湖中，怒氣沖沖地站起身，離開湖中小島，往研究室相反的方向大步走去。

手機鈴聲仍不死心地響著，像是流不出眼淚的嘶啞哭聲。阿浦把手探入發熱的口袋，碰到底部微溫的硬幣。他用指尖拎起其中一枚，憤然地看著手心裡黯淡、不起眼的硬幣。他突然緊緊握住拳頭，就只是握住，沒有辦法再像往常一樣，爽快地丟進湖裡。

離開研究室搭電梯前，阿浦在轉角的飲水機一口氣灌下兩公升的冷水。他的腹部鼓脹了起來，膀胱隱隱作痛。打嗝的時候，還有水從喉頭逆衝而出。他趕緊摀住嘴巴，用力吞嚥，卻引發另一陣更不適的欲嘔之感。

存摺上的金額依然沒有增加。他僅有的零錢只能夠再買三顆茶葉蛋，宿舍藏備的餅乾和泡麵也早已消耗殆盡。離可能的發薪日還有將近半個月，他必須靠喝水來騙過飢餓的暈眩。

那次爭吵之後，阿浦值班時就很少遇到小汀學姊，即使偶爾在研究室門口錯身，學姊也是別開頭，不願和他正眼相對。有次他鼓起勇氣和小汀學姊說話，言不及義地分享一家隱密又便宜的麵包店，學姊依然沒有把臉轉向他，只輕輕「嗯」了一聲，話題和交會便結束了。阿浦沮喪地想，無論是教授還是學姊，應該都對渾渾噩噩、天真得可恥、盡找藉口的他很失望。他對自己也很失望。

經過成功湖時，阿浦又無意識地把手伸進口袋。單薄的銅板敲擊出單薄的聲響。他不能再許願了。持續累積的飢餓強烈地提醒他，在自以為是的浪漫之前，他得老老實實面對現實困境才行。

阿浦正想轉身離開，回宿舍床上擁抱自己愈發難耐的飢餓，原本在湖邊散步的白鵝竟突然朝著他走來，不懷好意地盯著他。阿浦閃過不祥的預感。他記得系上有個學妹曾被鵝咬到小腿瘀青，院長還因此寫信提醒大家要保持安全距離，也在校務會議上公開討論鵝群管理的問題。阿浦隱隱嗅到鵝身上散發的攻擊意味。他本想若無其事地繞過去，白鵝卻微微搧翅，一股腦飛撲上來。

鵝先是咬住他及膝的褲管，又跳起來胡亂啄他的下腹部和大腿。阿浦一邊後退，一邊揮手驅趕，反而激起鵝更兇猛的攻擊。他晃動的手成為鵝鎖定的目標。鵝一口咬住他左手手掌，嘴喙上的刺深深嵌入肉裡。阿浦痛得用力甩開。掌心刻著清楚的齒列咬痕，缺口甚至開始滲出細弱的血絲。被擊倒的白鵝不服氣地站起來，趁他還在為手掌的傷口發疼時，再一次暴衝過來，狠狠咬住他毫無防備、脆弱的下體。

一股無法言喻、彷彿神經斷裂般的疼痛毫不留情地襲擊他的生命中樞。他體內某種流動的活源好像被迫中止了。有那麼一瞬間，阿浦幾乎喪失意識。眼前一片空白，大腦戛然停止運轉。他雙腳一軟，身體失去支撐力量，搖搖晃晃地往旁邊跌落。他還來不及反應，抓住任何能阻攔墜落的障礙物，就這麼翻越低矮的石頭圍籬，整個人栽進湖裡。

成功湖非常淺，他很快就碰到軟爛的底，只不過呼吸沒有調整好，吸入不少骯髒的湖水。阿浦咳嗽著坐起身，死魚的腥味從嘴裡和鼻孔飄出來。他乾嘔幾聲，想把噁心的感覺排出體外，但什麼也吐不出來。和大一那次一樣，成功湖依舊充斥著死屍和金屬酸味的惡臭，甚至比以往更讓人作噁。水質多了稠濁的黏糊觸感，舌頭上的殘液也有擺脫不掉、沙粒般粗糙的質地。以前生日被丟湖早就做好心理準備，這次意外墜湖，阿浦還有點無法釐清狀況，茫然地坐在湖裡，遲遲無法動作。

「同學，還好嗎？」一個年紀和他相仿、打扮時髦的遊客擔憂地問。阿浦恍惚地點點頭。下體忽然閃過一記致命的刺痛，他才終於回過神來，一點一點慢慢整理思緒。

環顧湖岸四周，攻擊他的那隻白鵝不見了，不知道跑去哪裡。他想站起來，手掌撐住湖底時，摸到一小片堅硬的東西。很熟悉的觸感。阿浦拾起硬物，抹掉上面的汙泥一看。是硬幣。他又把手探入湖底摸索，搜出更多大大小小的硬幣，其中一枚還微缺了一角，寬度剛好能卡進一片指甲。他認得這枚硬幣，是某次和同學打賭賭輸請客、飲料店的找零。這些都是他這幾年來許下的願望。硬幣凹凸的齒格填塞著銅鏽，表面除了泥巴，還長滿苔綠色的黴菌。這就是他誠心期盼的願望。好事不曾發生。這些硬幣也只是承載他幼稚的心願，毫無負擔地墜入湖中，然後日復一日在汙穢的湖底默默發霉生鏽。他還是一如往常地吃飯，睡覺，打工，上課，無所事事地遊走，隔日醒來和前一個日子一模一樣，依舊為人生感到困惑。好事不曾發生。他獲得的只有財產損失而已。而現在，又多了從幻夢中驚醒、疼痛灼熱的恥辱。

「需不需要拉你一把？」遊客以為阿浦的雙腳被爛泥絆住動彈不得，好心地對他伸出手。阿浦抬頭看著那隻善意的手臂，搖搖頭。遊客識相地走開了，幾個圍觀的群眾也漸漸散去。太陽的溫度越來越低。只剩阿浦仍坐在湖中，手裡握著潮濕骯髒的硬幣，怎樣都無法起身。

手機響了。阿浦剛從浴室沖完澡出來，在房間門口就聽到急切的鈴聲。他擦著濕漉漉的頭髮，腳步緩慢地走向書桌。本以為來電者是媽媽，窒悶地拿起螢幕一看，竟然是鮮少打電話給他的姊姊小沫。

「明明就還活著。」一接起電話，小沫的聲音便從另一頭衝了出來。「媽緊張死了，每天愁眉苦臉地問你是不是在南部出了什麼意外。你不要增加我的麻煩好不好。」

阿浦尷尬得說不出話，只能發出粗啞、毫無意義的喉音，敷衍地傻笑蒙混。

「我剛匯了一萬五給你，省著點用，應該夠撐到九月開學吧？」

「妳怎麼知道我沒錢？」阿浦驚訝地大叫，十分意外對任何事都漠不關心的姊姊竟然看透他當前的困境，明明他什麼也沒說過。

「等你考上公務員記得加倍還我，三倍也可以。」小沫不理會他的疑問，徑自開心地打著如意算盤。「對了，我有個朋友在出版社，要買參考書的話說一聲，我問看看能不能拿到漂亮的折扣。」

阿浦的心沉了一下。「姊，其實我……」他欲言又止。心虛地沉默了一會，猶豫要不要向姊姊坦白他的茫然無措。「我不知道自己是不是真的想考公務員，我不知道自己到底要做什麼……」

電話那頭傳來一陣長長的沉默，原本歡欣的氣氛突然變得僵冷。「姊？」空白的時間極度難捱。阿浦無法得知姊姊的情緒，不由得慌張起來。「對不起。」

「池仁浦，你真的是個無可救藥的大白癡。」小沫低沉地喚了他的名字，他深深吸一口氣，做好挨罵的心理準備，聽到的卻是另一番意外的言論：

「怎麼可能會有人知道自己要做什麼？沒有人知道自己要做什麼，我不知道，爸爸不知道，我相信媽媽也不知道。我們都是平庸、無知，甚至笨拙的普通人，在庸庸碌碌的生活中載浮載沉。我們所能做的，就只是努力嘗試，去挑戰，去衝撞，去流血，去發現自己隱隱約約、可能的價值，然後在受傷或滿足之際，繼續往下一個階段邁進。考公務員也一樣，只是一種階段性的選擇，不代表最終的人生定奪。即使不是百分之百確定，你想試試看就去試，考不上或直接打消念頭也無所謂，再找下一個目標就好。雖然媽可能會很失望，畢竟她只有你一個兒子，不過這是你自己的人生，沒有人有資格多嘴。」

小沫鏗鏘有力的字句在阿浦耳裡迴盪。他的心臟猛烈撞擊胸腔，湧出一股熾熱的勇氣。他好久沒有這種活生生的感覺了。

「人生就是要不斷冒險、走岔路才有趣。看到哪邊有人就跟著乖乖排隊，按部就班地等著自己的名字被叫到，不是太無聊了嗎？不如把那些球瓶般的人龍撞倒，砸爛自以為權威的指標，在一片荒漠中立一塊奇特的招牌。」

阿浦心情的重擔好像漸漸釋然。他深呼吸，心臟依舊狂跳不止。「姊，謝謝妳。」

「終於發現你姊是絕世天才了嗎？我要跟你收心靈輔導費，每分鐘一百元。」

阿浦哈哈大笑。輕鬆的氣氛讓他澈底卸下防備，想將隱藏在心中的祕密傾吐而出。「姊，我跟妳講一件事，妳不要笑我。我今天被成功湖的鵝攻擊，牠還咬我下面，害我摔進湖裡。」

「天哪，你以後交不到女朋友、娶不到老婆了！」小沫誇張地驚呼。

「明明成功湖就只是一般人工池塘，並沒有特殊的靈性，我還是私自把它當成許願池，每次經過，都會投進一枚硬幣，許下一個願望。大部分都是簡單的小事，譬如『期末all pass』、『上台報告那天放颱風假』、『抽中可愛又好相處的學伴』之類；最近的心願，則是『快點發薪水』。但是願望從來沒有一個實現。今天跌進湖裡，我發現湖底都是我這幾年投下的硬幣，雖然是一元五元，累積起來也很可觀。不過，那些硬幣沒有因為數量或我的誠懇起什麼作用，只是單純在臭水裡生鏽。知道這件事後我有點受到打擊。原來我一直在做的，只有浪費錢而已啊。」阿浦自嘲地笑了一笑，「很笨吧，竟然還相信許願池這種事，而且還是又臭又髒的成功湖。」

「何止笨，根本就蠢到翻過去。真受不了你，怎麼念了大學還是跟以前一樣笨啊？老二也廢掉，你的人生根本完蛋了。」

小沫不留情面地嘲笑阿浦。他一邊道歉，一邊愉快地大笑。雖然利嘴的姊姊沒有說一句安慰的話，但阿浦確實感覺到了，他逐漸舒朗的心頭，還有姊姊意在言外的貶責，就和手中發燙的手機一樣溫暖。

鯉魚突然破水躍出，勾起一個極具力道的短弧線，而後順服地心引力自然的拉扯墜回成功湖中。激起的水花像一記暗淡煙火，在湖面上微微綻放。

阿浦被那道清脆的水聲吸引，緩緩走至岸邊，低頭觀看湖裡的魚群。魚鱗在濃濁的水下閃爍著點點銀光。他蹲下來，似乎也看見了沉澱在湖底的那些老舊硬幣，和淤泥一起累積成時間新的證據。他已經不會再替自己的天真感到懊悔或羞愧了，甚至，心頭還瀰漫著明亮、舒坦的勇氣。他腦中縈繞著姊姊那番不著痕跡的鼓舞，把手伸入口袋，摸到了一枚冰涼、讓人愉快的小小硬幣。

身後傳來草地被踩踏的聲音，那道腳步似乎帶著些許的猶豫。阿浦回頭，看見小汀學姊一臉彆扭又有些歉意的微妙表情，全身僵硬地走向他。他連忙站起身，學姊卻低著頭走過他面前，徑自在湖邊蹲了下來。

小汀學姊雙手環抱膝蓋，像隻受傷的小動物般不發一語。阿浦想了想，也在她身邊跟著蹲下。空白的沉默讓阿浦難以忍受地慌張起來。他嚥了一口口水，決定打破尷尬的窘境。

「學姊，之前的事，我很……」

「這座湖其實不是沒有用處的，」他還沒說完，小汀學姊便擅自劫走話題的主控權，「我去圖書館查了校史，一九七〇年學校為了蓋運動場，在男宿舍旁開工整地，但因為地勢低窪，經費又不夠買大量土方，校長決定開挖文學院前的平地，將挖起的泥土拿去填補操場。對於挖出的凹洞，考慮到中文系和歷史系的氣質，校方選擇注入清水，營造成中式的園林水景空間，於是光復操場和成功湖便同時誕生。如果沒有成功湖的土方，就不會有光復操場；或者反過來說，如果不是光復操場的建立，就沒有成功湖的誕生。」

阿浦怔怔地看著小汀學姊。這是他第一次聽說成功湖的由來，同時也訝異她竟然為了自己一時自暴自棄的氣話，認真地查閱這些瑣碎、無人看重的資料。小汀學姊仍沉浸在斑駁的歷史之中：「成功湖雖然不是渾然天成的湖泊，也無法帶來什麼實質的經濟效益，卻是支持學校完備運動場域，無法代替的重要功臣。」

阿浦緩緩地點點頭。小汀學姊轉過頭來，露出他不曾見過、羞怯的歉笑，幽幽地說：「我有一個阿姨，去年被人陷害，接手一間負債累累的蠟燭工廠，常常為了軋票來跟我媽借錢。我有一次無意間聽了她們的對話，大概了解工廠的營運狀況，但對於她和姨丈沒有把每一分錢控緊的經營方式有點不以為然。為了不讓我媽好心借出的存款付諸東流，我才來這裡念會計所，想用學術專業幫助他們。不過出乎我意料，今年初夏，我阿姨的工廠已經轉虧為盈，慢慢把積欠廠商和親戚的債款還清，甚至還要擴廠，好應付大量湧進的訂單。我一直以為唯有依靠精確的數字才能解決問題、翻轉困境，現在終於知道，除了數字之外，還有更多無法掌控、全無道理和邏輯的變因，那才是關鍵。」

小汀學姊停頓了一下，忽然改變話題：「你知道教授為什麼要僱用你來做租書店排行榜的資料嗎？」

「呃，因為需要一個無所事事的人來搜集紀錄？」

「我本來也是這樣以為，只是需要一個時間很多的大學生幫忙整理資料，但後來我提交論文大綱，想和教授討論研究方法，他把你的資料夾交給我，要我看完之後想一想。說真的，你在上面寫的見解對我們分析一點幫助也沒有，編排方式也不夠簡潔，但是教授說，你非專業的觀點卻是一種透明的聲音，一種我們本科系所沒有、自由的玄想，可能會因此觸發意想不到的新題目。雖然不一定真的會改變研究方向，但那些並不是無用的。就像成功湖一樣。」

小汀學姊一股腦傾訴她的體悟。阿浦聽完之後，有股莫名被稱讚、輕飄飄的恍惚。他對學姊爽朗地燦笑，掏出握在手裡的硬幣，朝成功湖奮力一擲，看著它落進湖裡，響起一記悅耳的聲音。

學姊不再像之前那樣責罵或是質疑他，也跟著掏出一枚硬幣，學他投進湖中，再雙手合十低下頭，喃喃念著微弱的低語。

「妳許了什麼願望？」小汀學姊微笑地抬起頭時，阿浦這麼問。

她只是對著阿浦笑，沒有回答。阿浦也回應了她愉快的笑容。他們同時將視線移向起了陣陣漣漪的成功湖。波光閃動無數細碎的暈澤，擾亂湖面不平穩的氣流。幾隻白鵝搧著翅膀平衡波動，潔白豐盈的羽翼揮舞出優雅的弧徑。阿浦閉上眼睛，享受輕拂而過的微風。他相信自己的耳朵，就在剛剛那一刻，確實聽見了硬幣跌進水裡，疊上時間的聲音。

地下社會

她從來沒有想過，有一天，旱鴨子的自己竟然會毫不掙扎，甚至帶著興奮的心情躺進河裡，感受水流從頭頂沖刷而過的強勁力道，顫抖著幾乎睜不開的眼皮，迷迷濛濛地看水花在睫毛上綻放。

河水的涼氣從皮膚全面入侵。現在她的背正抵著河床大小不一的卵石。她憋住呼吸，心臟因為水壓和高昂的緊張感激烈跳動。比起冰寒、凍骨這些體感上的刺激，水流對耳膜的震動似乎帶給她更大的不適，但是狂喜的情緒又將一切淡化，她只感覺得到自己不受控制的心跳。

他也躺進河底了。那個年紀和她父親相仿的男人。她被他體重擠出的水流壓過。她好氣又好笑地轉過頭去看。他寬厚的肩膀露出水面，身體朝著她的方向，眼神無比濕潤。

（妳聽。）

他用口型說出這句話。側著身，撥開河底的卵石，把耳朵貼近河床。之前他曾說，在河道底下，另一層疏鬆的地層裡，會有一條平行的伏流跟隨地表的河水同時並進，穿過樹根、平原、水田、橋墩、城鎮，最後流進深沉的大海。那是暗河，每條河流都擁有的祕密影子，暗自運作的地下社會。他們就是為了聽暗河流動的幽微聲音，才躺進河底的。

她被他古怪的表情逗笑。氣泡從她齒間和鼻孔啵滋冒出。她提醒自己憋氣，模仿他的動作，將注意力集中在微微脹痛的耳膜，仔細聆聽河流底下不可見的能量波動。

（聽見了嗎？）

她閉上眼睛，把耳朵再靠近河底一些，手掌也貼上平坦的河床。除了水滴和水滴凝聚、碰撞石頭而後碎裂、沖刷過身體的微小聲波之外，地表下，還有一股低沉、深遠、不明顯的律動，正隱隱撞擊著其上的河道，緩慢地，自成步調地潛行。她突然睜開雙眼，驚喜地看著也有同樣神情的他。

暗河。一座隱密的地下社會。她聽見了。

小沁懶散地打了個哈欠，連忙低下頭，假裝在分類新到的公文。她趕緊抹掉眼角不由自主溢出的淚水，若是不小心被愛找她麻煩的組長看到，肯定又會招來一頓不必要的責罵。

區公所瀰漫著一股無所事事的渾沌氣氛。她旁邊那個即將退休的雇員正展開第三份報紙，用放大鏡讀起已經過時的新聞。左後方的大姊午休一結束，就開始四處打電話聊天。坐在斜前方的替代役男，或許是因為青澀，或者身分，只敢微微彎曲脖子，用眼角餘光偷瞄大腿上的手機訊息。小地方的公家單位，就像皮膚表層輕微卻礙眼的微血管瘤，一旦破裂增生，便會留下阻礙血液流動的紅痣，難以剝除，也無法恢復。

閒適的區公所突然走入一位民眾。是個穿制服的中年男人。他捧著一箱貨物，局促地左顧右盼。沒有人搭理，也沒有人詢問他的來歷。小沁抬起頭，恰巧和他視線相接。「我雷電快遞。」他彷彿終於發現唯一的救生浮板，用眼神急切地抓住小沁。

小沁一時之間無法理解他的意思。「是DM廠商嗎？」男人點點頭，沒扣上的安全帽跟著上下晃動。他輕薄紅潤、沾著口水的嘴唇看起來非常眼熟，還有鏡片後微微凸出、有點渾濁的眼睛。小沁站起身，從座位走出來，推敲這種似曾相識的熟悉感，在記憶中搜尋可能的相遇片段。

「你之前是不是也送過聯保科技？我好像有看過你。」小沁終於想起來了。在前公司當總務小姐時，這位大哥曾經從她手中取走零件和模型。

他不明所以地搔搔頭。「可能吧，你說的那間公司在哪一區？我們快遞員都跑來跑去的。」

小沁簡短說明了當時的情境。男人記得那間破落的小公司，卻想不起那時櫃台小姐的模樣，只好故作爽朗地笑了幾聲，掩飾自己的尷尬和歉意。她簽收的時候，注意到他的包包背帶上纏著一面反核四的旗幟。小沁會心一笑。她前幾個禮拜才剛在遊行市集買了一模一樣的反核旗，就掛在老家房間的牆上。

「你們公司允許你們這樣表態嗎？」小沁交回簽收單，指了指那面鮮明的立場。

「為什麼不行？」他將簽收本放回腰包，拉上拉鏈，理直氣壯地說：「我是人，我反核，這有什麼不能說的？倒是你們這些公務員，不要領了政府的錢就腦死了。就算當上局長、縣長、部長還是行政院長，別只想著擁抱財團大腿，不要忘記你們本質上還是人。」

小沁詫異地看著他，擔憂地回頭望向她那群老朽的同事。幸好，他們都與世隔絕地潛伏在自己的小宇宙裡，沒有任何反應；好鬥的組長也正好去茶水間，不在座位上。她回過頭來，對眼前這個直率的中年男子湧起親切又新鮮的好感。「大哥你真有趣。」

「我叫池泰川，別人都叫我大川哥，妳要叫我大仁哥也行，反正我也是人。」他幽默地說。「小姐怎麼稱呼？」

「這邊的同事都稱呼我劉小姐，不過你叫我小沁就好了。」

「小沁，這名字聽起來冰冰涼涼的。」大川哥靦腆地別開視線，又迅速看了小沁一眼。「我記得了。」

他黝黑的臉上透露出若有似無的潮紅。短促且制式地道謝後，他便轉身走出區公所，跨上摩托車，頭也不回地往山下騎去。

難聞的廢氣在門口遲遲無法消散。小沁捧著那一箱包裹站在原地，想著偶遇的或然率和緣分的不可預期性。她愉快地回到座位，清點廠商送來的政宣數量。呆板的文字圖樣在她撥動的手指中快速飛過，她的視線卻全被殘留在視網膜上那個羞澀的影像給占據。縱使組長故意繞至她身邊，刻薄地斥責她摸魚，她也像沒聽見一樣，依舊沉浸在命運奇妙的暗示裡。

就像一隻透明的手在牽引、擺弄一樣。小沁掛好安全帽，鎖上摩托車，走向人群集中處時，一眼就望見那道混雜在年輕人中，有些格格不入的寬闊身影。

「大川哥？」她帶著八成的把握走近他身邊，期待映上眼簾的是那張歷經風霜、熟悉的臉。大川哥轉向聲音來源，先是略微遲疑地看著她，隨即露出驚奇的神情。

「小……涼妹？」

「小沁啦。」

「哎呀，老了，記性不好。」大川哥拍了拍自己戴著鴨舌帽的腦袋，「妳也來淨川嗎？」

小沁點點頭。她發現大川哥渾濁的眼裡又浮現靦腆的笑意，心情不由得漾起一陣輕輕的震顫。兩人有默契地將視線一同投向旁邊那條豐盛的河流。這是境內最具指標性的河川，發源地和出海口都在同樣的行政轄區，自然而然成了當地居民情感依賴的重要存在。他們現在站的位置，剛好是接近中下游的範圍，幸運地還保有最後一絲活潑的野性。流過不遠的行道橋後，河流就會進入建築和人口稠密的市區，被高聳的堤防驅逐開來，馴化成公園旁毫無生命力的孱弱背景。

小沁偷偷回瞄大川哥深刻的眼尾，還有嘴角隱隱上揚的線條。她陷入一陣愉悅的暈眩和不可置信之中。她無論如何也沒有想到，在訊息量爆炸的臉書上，大川哥竟然也會看到同一則微不足道的徵求消息，報名淨川的一日志工。她知道他反核，卻沒想到他對其他環境議題也懷抱濃厚的興趣，更具有親身投入的體力。他不是只剩一張嘴的可悲中年男人，他的熱情依然能帶動他的身體。

主辦者點完名後，發給他們一人一件青蛙裝、防水手套和鐵夾，這都是無法參與者捐贈的善物。他們套上自己預先準備的雨鞋，捲起衣袖，等候主辦者為他們隨機分組。小沁和大川哥站得近，自然被安排成一起行動的伙伴。她跟在拿著用來集中垃圾的麻布袋的大川哥身後，踩穩河底濕滑的石頭，一步一步涉入河水中，走向指定的區段。陽光照得水波閃閃發亮。即使隔著青蛙裝，河水低涼的溫度還是滲透了進來，讓皮膚揚起一陣不適應的寒顫。

他們先從河面顯而易見的漂流物開始撿起。寶特瓶。拖鞋。曬衣架。藥袋。文件夾。破損的籃球。口罩。洩氣的腳踏車輪胎。甚至還有老舊的婚紗照和驗孕棒，上面還清楚立著兩條宣示性的紫色平行線。

「塑膠袋怎麼這麼多啊？」大川哥費了不少功夫，一一夾起卡在岸石和水草之間的垃圾，倒出裡頭的河水，丟入逐漸沉重的麻布袋。

「不是很多人說總統是水母嗎？我看他根本就是塑膠袋。水母雖然沒有腦，至少還是海龜和曼波魚的食物，在生態系中怎麼說都是不可或缺的一環；塑膠袋就真的是萬年禍害了，不僅自然環境消化不掉，還會害海洋生物誤食，造成痛苦和死亡，這不正跟我們英明的九趴總統一樣嗎？不要再抹黑水母了，婉君應該幫總統正名為塑膠袋才對啊。」

小沁被他一番滑稽的言論逗得哈哈大笑，一手扶著疼痛的肚子，一手用鐵夾撐著凹凸不平的河底。「你其實是鄉民吧，怎麼那麼好笑。」

「啊，抱歉，罵到你們公務員的主子了。」大川哥故作驚慌地向小沁道歉，逗趣的表情充滿說不出的喜感。

「我不是公務員啦，只是一般約聘人員而已。」

「喔？那妳後台一定很硬。該不會是將軍的女兒？」

「沒有後台，只是剛好人事主任是我同學的小叔。噓。」

「果然有背景，你們這些權貴。」

她假裝生氣地拍打大川哥的手臂。他的肌肉已顯得鬆垂，但柔軟的觸感卻讓人安心。小沁的手不自覺地停留其上。大川哥沒有拒絕，也沒有暗示性地抵抗。他們維持著輕微的肢體碰觸，心思逐漸從河裡的垃圾轉移到漫談。綠能開發。不正義的社會政策。黑箱經濟。理想和現實。關於時事，大川哥總能熟稔地運用時下年輕人的流行語彙，講出深具黑色幽默的道理。他並不像他的年紀那麼老氣、保守，濁黃的眼神卻又隱含一種深邃的滄桑風韻。而且大部分的價值觀，都和小沁非常接近。

他們就這樣一路聊天、撿垃圾。或許是亢奮，或許是口渴，或許是反覆彎腰和起身，或許是青蛙裝不透風，使得暑氣緊緊滯留在皮膚表層，小沁覺得身體越來越燥熱，意識也一點一點慢慢遠離。她挺直身子，仰頭看天空。陽光的重量讓她有些招架不住。她突然感到一陣暈眩。抵擋不住河水沖刷，腿一軟，朝大川哥的方向傾倒而去。

大川哥趕緊接住她。她的身體發燙，沒有出汗，應該是中暑了。主辦者在遠一點的中游，其他志工也專注於河中的廢棄物，沒發現他們的異樣。大川哥扶著小沁的肩膀和腰，幫助她緩緩上岸。他們走向最近的一棵樹。他讓她坐下來，覆蓋在林蔭薄薄的陰影下。他脫掉鴨舌帽，戴在小沁頭上。「我流了很多汗，有點臭喔。」

一股類似腐木的濃烈氣味沉降而來。嗅覺雖然變得有點遲鈍，但小沁並不討厭這個味道。她看著模糊的大川哥，有氣無力地說了聲謝謝，赫然發現他赤裸的頭頂有一片異常明亮的光禿。他寬幅的額頭毫無遮攔地往後延伸，暴露出脆弱的頭皮，正中央一丁點稀疏、危弱的寒毛都沒有，甚至連隱含希望的毛囊也全數死去，只有耳朵上方籠罩著夾雜白絲、不相襯的厚重髮帶。這是她第一次看見沒有帽子遮掩的大川哥。原來他有地中海禿。一時之間，他整個人的氣質變得猥瑣起來。

大川哥注意到小沁留滯的視線，開玩笑地說：「禿頭又不是什麼罕見疾病，妳也看得太用力了吧。」

小沁趕緊收回自己失禮的目光，低下頭。她從沒這麼近距離看過男人無毛髮覆蓋的頭皮。她不是惡意的，只是好奇。

「妳爸沒有禿頭喔？那他一定沒有男人味，我是因為男性荷爾蒙太多才這樣啦。」大川哥爽朗地自嘲。他走近河邊，伸手舀起一掌河水，淋在自己光禿禿的頭頂，抹了抹，露出涼爽的舒適表情。

「啊，真想就這樣直接喝，可惜河水有腥味和細菌。如果是底下的暗河，就可以生飲了。」

「暗河？」小沁第一次聽到這個新鮮的名詞。

「對啊，河道下方的含水層會形成一條伏流，石頭過濾後水質非常乾淨，比河水還要澄澈，就像麥飯石泉水的道理，是一座沒有人知道、清新的地下社會。」

小沁循著大川哥的描述開始想像，舌根分泌出甜甜的唾液。她想再問更多，譬如暗河將流去哪裡，暴雨是否會讓它失控，地上的人要怎麼進入這座地下社會……這時卻響起尖銳的哨音。淨川時間終了。志工們拖著裝滿垃圾的麻布袋，以主辦者為中心緩緩集合。小沁跟在大川哥身後，軟弱的雙腿還沒完全恢復力氣，她仰頭撐起身體，不由自主望向他裸露的頭皮。不知道是不是錯覺，看久了，那片舒坦的禿頭竟讓小沁湧起不可思議的放心感。就像看著一隻無毛的初生幼獸，她有一股想要撫摸的母性衝動。

志工們檢視彼此收集的垃圾，票選出數量最多和最難清除的種類，以及令人意想不到的棄物。所有人一致認為塑膠袋是麻煩的危害。幾個外向的志工接著分享淨川心得和體悟，主辦者做個激勵人心的正向總結，大家歸還用具後，活動終於結束了。

他們一起走向停車場。小沁在自己的摩托車旁停下來。大川哥發現她的停頓，也跟著停下腳步。「可以嗎？有辦法自己騎車回家嗎？」小沁對他點點頭。她知道他正等著她歸還那頂暫借的鴨舌帽。她把帽子從頭上取下。帽緣內浸濕了一圈顏色略深的汗水。她的頭髮被帽型壓出一條明顯的痕跡，上面混雜著味道濃重的汗液。那是兩種氣味混合過的複雜騷臭。淡淡的她毛孔的熱氣，還有他頭皮黏膩的油脂碎屑。

「那帽子……」小沁抬頭看著正等待接下帽子而後告別的大川哥，心中突然閃過一個念頭。她鼓起勇氣，把鴨舌帽緊緊壓在自己疾速起伏的胸口，「給我你的手機號碼，我洗乾淨再還給你。」

這一定是命運之神耐人尋味的玩笑。早晨一睜開眼，小沁便慌慌張張從枕頭下摸出手機，查看通訊軟體的收件匣。沒有新通知。她昨晚睡前傳出的訊息顯示已讀，可是對方沒有回傳。她回頭翻閱交談紀錄，揣測每一張貼圖、每一句短語、每一則罐頭簡訊背後可能的心意。

和大川哥交換通訊帳號後，小沁就無法不在意隨時可能跳出的訊息，一直出現手機震動和螢幕亮起的錯覺，於是頻頻低頭查看，反覆溫習沒有更新的對話紀錄。她焦躁地嘆一口氣，從床上起身，握著發燙的手機，走向擺好早餐的餐桌。

父親早就在那裡了，正喝著熱騰騰的麥片。那是用哥哥阿津架設的捕霧網收集到的霧水所沖泡的，滋味和一般滾沸的自來水幾乎沒有不同。若真要比較，霧水喝下去後，舌頭會有薄薄一層不容易察覺的酸味，說不上好喝，但確實能讓某些食物的滋味嘗起來變圓潤。前陣子無預警停水開始，他們家的用水便有了這個新的源頭。一想到這裡，她又想起大川哥之前提過的神祕暗河。

她把苜蓿芽和荷包蛋夾進吐司中，淋上鮮豔的番茄醬。父親坐在她對面，抓住一個不好不壞的時機，故作輕鬆地開口問：「有男朋友了？」

小沁被父親突如其來的問題嚇了一跳，番茄醬也因此失控滴到桌面。她起身拿抹布擦拭餐桌。腦中第一個浮現的，竟是大川哥的身影。

「沒有啦，哪有可能，哥亂講的嗎？」

「無，我看妳最近嘸是笑頭笑臉，就是咁哪佇想啥，擱一直佇耍手機仔。」

小沁臉紅了起來。她慌忙否認。父親點點頭，沒有再追問，繼續喝著手中緩緩減少的麥片。她望著眼前正經的父親。一板一眼，拘謹，內向，表達笨拙，不會開玩笑，給人一種無法親近、遙遠的距離感。小沁想，父親是不是少了什麼？幽默？自信？人生歷練帶來的餘裕？無傷大雅的攻擊性？如果他也禿頭的話，會不會更容易讓人有好感？和她同年的其他女孩，會用什麼樣的眼光看父親？

而她又是用什麼眼光看那個和父親同樣年紀的男人？幾次面對面的相處，她都感到前所未有的快樂和悸動，這是以往和年輕男孩互動未曾有的經驗。但大川哥從來沒有提過自己的家庭，他有幾個小孩、正在從事什麼，妻子幾歲、是怎樣的人……，他們的話題總圍繞在紛亂的時局上，或是講些機智俏皮的雙關語。以他的年齡，一定多少有幾個家人。只是小沁不知道，如果了解他家人的面貌和個性，自己撲朔渾沌的感情會不會明朗一點。理智，會不會清醒一點。

想著想著，小沁的心情突然莫名沮喪了起來。她好像迷失在混亂的情感激流中，失去人生的定錨點。當初從市區搬回老家，選擇沒有前途的公所約聘職，當個收發公文的低階雇員，是為了把握絕對不會延遲的下班時間，能更有心力投入環境守護和社會運動，但她的心思卻不知不覺捲進另一道漩渦，正無法自拔地往下陷。她腦袋裡一直有個聲音，警告她抓緊岸邊的石頭，從深淵中爬上來。可是她沒有力氣。她放任自己隨波逐流。

騎車。上班。進入死氣沉沉的辦公室，無趣的一天又開始了。小沁看著桌上成堆的公文和信件，無可控制地將目光移向滑鼠旁安靜的手機。沒有動靜。沒有被驚擾的訊號。或許試著一天不要聯絡。小沁深深吸一口氣想。不要主動踩踏水花。安靜地站在水中，等待水流自然變化。說不定激昂的亂流過去，她就能從河裡走出來了。

才剛開電腦，左後方的大姊突然急促地走到小沁身邊，拿著一份標示最速件的逾期公文，哀求擔任收發窗口的她趕緊幫忙處理。「我工作太忙了，都忘記這份要回給DM廠商的函。妳不是有摩托車？騎車幫我送一下啦，不然我考績被打丙就慘了。」

小沁猶豫地看著她，又轉頭看了看組長。他正凌厲地瞪著小沁。她嘆了口氣，沒有文官資格的雇員想在公務體系生存一點也不輕鬆。如果她親自外出送文，一定會被組長狠狠地記上曠職；若她拒絕協助大姊，肯定又會被告狀到長官那裡，成為不續聘的強力理由。無論她怎麼做，勢必都得背負莫須有的黑鍋。

她閃過一個自私的解決方式。大腦理性地抵抗這個念頭，手指卻迫不及待地撥打快遞公司的電話號碼。她說服自己這是為了工作，並不是因為個人無法堅持的私欲。她緊張地報上自己的單位和地址。掛上話筒前，小沁突然像著了魔一樣，克制不住衝動，脫口問對方：「請問能麻煩池先生來取件嗎？」

「不好意思，我們都是看外務的位置機動調派，不能指定送貨員。」聽筒傳來冰冷的解釋。小沁放回話筒，臉頰灼熱發燙。她看向寂靜的手機，伸手解開螢幕鎖，進入排在最前端的聊天紀錄。她好想傳什麼訊息給大川哥。就算是貼圖也好，她想要他關注自己的存在。

她還是心一橫，咬牙關上手機螢幕。距離今天結束還有十五個小時。她必須堅守為自己設下的承諾，否則只會陷入越來越討厭自己的焦灼情緒。她不能再這樣下去了。

一旦意識到時間的限制，分秒就變得緩慢無比，好像被陽光拉長的影子。小沁看了看電腦螢幕下方的小時鐘。十分鐘過去了。她包裝好幾十份稍晚要寄出的函文，繕打完寄件明細，也接了兩通電話，怎麼才過十分鐘而已？

突然有個龐大的黑影落下她的桌面。「快遞收件。」她抬起頭，還沒時間疑惑那道似曾相識的聲音，就看見那張占據她心頭、總在不經意間浮現腦海的臉。

「你怎麼會來？」小沁訝異地看著他，心中滿是無法壓抑的驚喜。

「我們公司小姐說有權貴指名要我來服務，我哪敢不從啊。」大川哥靠著她的座位隔板，安全帽扣環依然鬆脫得晃啊晃的。

小沁將那份急迫的公函交給他，「還有這個。」她從包包裡拿出那頂洗乾淨的鴨舌帽。他的味道幾乎消失了，需要貼著鼻子才聞得見。她一直隨身攜帶這頂帽子，把它當成類似信物的東西，多少也有點像是他不在時的替代品。還給他，好像有什麼流動的感覺就要終止了。小沁哀傷地握著帽子，遲遲無法遞出去。

「這不急，等妳買到喜歡的帽子再還我吧。」大川哥似乎看出她眼裡的不捨，體貼地為她解圍。「今晚有空嗎？河濱公園新的夜市要開張了，聽說有從日本請來的小吃攤，十點還會放煙火，要不要一起去？」

她驚訝地看著他。這是她幻想已久的邀約。每天睡前，洗澡，還有生活靜止下來的空檔，她不止一次想過在命運巧妙地掌控之外，大川哥奪回見面的主導權，用一種輕描淡寫、不經意卻又堅決的方式，朝著困在情感洪流中、無法動彈的她，一點一點靠近。

她的眼底湧起一陣濕潤的情緒，但她沒辦法點頭或搖頭，只是傻傻地笑。她知道，她的表情已經代替她說出了答案。

小沁還處於甜美的暈眩。大川哥端著一盤剛炸好的臭豆腐和珍珠奶茶走過來，拿出不鏽鋼吸管，插入飲料封口，移到她的面前。

「這是環保吸管，在友善商店買的。」他拿起另一杯珍奶，重複同樣的舉動。見小沁沒有反應，點了點下巴，示意她享用。「快喝，吸管是送給妳的。」

他還準備了兩雙環保筷。小沁接過筷子，尖端嶄新沒有汙漬，應該也是他特別為她添購。他對細節的注意比她更澈底而全面。小沁感動地看著眼前這個不起眼的中年男人。他今天沒有戴其他帽子，光禿的頭頂被夜市的燈光照得油潤，就像夜晚溫柔的月亮一樣讓人安心。她的心智頓時幼稚了起來。「我想撈金魚，」她用黏稠的聲音撒嬌，「等等吃完我們去撈金魚。」

她拉著大川哥射氣球、擲圈圈、打彈珠，甚至坐上慢吞吞的小火車，和一群小孩一起繞軌道巡迴。她感到一股窒息的快樂。好久沒有這種心臟被猛烈撞擊，單純為簡單小事發笑的興奮。她覺得自己像個沒有煩惱的小女孩，但她隨即又抽離地想，擦身而過的路人、小吃攤老闆、成群結夥的青少年……，一般人會怎麼看待正並肩行走的她和大川哥？父女？親戚？鄰居？他們的輪廓並不相似，兩個人之間也沒有那種平淡無味的日常感，會有人認為他們是情侶嗎？

曖昧的念頭又疾速轉彎。她實在無法不去想像他背後的家庭。特別是他的妻子，那個從未自他口中現身的女人。她真實存在嗎？長什麼模樣？是不是還睡在同一張床上？愛嘮叨嗎？經過多年的婚姻，還會用崇拜的眼神看著他嗎？小沁沒有勇氣開口問他。她害怕聽到答案，卻又想知道答案。矛盾的心情激起她心中莫名的妒意。她覺得胸口突然變得好沉重。

他們終於走到熱鬧的金魚攤。「啊，這個最殘忍了。」大川哥皺了一下眉頭。小沁像做錯事的孩子怯生生望著他。「不過機會難得，妳想玩就玩吧。」他掏出幾枚零錢，遞給頭上綁氣球的老闆。

紙網一碰到水，很快就溶解變薄。小沁在水中搖晃幾下，棉紙毫不留情地綻開一個大洞，有隻小金魚竟笨拙地游上塑膠圈，卡在圈環的接縫。她小心翼翼地將小魚倒進水盆，為這個意外的好運發出歡呼。

「我幫妳拍張照吧。」大川哥拿出手機，對準正接過老闆打包好的金魚水袋、開心逗弄牠的小沁。她看著意外的鏡頭，一時間沒有心理準備，但想到鏡頭之後的螢幕將會顯現自己的表情，映入大川哥的瞳孔，成為他眾多記憶中的一個片段，她便忍不住嘴角顫抖、眼睛溫熱，露出燦然的笑容。

他們慢慢散步到遠離夜市的河畔坐下。微弱的路燈一閃一滅，偶爾發出類似蟲子低頻的嗡鳴。水面上漂浮不少垃圾，河水也散發微微的腥味。他們不久前才在中游淨川，辛苦撿拾無人聞問的棄物，當時的努力早已被乏弱的公德心給抹滅。

「這下面也有一條暗河嗎？」小沁放下金魚水袋，望著偶爾閃動波光的河面。

「有啊，就像河流的『芯』一樣。」大川哥撿起一顆石頭，拋出一道完美的弧線，恰巧擊中一個載浮載沉的塑膠杯。「無論河水量怎麼變化，被暴雨襲擊，土石流崩落，垃圾傾覆，甚至乾涸得只剩一根指節的深度，暗河都不會消失，默默潛藏在河道之下，繼續流動、前進，或是祕密地靜止下來，蓄養無人知曉的能量。那不是生態系，不會有魚、蝦或其他微小的生命，也不是像宇宙那樣複雜的組成，而是單純、無垢、不滅的地下社會，獨自形成一股深刻的流律。」

大川哥又丟出一顆石頭。水花在河面上輕輕綻放。「不覺得就像人一樣嗎？每個人的內心其實都是一座地下社會，不管外在遭受多少折磨和傷害，底下還是有既堅韌又柔軟、流動的力量在支撐，有時還進一步成為人生方向的主導。譬如信念，意志，情感，或者是欲望。在經過思想、價值觀、個人判斷這些小石頭淨化後，那股力量又會因此變得更純粹而強大，讓生命能繼續朝著前方推動下去。」

小沁久久望著大川哥模糊的側臉。「聽起來好迷人，真想親眼看看。」她不知道大川哥那番話是否隱藏他擅長的雙關語，但她確實有。她不止好奇河道下神祕的伏流，還有他心中那座潛藏的地下社會。她的包包忽然傳來一陣輕微的震動。小沁拿出手機查看，螢幕微微照亮她的臉。

「有門禁？」大川哥注意到她手機上顯現的時間。

「還好。我都這麼大了，我爸不會擔心。」她關上父親傳來提醒她早點回家的簡訊，把手機收進包包，不想這麼早就結束這個如夢的夜晚。

「一定會擔心的，女兒怎麼說都是爸爸上輩子的情人嘛。」

他輕鬆的回應彷彿觸動關鍵性的按鈕。小沁突然轉頭問他：「那你有幾個情人？」

這是她最逼近他地下社會的一刻。她被自己魯莽的勇氣嚇了一跳，同時又因此受到鼓舞。時機到了。現在是真相大白最好的時候。她緊張地等著他的回覆。

大川哥嚥了一口口水，緩緩轉頭望向她。小沁心跳加速，耳鳴嗡嗡作響。她可以讀出那個柔軟的眼神，但她還是想親耳聽見他說出答案。大川哥幾度輕啟嘴唇，又猶豫地閉上。他們僵持了好久。就在小沁以為還是無法觸及那座她最想探知的地下社會，沮喪地垂下眼睛時，他終於開口了——

但小沁聽不到聲音。煙火忽然在河畔另一側激烈地綻放。火藥炸裂的巨響蓋過了大川哥低沉的音頻。她看著他嘴型的變化，艱難、困惑地拼湊出可能的詞語。煙火還沒完沒了、長久地隆隆作響，他的嘴巴卻早一步停了下來。

「妳想當我下輩子的女兒嗎？」

他應該是這麼說的。

小沁回想大川哥的口型，反覆推敲、組合出這句迂迴的話語。他真的是這麼說的嗎？燦爛絢麗的火花底下，他們凝望彼此波光閃閃的眼神。緊繃的情感差一點就要衝破不明朗的氣氛，但沒有人成為打破界線的那一個。

後來她又跟他去了別的地方，很晚才回到家。她全身濕淋淋，頭髮和衣服不斷滴水。父親揉著眼從房裡拿出一條毛巾，包裹住她因興奮和著寒而發抖的身體。「暗時哪會走去溪水耍？囝仔人真正嘸知危險。」他責備的聲音裡滿是擔憂。小沁擦拭臉上的水痕，擠壓出髮絲多餘的水分，看著父親拿來幾十份報紙，塞進她濕透的鞋子。她不敢告訴父親，她剛從一座地下社會回來。

伏流的脈動還縈繞在她的耳際，跟著心跳一起震動。閉上眼睛，她又看見了那一夜的情景。他濕潤的眼神。煙花。圓潤的禿頭。河床上的卵石。氣泡。她全身肌膚好像又被河水的涼氣重重包圍。還有那雙溫暖粗糙的大手，重量依然壓在她的肩膀和臉頰，沒有離開。

「劉小姐。」現實的聲音喚回沉浸在記憶裡的小沁。是組長。這個老花眼鏡總是重重壓著鼻尖、眼睛往上瞪的老頭。他將小沁前幾天提出的核銷申請單推至她面前，尖銳的紙緣差一點就要刺向她的眼球。「我們單位並沒有編列快遞費這種預算，所有文函都必須依照規定使用郵局掛號來寄送，這筆單據無法核銷。」他加重語氣，一個字一個字刻薄地說：「請妳自行吸收。」

組長不客氣地將申請單丟到小沁桌上，瞪了她一眼，轉身走回座位。她的視線跟著他的身影往後轉，看向左後方那個完全不受責備的肇因者。大姊迴避她責難的眼神，一副事不關己的模樣，繼續磨她漂亮的指甲。小沁回過頭，悶悶地哼了一聲。她撕下申請單上的收據，想起它代表的意外和牽引，以及接連而來的所有發展，不禁又漾起甜蜜的笑意。她把收據仔細而工整地摺疊好，收進皮包夾層，拿出手機傳了封訊息：「權貴被腦死人禁止叫快遞了。哭哭。」

隔了一陣子，大川哥回傳一張豎起大拇指鼓勵的圖片。小沁有一點點失落。如果可以，她更希望是摸頭的可愛貼圖。但這樣的話，她是不是反而變成他這輩子的女兒？

大川哥是有家庭的。他哀傷的眼神透露出妻子和小孩的存在，但他始終沒有說出口。在那樣欲言又止、緊繃、充滿歉意和暗示的氣氛裡，小沁決定不貿然戳破。她大概能想像一般中年男人的家庭生活，稱不上幸福，也絕非不快樂，就是單調乏味、沒有想再為此努力的欲望，自然而然變成一段無可奈何的依存關係。或許這就是大川哥無法說明的緣故。如果媽媽還活著，父親和她之間是不是也一樣呢？

知道大川哥如幽靈般模糊的家庭輪廓，小沁鬆了一口氣。她不用再痛苦地揣測他的背景。他的家人浮出地面，成為外顯的河流；她則轉而潛入地下，隱身為無人知曉、祕密的暗河。他下輩子的女兒。他的地下社會。

替代役男捧著各種包裹和掛號，放進小沁座位旁的置物籃。她將信件移往工作桌，對照電子系統的文號，依公文主旨分發給承辦的職員。防疫宣導。社區老人關懷計畫。徵文公告。閱讀推廣補助。都是些制式而空洞的通知。政府花了一大筆預算，大部分都浪費在這些無意義的空轉上。她無奈地嘆氣，注意到其中一份不尋常的公文，上面寫著：

為預防颱風季節暴雨造成溪流洪患，並讓民眾更親近本市河川，發揚大河精神，促進觀光發展，市府決議將河道全面水泥化，保障戲水安全，以利民眾休憩。請查照。

小沁被這段冰冷卻暴力的文字給震懾住。她反覆讀了三次，頭皮發麻，趕緊抓起電話，打給公文上的承辦人員，想弄清楚是怎麼回事。電話接通了，但不是那個發文者，而是一無所知的職務代理人。

「承辦人休假，我不清楚。」電話另一頭不耐煩地說。小沁還想再追問，立刻被對方強勢地打斷。「明天承辦人上班妳再打來問。」

話筒傳來嘟嘟嘟的切斷音。她洩氣地掛上電話，看著殘忍的公文不知所措。小沁求救似的望了望四周。隔壁的同事正優閒地喝茶。修完指甲的大姊大口啃著芭樂。替代役男扭了扭脖子，繼續低頭看著大腿上的手機。他們每一個人都與驚慌的小沁全然無關。

滑鼠游標在螢幕上閃動。小沁看著電子公文系統，只剩那份公文還掛在線上。她閉著眼睛，眉頭緊皺，低下頭，怎樣都無法驅動僵硬的手指，按下接收鍵。

「政府竟然要將河道水泥化！（怒）」

她傳給大川哥的訊息顯示已讀，但沒收到回覆。小沁悶悶不樂地把手機收回包包。晚上七點。這種時間，大川哥應該已經下班回家了吧？

小沁騎車到上次淨川的地點，遇見當時的主辦者和幾位志工，正舉著臨時做出的粗糙看板大聲抗議。現場只有零星的記者來採訪，一邊聽他們的訴求，一邊搖動手中的筆桿記錄下關鍵字。小沁向志工打招呼，刻意四處張望一番。她期待的那個身影，沒有出現。

「政府對待環境的態度太誇張了，竟然要把生機蓬勃的河流變成死水溝，這是極度傲慢的人類中心主義。」主辦者憤慨地對著攝影機說。記者鼓勵性地點點頭，期望得到更多極端的意見。

小沁遠離群眾，獨自走向那條命運岌岌可危的河川。水流依舊撞擊著凸起的石頭和沿岸，發出清爽悅耳的聲音。她不由自主脫下鞋子，曲折地走進河石凹凸不平的冰涼溪水中，想坐下來，甚至躺進河底，像那個晚上一樣，感受暗河堅定的湧動。突然有一支麥克風伸到小沁面前。「小姐，妳是想用具體行動展示捍衛河流自由的決心嗎？請問妳怎麼看政府這項環境政策？」

巨大的鏡頭和刺眼的聚光燈不友善地打在她身上。小沁瞇了瞇眼，努力適應強光侵襲。她看見記者飢渴興奮的眼神，還有其他志工等待的表情，吞了一口口水，抬起頭看著攝影機，開始說話。

「垃圾政府！」

小沁被新聞中那個下半身浸泡在河中、頭髮濕漉漉、破口大罵的女人嚇了一跳。她差點認不得自己。

小沁難堪地別開頭。她明明還有其他清楚的闡述，媒體卻只剪輯最煽情的言論和影像，讓所有反對者看起來就像無理的偏激份子。父親坐在她身旁不發一語。他也看到她在鏡頭前失控的模樣了。

「這樣做不僅扼殺河流生命，對其中早已形成的生態有極大的破壞，剷除原本布滿卵石的河床也會消滅河流底下、如靈魂支柱般的暗河。」她轉向父親，把受訪時被刪剪的話一股腦地重複一次，想尋求他的肯定。但父親只是微微點頭，若有所思地看著她，沒有表達同意或反對。小沁覺得很孤單。她不平的憤怒得不到理解，也沒有依靠。

關上胡鬧的電視，小沁走回房間，重重地躺上床。手機依然沒有動靜。「明天再帶我去一次暗河。」這是九點多傳出的最後一封訊息，一直顯示為未讀。她放下手機，從包包裡拿出帽子，又看了看牆上那面反核旗。大川哥在做什麼？他看到新聞上的她了嗎？知道政府粗暴無知的政策，一向敏感的他難道沒有任何想法？小沁腦中一片混亂。關於伏流，那座迷人的地下社會，是大川哥領著她進入的奇境。他們兩人的祕密暗語即將要被剷絕，他為什麼沒有氣憤地跳出來，用他一貫的黑色幽默，去嘲諷、去護衛呢？

小沁在床上輾轉翻身。她的胸口窒悶又沉重。她想起那份公文，她還沒按下電子系統的接收鍵。明天早上，組長大概會因為延遲收件而對她大發雷霆，其他同事可能也看見新聞裡她狼狽不堪的破相。一想到這些沒完沒了的痛苦，她原本就十分遙遠的睡意已澈底煙消雲散。

老舊的時鐘吃力地滴答行走。窗外深深的夜氣穿過紗窗，飄了進來。小沁摸索枕頭旁的手機。打開螢幕，訊息還是未讀。她煩躁地哼氣，望著空白的天花板，為這種無法排解的彆扭感到痛苦。她開始輸入訊息，但只打了「地下社會」四個字，便因乾咳而失手按了傳送鍵。沒有前後脈絡，那四個字成為意義不明的孤詞。她想再補充什麼，卻還是無力地垂下雙臂。

她覺得好渴。把手機丟向枕頭，從床鋪爬起身，走到廚房。瓦斯爐上有一壺燒過的霧水。她喝了一杯，兩杯，三杯……，卻怎麼都無法消解焦躁的乾渴。她倒出第四杯，正要一飲而盡時，父親突然自黑暗中出聲。

「妳哥講伊佇夜市仔看著妳，佮一個查埔人行作伙。」父親乾燥的聲音沒有表情，在深邃安靜的夜裡顯得莫名清晰。「妳一個好好的查某囝仔，嘜佮有伴的人逗陣。」

小沁緩緩地放下杯子。杯口的水溢了出來，潑濕她的手指和虎口。她沒有回應，父親也沒有再說話。她聽見父親拖著長長的腳步聲逐漸遠離。昏暗的小夜燈熄滅了。整間屋子又陷入深寂的黑暗。

隔了很久，她舉起杯子繼續喝水。水流進入她的口腔，在舌頭上留下幾乎無法察覺的酸味，順著食道滑向胃、小腸、臟器、大腦、心臟……，滲透微血管和渺小的細胞，填補空缺的縫隙。她聽得見身體每一處被水分填滿的聲音。咕嘟。咕嘟。她放下空了的杯子，又倒進滿滿一杯水，一口氣灌下去。

水流沉靜而緩慢地循環全身，最後終於靜止下來，成為深沉、穩固的核心。她打了一個嗝。皮膚滲出一層薄薄的汗。她的腹部微微地動了一下。她感覺得到，在這不寧靜的漫漫長夜，她體內那座龐大、神祕、隱隱浮動的地下社會，正要開始運作。

濕地症

那根管子，和所有排水管一樣，潛伏於見不得光的暗面，在城鎮結束的邊緣，居民難以發現的視線死角，就這麼從醜陋的水泥磚中突出來，源源不絕地吐出髒水。即使這裡被畫歸為濕地保護區，如腋窩般腥臭的廢水仍順著這條單向道，穩定地注入其中。

以往，老泥並不會停下腳步，注意這些隱匿的細節。要不是為了等動作緩慢的老伴清水，他很可能早就回到家裡，打開電視機邊聽邊打盹，或者拿出冰箱的四季豆剝絲，提前為晚餐做準備。老泥八十歲了，他的老伴再過兩三年也將踏入同樣的年關，或許根本就不適合走進這條貫穿濕地、半野生的步道。萬一不慎踏破無人養護的脆弱木板，跌落淖濘的泥地，光憑兩位單薄的老人，無論如何大聲呼救，都無法穿過濃密的紅樹林，傳入熙來攘往的大街。不過醫生說，運動可以讓清水的惡化來得慢一些。除了在家附近這條空氣中偶爾帶有淡淡鹹味的步道散步，老泥想不到其他更好的選擇。

「清水！」老泥回頭喊。步道後方，有一位老婦正在翻動欄杆上的生態說明牌。她沒有對老泥的呼喚做出反應。老泥緩緩往回走，西南方的陽光改曬他較冷涼的右半面。雙頰不平衡的溫度造成視差。不知道是不是錯覺，他的左眼一度被一層濃厚的紫瘀色塊籠罩。老泥只好扶著圍欄，等待盲目退去。

「魚仔會曉飛！」清水驚喜地對著下方大叫，彷彿孩子初次發現世界的嶄新。老泥順著清水手指的方向看過去，是一條彈塗魚，正在汙濁的泥灘上跳動。她又忘記那種魚的名字，老泥已經對她講過好幾遍了。

「好好好，我們要回家了，走出這條步道就回家。」老泥其實聽不懂清水在說什麼，那不是來自他母親的語言，他們兩人語言的根並不一樣。清水出事之後，她便逕自回歸存在於童年和白日夢中生機蓬勃的母語，溝通之橋因此斷了一根重要的繩索。

老泥不願意牽起清水的手，強勢領著她前進，那樣太彆扭了。他維持走在前方兩步的距離，頻頻回頭確認清水是否跟上。招潮蟹在濕潤的泥地鑽進鑽出。排水管依舊吐出城鎮廢棄的髒水。清水不斷被各種細瑣、活潑的躁動吸引。「放尿，放尿。」她指著那道潺聲連綿的水流，不帶惡意地嘲笑那略具生理性的暗示。

「好了，走了。」老泥再也按捺不住清水的落後和聽不懂的焦慮，用訓斥一個調皮小孩的口氣說：「回家去！」

老泥一向是不委屈、不忍耐的那一個。發號施令的丈夫。疾言厲色的爸爸。沒有幽默感的祖父。這些是從他有稜有角的個性本質折射出來的剛硬形象。清水總是作為他的反面，用溫暖、可親、充滿想像力的能量，當一個稱職的妻子，理想的母親，可愛逗趣的阿婆，照顧、安撫所有軟弱的需要，讓整個家庭安定。只是，彷彿一場惡作劇，在孩子各自成家紛飛，孫子也大到有自己青春的煩惱，甚至幾個曾孫相繼出生，老泥以為差不多可以讓呼吸漸漸趨緩，在無人知曉之處靜止下來時，發生了一件足以推翻整個家族秩序的壞事。他被迫轉換角色，接手看顧的職責。生活上，身體上，他不擅長的各種方面。而那個需要照護的對象，竟是一直以來都在照顧他的清水。

「去浴室洗把臉，汗珠那麼大一顆。」剛從步道回來，清水滿臉都是閃亮的汗和油脂，卡在密密麻麻的皺紋縫隙，流不下來。老泥開了燈，提醒她換上浴室拖鞋。清水站在滿是水垢的鏡子前，對著裡頭和她有著同樣神情的老婦人微笑。

「無啦，汝敢袂記得？那時陣先生也有去，學校的小林先生啊。」

清水自顧自地和鏡子裡的婦人說起話來。她不知道那個人就是自己。老泥把毛巾打濕，對著清水的臉抹了抹。他的動作生硬、粗魯。清水沒有躲避，等毛巾從她臉上移開，眼前又出現人影，她繼續開口說話。「我知影，阿母有講過，那款物件袂使黑白拿。」

老泥也抹了抹自己的臉。沖洗、擰乾毛巾後，披回後方的掛架。「等等吃飯，把假牙戴好到飯廳來。」他走出浴室，關上燈，拖著長長的步伐離開。清水獨自站在變暗的小空間，嘴角維持上揚的弧度。「講到水果喔，抑是寒天的蜜柑好呷……。」

老泥一打開冰箱，白茫茫的霜氣便漫了出來。裡面有雞蛋，半截紅蘿蔔，肉鬆，醃醬菜和煮過的剩飯。比起他們前幾年還在路口擺攤賣韭菜盒子，冰箱總是塞滿菜絲、冬粉和絞肉的光景，現在的空蕩似乎顯得有些寂寥。老泥抓了兩三樣食材，關上冷清的冰箱。他拿起遲鈍的菜刀，將紅蘿蔔削皮，切成能一口吞食的小塊，放進碗裡，再打雞蛋進去攪拌，連同剩飯一起放入電鍋蒸煮。這樣就夠了。這就是他們的晚餐。他和清水的胃已經變得很小，味覺和口腹之欲也早已失靈，只要可以讓微弱的飢餓感暫時消失，就能再延展漫長生命中的幾個小時。

漫長。無望。這就是老泥現在對生命的感受。他並不是對自己倒數的人生心有不甘，還有不切實際的雄心壯志想要完成，而是因為在他闔上雙眼、兩手自然鬆垂之前，有顆沉重的石頭卡在他的心上。他必須馱著清水這個磨人的負擔，一起呼吸，一起解決卑微基本的生理需要，一起在幽藍未明的天光中再次睜開眼，然後為自己還在這個無所期待的世界苟延殘喘而感到懊悔。

那一定是個意外。雖然醫生說智能退化是漸進的，像水源受到汙染那樣一點一點變髒，生活中有許多蛛絲馬跡可追尋，老泥的感覺卻像火車直接撞上，或被午後殘暴的閃電擊中那樣措手不及。一夕之間，他的老伴被時間巨輪碾過，大腦從此四分五裂，再也無法拼湊回原本的樣貌。

他不知道汙染是何時開始的。他只記得髒汙出現時的衝擊影像，即使現在想起來還是會倒抽一口氣。他們一如往常推著攤子去路口賣韭菜盒。熱油煎焦了麵粉外皮，香氣吸引不少小學生在攤子前排隊，還有幾個騎車載小孩放學的媽媽。老泥把煎好的韭菜盒夾進鐵盤冷卻，再放入另一批生麵團到油鍋中，清水則負責裝袋和收錢。老泥在翻面的空檔，親眼看見清水收下一個孩子的幾枚小銅板，將韭菜盒夾入紙袋，然後抽出零錢盒下方的兩張百元鈔票，交給那個孩子。

小孩驚訝地看著眼前這位慈眉善目的阿婆，低頭看看手中油膩的鈔票，又將目光轉向神色詫異的老闆。「妳搞什麼名堂？不用找錢啊！還倒貼！」老泥大聲斥責清水，討回多給的鈔票。幾個比較晚來的孩子嚇得跑掉了。清水接連又找錯錢，有時還把醬油膏擠在收來的紙鈔上。老泥憤怒的音量越來越大，動作也變得更加粗暴，但他的手腳其實微微發抖，比在場任何一個小孩都還要害怕。他不知道一向精明的清水究竟怎麼了。

那陣子的收入確實很奇怪，每天都會短少幾百元，韭菜盒的數量也常常搞錯，這一定就是醫生說的線索。如果他早一點驚醒，早一點告訴偶爾打電話關切他們的大女兒，早一點接受建議去看醫生，早一點知道除了白內障、風濕病、偏頭痛、關節炎、骨質疏鬆這些老人症狀外，還有一種發生在腦子裡、他從來沒聽過的病名叫「失智症」，或許清水的症狀就不會惡化得這麼快。不過還好，醫生說清水的身體意外地健康。不像其他同樣患症的病人，她的關節沒有退化，生理沒有失能，生活起居可以自主，情緒也處在平穩的狀態，唯一出問題的，只有主宰一切的腦部功能萎縮。作為共同生活者，體能同樣衰退的老泥來說，這是種種噩耗中值得欣慰的消息。

電鍋透氣孔噴出長長的白煙，蓋子開始激烈地上下顫動。開關碰的一聲從加熱跳向保溫。老泥掀開鍋蓋，燙手地取出飯菜，在寬闊的餐桌擺上冷清的兩副碗筷。清水沒有現身。他把抹布放回電鍋旁，走近房間看了看。沒有人。他又步向陰暗的浴室。鏡子裡映出一團黝黑的影子。清水還在對著鏡子自言自語。

「假牙戴了沒？」老泥用微弱的視力看了看牙刷架。那副完整、邊緣發黑的假牙還泡在冷水裡。他嘆了一口氣，取出濕冷沉重的假牙，命令清水張開嘴，彆扭地塞進她黑暗乾癟的口腔。一股難聞的牙齦氣味衝了出來。老泥嫌惡地別過臉，轉身走出浴室，但他身後並沒有響起另一陣跟隨的腳步。

「快一點。」老泥回頭，用力拍了拍牆壁。清水鼓脹雙頰，彷彿含著什麼超過嘴巴負荷的硬物，想吐又不敢吐，也無法出聲回應，只好維持一種近似鬼臉的微妙表情。「出來吃飯。」她順從老泥的指令，緩緩步出浴室，跟在他後方，走向屋內唯一光亮之處。

餐桌上的料理都是稀薄軟爛的半液態物。老泥的牙口也不好，無法自由地咀嚼食物細緻的纖維，便一鼓作氣把飯菜呼嚕嚕往嘴裡扒。他有時被沒蒸濕的硬米飯哽住，有時又被黏稠的蛋汁給嗆到，一邊吃，一邊激烈地咳嗽。清水握著筷子，安靜地坐在身體疾速起伏的老泥對面，聽不見他發出的刺耳噪音，彷彿心神都在另一個宇宙，茫然注視著空中的某一點。

「快吃啊。」老泥費力地清了清痰濁的喉嚨，將盤子推向清水面前。「至少把紅蘿蔔的湯汁喝掉，裡面還有一點點蛋。」清水卻依舊眼神空洞，凝望著那不存在之物。無論老泥如何在她眼前揮動雙手，或是搖撼她鬆垮的肩膀，她都沒有回到現實。

垃圾車的音樂從屋外傳了進來。老泥放下碗筷，急忙站起身，匆匆跑向廁所，將馬桶旁邊那包微微發出穢臭的垃圾綑緊。他打開生鏽脫漆的鐵門，換上外出拖鞋，正要走出去時，忽然想起自己遺忘的廚餘。他回頭對坐在飯桌前的清水說：「把流理台的蛋殼拿給我。」

清水仍坐著發呆，筷子一動也不動。「清水，」老泥提高音量，想把清水從夢境、地底、爛泥團或者什麼扭曲的空間給喚回來，「把蛋殼拿給我。」

這時緊閉的開關突然鬆動了。清水眼裡頓時閃爍澄澈的亮光，臉上也漾起一陣柔和、熟悉、令人懷念的笑意。那一瞬間，老泥激動地以為清水恢復了——恢復回那個開朗、健康、體貼，總是默默守在他身後，把生活打點到位的清水——但她只是將手伸進嘴裡，推了推那副歪斜不適的假牙，然後口齒不清、似吟似唱地念起咒語般的歌謠：「天頂烏烏，月娘光光，囝仔嬰嬰睏。」

老泥無奈又失望地嘆口氣，踩著拖鞋走進屋內，撿起流理台裡滴著蛋液的蛋殼，拖著不靈活的雙腿，慌張地朝垃圾車而去。音樂聲逐漸模糊。垃圾車的閃燈離路口越來越遠。老泥喘著氣大喊，想跑，腳步卻像被泥地絆住一般，怎樣都抬不起來。

他們沒有人敢、或者願意把頭抬起來。那些怕事的兒女們。他們坐在老舊、布滿寒氣的客廳，眼神互相推卻。清水雀躍地看著這些她已認不得的孩子。「人多足鬧熱的，等一下咱欲去叨位耍？」他們的目光充滿恐懼和憐憫，順著聲音的方向看過去，立刻像撞見什麼令人羞恥的不潔之物，驚怖地別開頭。他們在心底默默咒罵。出現絕望病症的，為什麼不是他們急欲逃離、無話可說、比較討厭的另一個？陰影籠罩著他們鐵青的面容。親愛的母親變成了人人喪膽的病毒。坐在她身邊的小兒子甚至偷偷挪移了臀部，怕病症會傳染似的。

沉默像黑洞一樣擴散。老泥坐在僵硬的木頭沙發，艱難地移動他不舒適的腰和背。沒有人伸手協助，也沒有人開口。空氣漸漸變得渾濁。大家聽著彼此規律、帶著些許雜音、宛如催眠的呼吸聲，不自覺眼角濕潤，在喉頭裡壓抑地打起哈欠。老泥受不了沉頓鬱悶的氣氛，正想站起身，離開低氣壓盤旋的客廳，一直低著頭、不敢引領討論的大兒子，終於說話了。

「不然請看護吧？找年輕一點、沒有經驗的外籍看護，好好教，他們會很喜歡像爸媽這種需求單純的老人的。媽不用臥床或坐輪椅，爸手腳也很靈活，看護只要幫忙煮飯、打掃，偶爾陪爸媽出門散散步，或者搭車去遠一點的地方逛一逛就好了吧？我知道兄弟姊妹都有各自的生活和難題，也不能強制要求誰回家照顧，這樣太過分了，畢竟爸媽是大家共同的家人，不應該把責任全丟給某一個。」他軟弱的語調忽然變得理直氣壯，彷彿是為自己無法規避責任的長子身分解套。

孩子們互相看著對方，以眼神交換不敢明說的意見。二女兒從沙發上躍起，打破進退兩難的僵局：「這我贊成，看護受過專業訓練，比我們這些門外漢還懂得怎麼照顧媽媽。爸和媽不是有老人年金？就用那些來支付看護的費用好了，不夠的我們幾個小孩再分攤，錢就固定每個月十號匯到爸或媽的戶頭，這樣大家也都能盡一份心力，比較公平。」

「看護大概要多少錢啊？我兩個小孩都念私立大學，老大考慮畢業後出國念書，現在要補托福什麼的，手頭實在很緊啊。」小兒子一聽到要出錢，急忙誇大自己的困境。

「我也是，日子真的不好過，每個月都得付一大筆離婚贍養費給前妻，小孩工作不穩定，還不小心生了下一代，一回家就只會向我伸手討錢。我已經透支將近半年了，不是我不願意幫忙，而是根本就沒錢啊。」二兒子哭喪著臉說。

「姊，妳住離爸媽最近，不然妳有空就回來吧，或者考慮一下要不要搬回家住，妳和姊夫之間不是也有婚姻問題嗎？我們都在外縣市，交通時間和費用是一筆開銷。反正妳也快退休，應該沒什麼事要忙了吧？」小女兒一副事不關己的輕鬆模樣。

其他人一致將目光轉向家中最年長的大姊。她一時之間啞口無言，弟妹們紛紛趁勢說些道貌岸然的好話，尤其是那個沒有責任感的大弟弟，期望她能代替自己一肩承擔下所有麻煩。她漲紅著臉，正要開口辯駁，老泥卻搶先一步憤怒地拍桌，打斷鬧哄哄、互相推卻的卸責。

「夠了！我和你媽又不是斷手斷腳，生活一點問題都沒有，不用靠你們這些沒用的兔崽子！你們別給我惹麻煩就好！回去！統統給我滾！」

老泥將懦弱的孩子一個一個從沙發拉起來，用力推向門口。幾個女兒怕他不慎跌倒，支撐著他不穩固的背，卻反而被老泥給一把撞開。「滾！」他砰地一聲甩上門，對著外頭滯留的孩子大吼。他們擔憂地望了望門內母親的身影，皺起眉頭，厭惡地看了老泥一眼，慢慢自門邊退開。他們輕蔑的眼神和閃躲責任的態度讓老泥非常心寒。他感覺得到體內有股無法控制的熱流在沸騰，眼前也落下一片不尋常的血的影子。他表情痛苦地走回客廳，扶著沙發坐下。一隻乾枯、鬆弛的手疊上他因為憤怒而忍不住顫抖的手。老泥仰起頭，在血色模糊的薄膜中看見清水柔和的臉。他尋求安慰般輕輕放上自己的另一隻手，不知不覺逐漸加重緊握的力道。

眼前的陰影又開始擴散。老泥等待了幾秒，清水並沒有回應那殷切的需索。她綻開笑顏，抽回自己被老泥壓住的手，天真地說：「欲出去迌迌啊？按呢我緊來去換裳，穿卡水的翕相才會好看。」

人生就像牆上這本單薄的日曆，每撕下一張，生命的長度就少一天，離終點也更近一天。老泥翻翻後方所剩無多的薄紙。在生命最後一張日曆出現之前，他所有的日子，只剩照顧失智的老伴和重複索然無味的家事，再也不可能遇上好運，或發生什麼能分享的快樂。老泥覺得十分不甘心。為什麼他不能在僅剩的餘光裡，愉快、平靜地回顧自己顛簸的人生，或像以前一樣，純然享受老伴周全的照顧，偶爾發發脾氣，指責清水無傷大雅的粗心？

老泥無奈地揉了揉日曆紙，丟進紙類回收箱。清水在客廳不安分地走來走去，口中喃喃念著「阿妹仔無來，阿妹仔無來」。他聽不懂清水在說什麼。無法理解的挫敗使他變得煩躁易怒。「吵死了，囉唆什麼。」他揮手驅趕不停繞圈子的清水，她卻不肯罷休，變本加厲地拉高音量。老泥不明所以地低頭看了垃圾桶裡那個揉皺的日期，突然閃過頓悟的靈光。今天是清水妹妹的忌日。每年這個時候，他們都會去山上的公營納骨塔祭拜。她還記得這個日子。

「我欲去找阿妹仔。」清水手足無措，皺著一張泫然欲泣的臉。老泥猶豫是否要聯絡大女兒。他翻找桌上受潮的電話簿，戴起沉重的老花眼鏡，尋找大女兒的手機號碼，然後舉起話筒，按下長長的數字。

「我是小池。」電話接通後，大女兒爽朗的聲音傳了過來。每次聽到她的自我介紹，老泥都有一股沉鬱的悶氣。他幫她取了很好聽的名字，那個年代最優雅、最討人喜歡的文字組合，可是嫁給姓池的之後，她卻拋棄自己的原生名，冠上另一個男人奇怪的姓。

「……不用上班？」老泥不常和孩子通電話，他不知道開頭該說什麼，彆扭地吐出無關緊要的問候。

「爸？」

「可以的話開車回來。今天是姨婆的忌日，妳媽可能還記得，一早就在鬧了。」

掛掉電話，老泥看了看時鐘，推估女兒到家的時間。清水仍徑自低頭喃喃踱步。

「去浴室戴假牙，」老泥推著清水前進，「晚一點女兒帶我們上山，去看妳妹妹。」

日頭已經曬得屋子發熱。汽車龐大的噪音逐漸靠近，而後又靜止下來。小池終於到家了。她一進門，還沒脫下鞋子，便神色緊張地問老父親：「最近弟弟他們有回家嗎？」

老泥搖搖頭。那群只顧自己的兒子。自從上次召集孩子回家，告訴他們母親的病況，那幾個繼承家族姓氏的男人逃得比誰都遠。不僅沒有出現，連一通關心的電話也不曾打過。

「如果他們跟你要土地權狀、存摺或印章，不管是大弟、二弟還是小弟，千萬不要給。他們想趁爸為媽的事操煩時，早一點把財產占為己有。上次被爸趕出門後，他們就開始分配了，誰拿鄉下的地、誰分哪個帳戶……。他們一定不會乖乖依彼此談妥的條件按兵不動的，每個人都想先下手為強，能搶多少是多少。爸，我是嫁出去的女兒，不會貪戀這個家的財產，所以沒有利益問題。相信我，你要小心。」

老泥的心頭又湧上一陣淒涼的苦澀。老人最終的價值只剩遺產。不是聰睿的人生智慧，不是深遠的生命經驗，而是更空虛、更殘酷的金錢，即使是養大自己的親生父母也不例外。枯朽臨終之際，那些濃烈的血脈，那些人生還十分漫長的晚輩，算計的只有老人們死後帶不走的錢。老泥不願再想。他沉著臉，爬進冷氣已經散逸的汽車裡，等待動作緩慢的清水坐上來。

小池一路開往山上偏僻的墓園。沿途他們沒有說話，只有清水或低聲或高昂的自言自語，在狹小、空氣不流通的車廂內盤旋不散。老泥感到異常煩躁，他的頭殼彷彿要被清水咒語般的呢喃和假牙氣味刺穿。一到目的地，老泥趕緊離開嗡嗡作響的汽車，眼前血色的瘀塊卻遲遲沒有退去。

破舊的公墓似乎已無人維護。看板的字體全掉了，只能從風雨侵蝕的新舊落差看出文字的形狀。金紙爐的避風門歪斜地傾向一側，燒末的灰燼隨著氣流四處飛散。走進納骨塔室，幾排壽命將盡的日光燈在頭上掙扎地閃爍螢光，使得室內瀰漫著一股晦暗的陰氣。

小池牽著老母親，就著忽明忽滅的光線搜尋一排排生鏽的鐵櫃，走向記憶中姨婆的塔位。「媽，是姨婆，我們來看姨婆了。」小池在她耳邊輕聲說。清水不知是否聽見了，臉上泛起溫柔的微笑。「我就是較憨慢啦，別人講啥就啥，攏嘸敢反抗。」

小池的神情閃過一絲尷尬，但她很快就用清爽的笑容掩蓋，回頭問身後的老泥：「爸，鑰匙呢？」

老泥愣了一下。鑰匙。對了，要帶鑰匙。以往都由清水準備，他則是儀式性的陪伴身側，但現在情境不同了，他竟然忘記她已經沒有日常的記性。「我……」老泥像做錯事的孩子不敢承認，困窘地左顧右盼，赫然發現最角落的櫥櫃上掛著一支孤零零的鑰匙。他拖著步伐走去拔起來，插進姨婆的鎖孔，嘗試性地一轉。鎖勾彈開了。他驚訝地和小池對望。他緩緩拉開門板，裝著遺骨的甕逐漸浮現輪廓。

小池小心翼翼地把大甕抱出來。掀開蓋子，鐵鏽色的粉塵頓時瀰漫四起。「媽，是姨婆，妳要不要跟她說說話？」

清水沒有低頭看甕裡的妹妹，反而專注盯著門板上晃動的鑰匙。她徐徐伸出手，模仿老泥剛才的舉動。鎖簧吐出，收入。吐出，又收入。她咯咯笑，拔起鑰匙，走向旁邊上鎖的櫥櫃，吃力地轉動鏽蝕的彈簧。門開了。陌生亡者的器皿暴露出來。金屬摩擦的粗糙聲響破壞了納骨塔室充滿寒氣的寂靜。其他家屬紛紛轉頭張望，搜尋噪音來源。

小池趕緊把甕放回去，奪回清水手上那把不屬於他們的鑰匙，禮貌性地雙手合十，再關上受打擾的安息之扉。她尷尬地對投來的視線點頭致歉，壓低音量說：「媽，不可以這樣。」

保守的老泥急忙別開頭，不敢直視櫥櫃裡非親非故的亡者靈魂。他有一種侵犯別人隱私的羞愧。清水在原地看小池收拾殘局，臉上仍掛著喜孜孜的笑意。老泥受不了旁人隱隱的譴責，還有幾位中年婦女猜疑試探的目光，他原本鐵青的臉色垮得更難看。「搞什麼名堂，自己說要找妹妹，卻連妹妹都忘了。」

「爸，不要勉強媽啦。」小池將鑰匙插回原本的門洞，走回老泥身邊，拉住清水不安分的手。「媽也不是故意的。」

清水扭動被小池限制住的雙手，看著遠方那支反光的鑰匙，絲毫沒有反省和犯錯的焦慮。老泥氣不過她事不關己的態度，和無論如何都能被原諒的權利，還有小池竟沒有設身處地替自己考慮的指責，情緒不禁有些失控。

「不是故意，是故意的還得了？無緣無故打擾過世的人，都不怕遭天打雷劈。你們沒有一個人和她一起生活，根本不了解我的痛苦！」

老泥氣憤地步出納骨塔室，獨自走向停車場，一步一步靠近無圍欄阻擋的邊坡。今天沒有遮蔽視線的水氣，天空很藍，能眺望到遠方的海。沿著河口往回溯，靠近陸地邊緣有片墨綠色的狹長樹林。那就是他和清水平常散步的濕地。他沒想到公墓竟然有這麼舒宜曠遠的視野。

「爸，趁天色還亮，回家前要不要去走一走？醫生不是說多運動對媽好？」小池牽著清水慢慢跟了上來，站在老泥身邊，一同望著那塊濕漉的泥地。

「妳媽反正也沒希望，」老泥在口中嘀咕，「早點離開也好，拖著活受罪。」

清淡的微風吹過。平台下方的樹葉沙沙作響。老泥以為這番氣話小池沒有聽見，回過頭，立刻從她受傷的神情得知自己無心的尖銳。他們兩人陷入痛苦的沉默。只有清水仰起頭，鼓著嘴，對著天空哼唱音律不全的歌：「滿山春色，逍遙好自在，半天鳥隻自由排歸排……」

光是依自己的步調行走，不用刻意延宕速度，或擔心回頭看不見人影，就只是讓兩條不中用的老腿自然地向前進，已經讓老泥感到久違的輕鬆和自由。

濕地上有條明顯的分際。漲起的河水剛剛才退回大海。水筆仔胎體紛紛垂直下墜。紅樹林又擴展了新的疆域。老泥的目光久久停留在步道旁隱隱躁動的風景，感受到時間不張揚的微小痕跡。變化時時刻刻都在發生。他眼前濃重的深色血影，也像窗簾拉起般慢慢消退了。

「對了，爸，你最近有看新聞嗎？」小池從後方吃力地出聲提問，讓老泥停下腳步。她和清水已經落後老泥一段距離了。「長照保險那個，通過了。」

老泥搖搖頭。他受不了新聞鬧劇式的製播和毫無重點的內容，許久未曾關心時事。小池扶著微微喘氣、雙頰不自然鼓脹的清水，走向老泥解釋：「唉，反正就是一張空頭支票。政府宣稱要照顧老人，但經費沒著落，最後還不是伸手跟人民要？就像二代健保一樣。我們下一輩未來要多繳好多稅金，薪水沒有增加，他們也享受不到這些福利。」

「政府就是這樣，只顧眼前名聲，官員一個比一個會算，根本不在意老百姓死活，他們只求自己的歷史地位，要後代歌功頌德而已。」老泥嫌惡地批評。他已不再像從前那樣相信權威者道貌岸然的話術。

女兒猶豫了一下，鼓起勇氣開口：「……如果這幾年上路的話，或許你和媽能夠受惠。我在想，要不要還是請個看護？這樣你不用那麼辛苦照料媽，也可以被好好照顧。需要人幫忙，或者出遠門時，就直接麻煩看護，不用擔心會被孩子拒絕，或者彼此時間難以配合。錢的部分，乾脆把積蓄用掉吧，省得弟弟們覬覦那些財產，因談不攏而撕破臉。」

老泥沒有回答。不管是心情還是身體，他確實已經感受到極限了。清水不可能變好，接下來只會更壞，她的膝蓋和雙腿開始大幅度地退化，動作越來越遲緩。他也是。這陣子他常常做和死亡有關的夢，眼前瘀影糾纏的頻率也越來越長，有幾次甚至遲遲等不到盲目退去。如果有誰能扶持他和清水，在最後這段生命餘光，他們的痛苦和遺憾說不定會少一些。或許拿錢辦事的陌生人，會比推託閃避的孩子更適合。

老泥艱難地牽動面部肌肉，正打算說出想法，清水卻打斷他濃稠的思緒。她靠著欄杆，誇張地扭動口型，將手伸進口腔，輕輕拉掉裡頭那排鬆動的異物。黏滑沉重的假牙脫落而出，超過她軟弱、遲鈍的手掌負荷，就這麼墜落進步道旁的濕地。潮濕的土面緊緊抓住這個從天而降的垃圾。排水管吐出的廢水浸漫而上，假牙立刻變成一具骯髒的穢物，宛如肉身被微生物啃食殆盡的恐怖骷髏。

「糟糕，假牙怎麼會掉出來？」小池著急地蹲下來，上半身貼著步道，伸長手卻無法搆及。清水凹陷的嘴巴發出幼稚的笑聲。老泥長期的積怨忽然一股腦爆發。

「連個假牙也會掉！不是幫妳戴好好的嗎？沒事幹嘛把手伸進嘴巴裡亂扯？妳的腦袋就跟這些泥巴一樣，又臭又笨！妳根本就是一灘爛泥！」

小池被老泥突如其來的怒吼嚇得愣住。「爸，你說得太過分了！」清水卻仍天真地傻笑，絲毫不受無心的過錯和惡言影響，打趣地說：「落去了，烏嗦嗦。」

「聽不懂，」老泥氣得全身顫抖，「我聽不懂妳在說什麼！」

汗水逐漸升高。那副假牙已完全被生機蓬勃的濕地吞噬。老泥的呼吸越來越急促，身體裡迴盪著肺部擴張的雜音。他的眼前又出現那片不祥的紫黑色瘀塊，一點一點，從右上方、左下角、正中央……無法遏止地漫過清水和小池逐漸模糊的身影。

他們終將要回歸兩人無望的生活。他和清水，兩個無望的老人無望的生活。小池回去了。臨走前她擔憂地看著精神低落、眼神空洞的老泥說：「我會去問看護怎麼申請，爸也考慮一下。」她的腦中忽然閃過一記短暫卻深刻的影像。「對了，我們家樓上的房客正在找工作，感覺是位單親媽媽。或許爸媽不需要到請看護，一般家事幫傭應該也可以吧？只是她帶著兩個年幼的小孩，住過來可能比較不方便……」

老泥揮揮手打斷小池，「再說吧。」他已經沒有力氣再思考這個無解的問題。

在小池或哪個孩子心血來潮介入以前，沒有人能幫老泥分擔日常壓力。他緩慢地料理、掃除，過比兩人份更多的生活。沒有快樂。抑鬱只找上他一人。大部分時候，清水都保持明朗愉快的微笑，沉浸在她難解的宇宙。老泥逐漸習慣那些聽不懂的喃喃自語，也失去溝通、回應的動力。他消極地想，反正他們都將不久於世，誰先都可以，只要越快越好。

某天清晨，彷彿順應老泥的心願，清水不見了。

老泥起床後，覺得空氣中好像少了一些紛擾的流動。他走去浴室，廚房，陽台，都沒看見清水的蹤影。唯一不尋常的地方，只有大門的鎖是敞開的。老泥回想昨晚睡前，他確實扣上門鎖。屋內的物品沒有被動過的痕跡，存摺和印章也都還好好地躺在抽屜。門一定是被清水打開的。她出去了。

老泥在客廳沙發坐了一會。她不在了，那個麻煩不在了。老泥咀嚼這個期待已久的情境帶來的意義。他以為心情會很平靜，甚至有終於解脫的興奮。但沒有。整間屋子靜得可怕。他越來越不安。站起身，打開冰箱，試著為自己準備早餐，分散心中疾速膨脹的焦慮。老泥放下冰涼的醬菜。他還是無法否認強烈的恐懼和擔憂。一個失智的老婦獨自上街會出什麼事？如果上天真的要帶走老伴，老泥希望至少能讓他見最後一面。

他穿上邊緣開始脫線的背心，著急地走出屋外。空氣還是淡藍色的。他不知道清水會去哪裡。他在路上遇到幾位清道婦和晨起散步的鄰居，他們都沒注意到清水的身影。老泥去以前擺攤的路口，借用過廁所的小學，漸漸熱鬧的早市……，只看到一張又一張平板陌生的臉。他跟清水生活超過半個世紀，即使失去健康，清水也不曾露出病容，依舊保持她慈祥、討人喜歡的笑。這是多大的恩賜。老泥心情震盪。一邊發抖，一邊忍耐不祥的壞念頭。他最後走向氤氳的濕地。一進入步道，就看到清水跌坐在前方，旁邊翹起斷裂的木板。

老泥拖著不靈活的雙腿跑過去。「搞什麼名堂！」他混著油脂的眼淚從眼角流了下來，「妳一個人跑出來有多危險！」

清水仰起頭，呆呆地微笑，身體動也不動。老泥提住清水的手臂，想幫助她站起來，但她的膝蓋沒有足夠的力氣，重心不穩，又一屁股跌落在地。

「笨手笨腳的，」老泥著急地訓斥，「快起來呀！」

清水的臉上閃過痛的陰影。她發出野獸般短促的哀鳴。剛剛這一跌撞到了她脆弱的尾椎，她無法立刻恢復知覺。她緩緩睜開眼睛，眼窩布滿潮濕的痕跡，嘴角卻依然揚起柔和的角度。

老泥不忍再勉強清水。他握住欄杆，微微蹲下身，把清水的手勾著自己的肩膀，扶住她的腰桿，一點一點吃力地站起來。清水有些分量的體重讓老泥呼吸變得急促。確認她雙腳踏住地面後，老泥讓步伐不穩的清水靠著欄杆，自己則捶捶僵硬的大腿，緩解難受的疲勞。

清水沒有哭鬧，也沒有大聲喧嚷。她有時撫摸自己的臀部，像平復偶爾發作的疼痛。她維持讓人放心、淡淡的笑。看著她平靜的笑容，老泥激動的情緒和混亂的呼吸也漸漸和緩下來。

「尻川撞著一丸。」清水黏稠的聲音帶著些許紛雜的鼻息，聽起來有點俏皮，像是在撒嬌。

「卡稱幾玩……還真好玩？妳是說真好玩？」老泥用自己的語言理解她想傳達的意義。清水點點頭。老泥有點哭笑不得，溫柔地責罵：「什麼好玩，一點都不好玩。」

他讓清水休息一會，等待她有辦法再次起步。不遠的海推著河水漲起來了，濕地頓時變成一片汙濁的泥流。水面冒出細小的氣泡。不安分的躁動在裡頭隱隱翻騰。老泥深深吸入帶著鹽粒的空氣，心情感到無以言喻的寧靜。

他轉頭看清水，她正天真地望著水面上浮滾的泥泡。紅樹林傳來一陣細瑣的騷動。小白鷺忽然從低矮的樹冠飛起，振翅的旋流讓他們身旁的說明板翻了開來。老泥湊過身去，眼前總是積鬱不去的血色陰影頓時煙消雲散，他的視線竟變得前所未有的清明。那上面介紹濕地淨化特性的文字，清清楚楚地映入老泥毫無遮蔽的眼簾。他緩慢地讀完後，看了清水一眼，不禁會心一笑。

「鳥仔、鳥仔。」清水興奮地舉起手，指著眼前掠過的白色優雅。老泥握住她懸空的手指，安放在自己手心。「走，」他對她說，「我們一起回家。」

親愛泡泡

她們的步調幾乎一致。一樣的邁步距離，一樣的腳掌落地重量，一樣的腳跟抬起時機，甚至，一樣的小腿長度和膝蓋隆起形狀。然後同時遲疑，同時停下腳步。她們穿戴花色類似的鞋子和洋裝，連腮紅、底妝亮度，還有隱形眼鏡的瞳色也極其相仿。其中一個親暱地挽著另一個的手臂，頭輕輕倚上對方單薄的肩膀，旁邊第三個人也不甘寂寞地靠了過來。和諧甜蜜的女子情誼。就像那些瀰漫在空氣中，閃耀著夢幻色澤、引人流連注目的泡泡。

小沫漫無目的地在百貨公司閒逛。她一個人，周遭卻盡是三兩成群、形貌相似的女孩子，勾著小指頭，或攬著腰，身體緊膩在一起緩緩前進。她們散發出青春獨特的騷氣，和渴望被陌生人注視的期待，應該是尚未出社會、依賴性強、不用為錢煩惱的大學女孩。有時她們會突然停下來，對著某雙鞋子或皮包嬌叫。小沫不得不停頓腳步，想辦法穿越眼前這群如膠似漆的小團體。通常，只要微微比個手勢，那些交纏的手和身體就會迅速分開，讓出一條路。拆散緊密相依、以姊妹互稱的女孩子，其實比單手打蛋還容易。

經過皮飾區，小沫不自覺放慢步伐，瀏覽商品旁邊的標價，而後輕輕倒抽一口氣，又繼續往下一個櫃點走。她其實沒有要買的東西，或者應該說，她沒有能隨興消費的餘裕。她明天要把幾個月辛苦存下來的錢匯給遠在南部留宿的弟弟阿浦。她知道暑假工讀生的薪水要開學後才可能發放，以阿浦懦弱又多慮的個性，即使存摺見底，也不會開口向家人求救。她之所以出現在這間昂貴的百貨公司裡，只是為了逃避大學友人聚餐後，不知如何是好的尷尬。

她們之間早就無話可說了。她和小漩她們三人，即使大學四年都住同一間宿舍，課堂分組總是一起合作，聯誼時互相檢驗彼此的對象，甚至被系上老師戲稱為「四仙女」，但出社會後，她們被各自的生活、感情和工作或侵蝕、或淘洗、或琢磨、或拋光成截然不同的模樣。沒有人掉進時間粗糙的陷阱，眷戀空洞無知的舊日時光。每個人都懷著各自不願坦然的心事，小心翼翼地拿捏聊天的分寸。結帳完步出餐廳，小漩神色凝重地說得回家繼續看稿子，另一個朋友則趕著要和曖昧對象看午後三點的電影。只有波波嘟起紅豔的嘴唇，別有企圖地望向她。

「我等等也有事。」小沫故作自然地說，「那我們下次再約吧，保持聯絡喔。」

她強勢而明快地做了結論。她感覺到除了波波有點不甘願地皺起眉頭外，大家都鬆了一口氣。從以前開始，波波就是最需要人陪伴的那個，希望所有人的關注焦點都在她身上，現在她的眼神依舊充滿索討的飢渴。故作不捨地道別後，小沫頭也不回地轉身離開。從身後那些零碎但急切的腳步聲聽起來，她相信其他人也是。

商場內響起輕快的音樂。又到了發射泡泡的時間。這間百貨公司為了討好女性顧客，特別在天花板風口設置自動吹射機，定時降下七彩炫目的泡泡，蠱惑隱形的消費衝動，並以「姊妹淘才是妳的甜蜜泡泡」為廣告口號在網路上大肆宣傳，讓許多年輕女孩慕名而來。歡愉的讚嘆聲此起彼落。一眼望去，整個空間瀰漫著造作空幻的甜蜜暈眩。小沫用掌心輕輕托住一顆漂過眼前的泡泡。一碰到紋理交錯的手掌，細緻脆弱的膜就破了，只留下黏膩的不適觸感。「真空虛啊。」小沫擦掉手上薄薄的黏液，心裡這麼想。

但她還不想回家。夏日午後的熱氣正沉降在盆地底部，整座城市都被這股文火慢慢燉煮著。她們家那座老舊的公寓，一定也像烘燒的籠爐一樣炙熱難耐。為了省錢和舒適，她決定暫時先留在冷氣舒宜的百貨公司內。況且，她的大腦還處於應酬後高懸的緊繃狀態，需要藉著毫無壓力的閒逛來慢慢排解。

小沫隨手扶梯來到一個混雜美食區和出清商品、較冷清的樓層。她走向特價飾品花車，拿起其中一個亮晶晶的耳環，對著旁邊的小鏡子比了比。

「哇，親愛的，好可愛喔。」

小沫顫了一下。好熟悉的對話。好熟悉的稱呼。好熟悉的聲音。她的心口彷彿被一隻惡意的手給掐住，只能僵硬而緩慢地往聲音方向看過去。是兩個不認識的女孩子，正站在她身旁挑選三顆五百元的單墜。她如釋重負地嘆了一口氣，又回到眼前的耳環區。她們銀鈴般純粹的笑語偶爾傳了過來。小沫聽著，不時湧起似曾相識的感受，頸部也跟著起了一陣陣疙瘩。她曾是她們其中之一。那麼親密，那麼真心，甚至以情人般過於溫軟的暗語互相稱呼。只不過那件事情之後，就再也不是了。

兩個女孩終於選定商品，心滿意足地走到臨時櫃台結帳。花車只剩她一人。小沫頓時感到輕鬆，放下手上的耳環，再拿起架上的另一副，露出只有自己一個人時才會有的表情。她愉快地選擇不同的耳墜，重複比對和微笑，心底輕輕哼著輕快的曲調，沉浸在無人打擾的滿足之中。

「原來妳說有事是要買耳環啊。」

突如其來的聲音讓小沫全身劇烈地顫了一下，像是從骨髓裡忽然溢出無法克制的凍寒。那道聲音不止熟悉，還有強烈而明顯的針對性，朝著她的方向，飛箭一般地直射過來。小沫防備地回頭一看。是她。中午吃飯時還坐在對面的那張臉。聲音出現的瞬間，那張臉早就在小沫混亂的腦海裡浮現，隨著轉身，逐漸疊上眼前清晰明確的形影。

「怎麼不早說，我可以陪妳一起呀。」她輕輕奪走小沫指尖的耳環，湊近自己精緻如高音譜的耳朵，撒嬌地問：「好看嗎？親愛的。」

輕快的音樂又響起了。泡泡從天花板大量降下，在小沫眼前形成一面夢境似的透明牆。每一顆泡泡表面，都曲折映射出站在對面的她的影像。泡泡邊緣被紊亂的氣流彎出一個弧度，使得那張臉因此有些變形。她嘟起洋紅色的嘴唇，對著其中一顆泡泡吹了一口氣。泡泡在小沫面前爆開。她的臉終於不再受到阻隔，直接倒映在小沫迷離的視網膜上。是波波。花沫四射。小沫不由自主地閉上眼睛。在讓人暈眩的短暫黑暗裡，她好像聽見泡泡「啵——」的一聲，清脆而絕望，隨著她高傲武裝的心一起破掉的聲音。

這次的星期一憂鬱比以往還難度過。簡單打掃完店面，和同事一起站在門口高喊打氣口號後，小沫眉頭深鎖，雙手反叉壓著腹部，獨自在茶水間等待咖啡煮沸。公司的免費咖啡味道十分稀薄，還有一股類似水彩顏料刺鼻的酸味，即使喝了也無法鼓舞低迷的情緒。但她實在不想去隔壁飲品店買一杯七十元的現磨咖啡。她一天只給自己兩百元的開銷額度，扣掉正餐幾乎所剩無幾。那雨林般濃郁的咖啡香氣，有時會隨著風的流動吹過來。她深深呼吸，閉上眼睛，用意志力想像乾枯的舌頭即將被滑順的漿液浸潤。

咖啡機揚起一陣尖銳刺耳的噪音，緩緩吐出深褐色的濁液，燒焦的金屬味也隨之飄起。腦中的雨林風景頓時煙消雲散。小沫噘動鼻子，很快便放棄享受咖啡剛泡好的蒸騰熱氣。潮濕而毫無底蘊的煙霧。這就是貧窮令人感傷的味道。

「小沫，昨天和妳一起逛街的那個女的是誰啊？好正噢！」業務員阿淘埋伏在門邊，算準小沫端起咖啡的時機，假裝巧遇地湊上來。

小沫瞥了一眼興致勃勃的阿淘，他高昂的情緒和憂鬱的星期一十分不相稱。「大學同學。」小沫用嘴唇推開表面的浮泡，燙舌地喝了一小口咖啡，淡淡地說。

「她叫什麼名字？有沒有男朋友啊？介紹一下啦！」

「我哪知道，你自己問她不就得了。」

「我怎麼問？我又沒有她的聯絡方式。」

「你不是房仲菁英嗎？」

小沫不等他回應，徑自走回自己的座位。她把凌亂的桌面推開一個位置，放下咖啡，忽然看到手機螢幕因收到訊息而亮起。是波波。她傳來一則口吐白沫的貼圖，上面寫著 Monday Blue 的俏皮諧音「茫爹不錄」。

昨天在百貨公司被她跟蹤、攫住時，小沫不得不迅速收起煩躁的神情，抽換成另一張驚喜萬分的臉，浮誇地表現熱烈和笑意，連聲線也拔尖得走了調。波波則是自然地挽起她的手，拉著她逛百貨公司其他熱鬧的樓層。「對了，親愛的，妳是不是換手機號碼了？我也沒有妳的 Line 耶。」在往地下街的手扶梯上，波波突然拿出手機，用小貓咪渴望零嘴般的撒嬌眼神仰望著她。她一直抗拒加波波為好友。建議名單上閃過好幾次她的名字，小沫卻總是刻意忽略多事的提醒。她以為這已經是再清楚不過的暗示，波波卻故作無邪地將她逼往不能拒絕的死路。她跳出訊息視窗，關上螢幕，慍怒地把手機丟向角落。

「妳那個來喔？今天怎麼這麼嗆？平常不是都好好的嗎？」一縷淡色的影子幽幽地落向桌面。小沫一抬頭，就看見阿淘小心翼翼、又想繼續探問的表情。

「她是你的菜？」小沫單手支著下巴，冰冷地直視他閃動奇異光芒的眼睛。阿淘沒有回答，遞給她一顆泡泡糖，意味深長地笑了一下，默默轉身離開。小沫莫名所以地望著他的身影消失於隔板後方，將泡泡糖湊近一看，包裝封口貼了一張笑臉貼紙，寫著小小的「Friends」。她輕輕啐了一聲。打開抽屜，毫不留情地丟進去。

朋友。二十五歲以後才認識的對象，都不會是朋友。剛出社會前幾年，血液還是滾燙的，對未知的人生充滿期待和嚮往。工作上碰到的同事，一起合作的夥伴，心裡仍單純地以為辦公事務內共同的默契，在私領域也會是心有靈犀的象徵，於是毫不保留地坦懷真心，全無羞恥地暴露自己，直到被利用、被欺騙，被主管折磨、被同事陷害，感情和自尊都嚴重受了傷，才驚覺那句古老的順口溜「上班好同事，下班不認識」，其實是諷刺又睿智的黑色提醒。利害關係主宰人際網絡。所謂的朋友，不過就是讓事務推展順利的「社會人」。不要節外生枝。無論崇拜、依賴、友好的感情……，一切都在工作範圍內解決。這才是成熟的交誼。

小沫低調地伸了個懶腰，打開檔案，繼續編排廣告版面。房屋照片如火柴盒般規規矩矩地排在畫定的格子裡。她看著幾無差別的照片，寫上不痛不癢、毫無辨識度的文案。想買房子的人，真的會在這張無美感可言的廣告上找到一見傾心的物件嗎？她的背往椅子一靠，閉上眼睛緩緩地轉了半圈。再回到螢幕前，她的困惑和疲勞感依舊沒有改變。

「喂！那個誰，POP廣告好了沒？」祕書從後方大喊出聲。小沫慌忙從座位跳起來，「還差一組天揚社區的照片，已經寫信問業務了。」

「直接走過去要啊，不然就打電話問，還寫信咧。妳是蝸牛喔？還烏龜？動作快一點好不好？」

「對不起，我馬上打電話。」小沫面紅耳赤地道歉。每次被祕書訓斥，她的身體都會因為燥熱而發抖。

「中午吃飯前給我檔案。」祕書說完便把眼神移開，彷彿再多看她一秒都是浪費。

小沫立刻拿起話筒，撥了阿淘的分機。「泡泡糖很好吃對吧？我一個客戶從美國買回來的喔。」電話一接通，話筒另一端就傳來遊刃有餘的聲音。

「我需要天揚社區的物件照片，做ＰＯＰ廣告用，想請你傳檔案給我。」小沫雖然十分訝異阿淘的預知能力和自信，但她實在沒有空暇像休息時間那樣從容地閒扯，單刀直入說明自己的請求。

「我已經放上雲端硬碟，正要回信告訴妳密碼呢。」

「那再麻煩你了，可以的話請盡量快一點，工作有點急。不好意思，謝謝你啦。」

「朋友之間客氣什麼。好啦，寄過去了，妳加油吧。」

小沫掛上電話，電腦右下角立刻跳出新郵件的通知。她趕緊連上雲端，輸入密碼，把照片下載下來，安插進廣告版面的空白之處。靠近隔板的桌面突然亮起一小片螢光。小沫煩躁地將手機拿到眼前一看。又是波波。

「中午老闆請吃牛排，LUCKY！」

她憤怒地嘆口氣。波波的炫耀和順遂，對她來說只是惡意的嘲諷。她拉開抽屜，將手機朝那顆泡泡糖的方向丟過去。機身撞上抽屜的鐵板，泡泡糖受力量衝擊而滾動。小沫暴躁的情緒傳遞到她的指頭。她用力地關上抽屜，用力地點擊滑鼠，用力地敲打鍵盤，用力地抽出資料袋裡的紀錄文件。烈火焚燒著她久違的嫉妒和恨意。

二十五歲以後認識的人只會是同事，二十五歲以前認識的人，也不可能再是朋友。

這個世界上，小沫有許多討厭的人。譬如天橋上把傳單硬塞過來的工讀生，鞋子總是凌亂堆在樓梯間的鄰居，上菜時拇指一定泡在湯裡的老闆娘，脾氣暴烈的祕書，一直約她出去看電影的學弟，裙子穿得比內褲還短的內勤女同事，趕上班時擋在她前面拖著腳慢慢走的胖子……。她很容易討厭人。就算只是無關緊要、不冒犯的小缺點，她也會因為看不順眼而在心裡打上極低的評價。但是她對人的厭惡感大部分像雨霧一樣輕盈。情境和脈絡消失，她就不會再執拗地鑽牛角尖。唯一讓她痛恨到希望對方澈底消失的人只有一個，就是波波。

她本來都忘了。搶走她的期末報告主題。刻意買下她猶豫很久、喜歡的衣服。在同學面前嬌柔地稱呼她親愛的。模仿她各個零碎、無意識的小動作。把她整理半學期的筆記當成自己的意見在課堂上舉手發表。誘惑她暗戀的學長，再在她面前裝出無法為了愛情捨棄友情的苦惱模樣。對每個她有興趣的公司和職缺投出履歷，搶先一步去面試。小沫在路邊攤低頭吃著麵，痛苦和回憶一股腦湧上心中。都過去了。她本來以為自己已經寬容、成熟到能再次面對那個多次偷襲她人生的波波，才會答應小漩參加久違的寢聚。若是一切在餐廳門口打上句點，各自回到沒有彼此的生活圈，她或許就有辦法再延長耐力，維持偶爾碰面的和諧。

她的胃部突然出現一陣隱隱灼燒的疼痛，眼睛也泛起茫茫的淚花。仔細一看，才發現碗裡紅通通一片。她加太多辣椒了。她不由自主地咳嗽，喉頭竄起一股無法吞嚥的烈火。她看了看價目表。最便宜的蛋花湯二十元。她隨即打消喝湯解辣的念頭，把辣椒撈出來，繼續掙扎著吃麵。

「這麼晚才吃午餐？」

小沫抬頭望向聲音來源。看見西裝筆挺的阿淘。她友好地一笑，拉開旁邊的鐵椅，示意他坐下來。「早上跟你要照片的那個廣告單，剛剛才做好給祕書。吃完飯回去大概又要被念了吧。」

「祕書不太好相處喔？」

「更年期吧。」

阿淘誇張地噴出口水，瞪大眼睛問：「他不是歐吉桑嗎？」

「又不是只有女人才有更年期，男人只是沒有停經作為分界而已啊。」

「哈，妳嘴巴好壞。聽說他太太在出版社當總編，自己只是房屋公司的行政祕書，面子掛不住，才會藉著找下屬麻煩來增加自己的權威吧。」

小沫聳聳肩。放在桌上的手機忽然震動起來。小沫看了一眼來電顯示，隨即放下手機，繼續動著筷子。

「祕書？」

小沫搖搖頭。「不重要的人。」

「難道是那個正妹？接啦，幹嘛不接？她的嘴唇真性感，翹翹的，好像隨時都做好接吻的準備。」阿淘噘起嘴唇，浮誇地模仿波波的唇形。

「我怎麼覺得只是單純外翻，」小沫抹去人中豆大的汗珠，「跟爆胎沒兩樣。」阿淘尷尬地搔搔頭，一臉莫名地看著她。「好像講到妳那個正妹朋友，妳的反應就很大。」

小沫沒有說話，依舊呼嚕嚕吸起碗裡的麵。

「明明看起來那麼親密，還挽著手、頭靠頭地走路，實際上卻討厭嗎？女孩子真奇怪。」

「就和泡泡一樣吧。肥皂泡泡。看起來絢爛、讓人愉悅，實際上卻是空洞脆弱的東西，只要一丁點空氣擾動或雜質就會瞬間破掉，無法長久，也不會讓人懷念，不見就不見了，一點也不值得可惜。」

「她搶過妳男朋友？」阿淘試探地問。

「都是小事。偷學我的風格、破壞規畫和不誠實之類的。」

阿淘聽完點點頭，瞇起哲學家般的眼睛，幽幽地開口：「世界上大部分的事物和感情都是短暫的吧？沒有長久恆存的東西，連石頭也會變成砂土。就算有什麼過節，那也都過去了，妳和她現在唯一的交集只剩『大學同學』這個身分，不會再像以前在同一個生活圈那樣，只要發生一點小事就天翻地覆。或許時間會慢慢帶走不愉快和黑暗的記憶。不管怎麼說，泡泡都是夢幻美好的存在，何必執著於它飄忽不定、易逝的特質？」

小沫詫異地看著容光煥發的阿淘，假裝雞皮疙瘩掉滿地。「現在房仲都得把話講成這樣才賣得掉房子嗎？」

阿淘神氣地撥了撥瀏海，「這可是我的招牌祕密武器，三寸蓮花不爛舌。」

他們輕鬆地哈哈大笑。小沫又吃了一口麵後，揚起頭，恢復平常的溫和笑容問：

「你要出去見客戶？」

「對啊。跟妳說一個好消息，明星山那邊有個屋主可能願意賣房子，感覺會是甜蘋果。我現在要去拜訪他，和他培養感情，慢慢卸下他的戒心。感覺再多去幾次，誠懇地溝通，有機會說動他把房子託給我賣。我們業務不怕房子沒人買，怕的是沒房子可賣啊。」

明星山是有名的郊區住宅，許多退役將領和政治家都選擇在那裡置產，也因為山勢曲折隱密，有不少狼狽、不名譽的窮困之人蟄居在意想不到的角落。阿淘鎖定的應該就是後面那一類。

「那你加油，公司第四季的業績就靠你了。」

阿淘比了個讚的手勢，順一順西裝領，站起身離開。小沫看著他精神抖擻的背影進入捷運站後，低頭準備把碗裡最後一口麵吃完。桌子又開始微微震動。小沫側著頭瞥了一眼，手機螢幕再次閃爍著那個令她不快的名字。麵條從筷子縫隙一點一點滑溜進碗裡。小沫動也不動，看著手機執拗地顫動作響，等待它停下來。

她第一次對墨菲定律荒謬的準確性感到頭皮發麻。越不想遇到就越會碰上。當她一個人專注地在綠色攤位挑選商品，肩頭被輕輕點了一下，那道陰影便一閃而過，像電流一樣。

小沫戰戰兢兢地轉過身。「真的是妳，親愛的。」波波漾起驚喜的表情，拉起她懸置的手。她一時之間沒有準備，笑容和肢體都十分僵硬。波波看了看她身旁的空缺，偏著頭問：「妳一個人嗎？」

她緩緩地點頭。昨晚媽媽洗澡時，爸爸躡手躡腳敲了她的房門，塞給她一張老舊的千元鈔票。「妳明天幫我去創意市集買兩根環保吸管，選妳喜歡的樣式，應該兩三百塊而已，多的給妳當零用錢。」爸爸壓低音量，兩隻渾濁的眼睛在黑暗裡閃閃發光。「噓，不要跟妳媽說。」

小沫立刻明瞭禮物的對象是媽媽口中那個「外面的女人」。她有點意外威脅真的存在，但想想爸媽貧乏無趣、漫長的婚姻生活，在感情荒漠中偶然出現其他心跳加速的對象，好像也沒那麼意外。只不過以環保吸管當定情信物，是她怎樣也無法理解、中年男子品味特殊的情趣。

「我還以為上次在百貨公司遇到那個是妳男朋友，原來只是同事啊。他看起來人不錯呢。」波波露出莫名羞澀的微笑，「七夕快到了，我想買件小東西送給公司一個對我很好的工程師。親愛的也幫我一起挑吧，有妳的意見，一定能選到最棒的禮物。」

小沫的心情頓時疲軟無力。她把鈔票和吸管遞給攤販，等著找零的空檔，她沉頓的腦子完全轉不動。她得編個漂亮的藉口拒絕。她非逃開不可。她不想再勉強自己虛偽地陪笑臉，上次不得已的單獨逛街已經夠了。但一向機敏的反應和流利的口才此時卻相繼短路。她轉過身，走向在一旁等待的波波，說出連自己都意外的蜜語：「我好了，走吧。」

波波和從前一樣親密地挽著她的手臂。她們依偎著走過每一個攤位，時而停下腳步，拿起展示的商品欣賞討論。空氣鳳梨磁鐵，手工削磨的檜木梳，瓶蓋鑰匙圈，拼布書套，環保湯筷組……。小沫被意想不到的創意和帶著土地氣息的商品深深吸引，焦慮的心情也漸漸柔和下來。最後她們在酒瓶時鐘的攤位止步。壓扁的酒瓶帶著一種時間微醺的光澤。充滿藝術家氣質的年輕老闆說，他因為太愛喝酒了，家裡累積好幾箱玻璃瓶，於是靈光一閃，試著以這些回收物來創作。攤位上看到的酒瓶盤、壁飾、菸灰缸都是一個個高溫窯燒之後壓扁塑形，由於瓶身紋理與密度差異，每個彎折的方向跟角度都不一樣，他便依照它們的特殊性做成最適合的商品。有的酒標還留在瓶身上，標示著酒的出廠年分。老闆說，不少顧客會特別留意對他們有意義的年分，若是酒標沒有毀損，他都會盡量保留下來。

「這個不錯，很特別，男孩子收到一定很開心。找找看有沒有他的出生年。」小沫興奮地端詳酒瓶時鐘。指針轉動頻率所引起的心跳共鳴，酒瓶沁涼透入指尖的質地，都讓她彷彿回到大學時代，那種不斷受新鮮事物刺激、無拘無束的自由。她有一種和波波共同發現寶物、難以言喻的神祕心情。

她們小心翼翼地拿起一個又一個酒瓶，尋找命定的年分數字。波波瀏覽懸掛在後方網架上的商品時，忽然像想起什麼似的，轉頭對專注的小沫說：「對了，親愛的，明年是閏年，二月二十九日，妳的生日會出現呢。」

「妳還記得喔？這種奇怪的生日很容易被遺忘呢。」小沫輕描淡寫地說，沒有從眼花繚亂的酒標中抬頭。

「哪會，很特別啊，我絕對不會忘記喔。大四那年姊妹們盛大慶祝過一次，畢竟四年才有一次生日嘛，可惜我臨時有事，沒辦法和大家一起幫親愛的慶生。明年把小漩她們找出來，我們大家再聚一聚、一起好好慶祝一番吧，當作是我之前無法到場的彌補，以及親愛的邁入三字頭前最後的倒數紀念。」

小沫停下動作，困惑地看著徑自雀躍規畫的波波。她的心情十分複雜，同時又千頭萬緒，沒辦法鎮靜地理清糾結難解的思緒線團。她無法分辨波波的歉意是真心還是氣氛使然。她記得沒錯，那年期盼已久的生日，波波一邊和小漩討論慶生流程，預訂披薩、飲料和煙火，一邊暗中和她喜歡的學長調情，當天晚上突然無故失蹤，無論怎麼打手機，都是轉接語音信箱的冰冷回應。隔天中午，波波才一臉無辜地回到宿舍，為自己臨陣缺席向宿醉的她道歉。她不想在小漩她們面前和波波撕破臉，只好假裝不在意地調侃波波，四個人又一起去小酒館喝了一整晚，好像什麼不愉快和嫌隙都未曾發生。但是她對波波的信任已經徹底瓦碎。那次生日，就是決裂的最後一根稻草。她的記憶不會出錯。絕對不會。只是她無法理解，為什麼波波現在看起來那麼真誠，那麼坦然，那麼單純，一頭熱地期盼自己半年後充滿變數的生日聚會？難道那些負面黑暗的情緒，只是自己過於年輕氣盛的誤解和不服氣的嫉妒？小沫心底堅固的恨意突然有點鬆動。她的防備柔軟下來，表情和嘴角淺淺的弧線，也柔軟了下來。

「啊，找到了！一九七八年的酒標。」波波驚喜地舉起淡綠色的酒瓶鬧鐘，對著小沫高聲呼喊。

一大長串的透明泡泡忽然從眼前緩緩飄過。「哇，好漂亮。」小沫和波波同時仰起頭。在光線的折映下，淡藍色的天空好像隨處綻放一小片一小片、細碎波動的彩虹油光。主辦單位為了活絡市集氣氛，特別租借一台泡泡製造機，在入口吹起讓大人和小孩驚喜追逐的肥皂泡球。小沫不由自主將手伸向前方一顆渾圓遲鈍的泡泡。指尖還沒碰到，它便倏忽破掉了，就像絢爛夢幻、令人讚歎的透明花火。

泡泡如此脆弱，如此虛幻。但小沫第一次發現她無法否認，對那稍縱即逝的美好，心頭確實瀰漫出一股淡淡的，澄朗的，如羽毛般輕盈，微甜的震動。

例行的早會結束了。業務同事紛紛從會議室走出來，三三兩兩並肩同行，聊著延續的話題。聲音在狹窄的廊道形成低頻沉滯的音層，為吵鬧的辦公室帶來另一陣新的騷動。小沫從電腦螢幕抬起頭，越過座位隔板，看見阿淘正神色嚴肅地和經理談話。他的視線不經意投射過來，和小沫毫無防備的目光對上。小沫反射性地揚起制式得宜的微笑。經理側身傾向阿淘耳邊，呢喃說了什麼機密。兩人點點頭，交換會心的眼神，隨後經理拍拍阿淘的肩，穿過自動門，和其他等候的業務員會合。確認他們離開公司，阿淘折返回辦公室，朝小沫的座位走去。

「突然又說不賣了，明星山那個屋主。」阿淘靠著隔板，壓低音量，輕輕地嘆了口氣。「好像他兒子考慮要搬回老家住的樣子。」

「甜蘋果變成爛芭樂嗎？」小沫俏皮地說著行話。

阿淘無奈地苦笑。「我下午還要再跑一趟。唉，經理叫我騎Ubike去，說要是談不成，下山時就不准按煞車，直接衝進海裡淹死算了。」

「那正好，這個給你。」小沫打開抽屜，拿出裡頭的小紙袋，交給一臉疑惑的阿淘。「正妹說房仲菁英沒有這個，遞名片前就不知道自己夠不夠帥。」

「真的假的？妳的正妹朋友要送我禮物？」阿淘匆匆拆開包裝，拿出一個閃著鐵灰色光澤、長方狀的小金屬盒。他打開扣鈕，意外看見自己驚喜的表情。盒緣右下角，還隱約閃動著小小的電子數字。「名片盒鏡面時鐘？」

小沫點點頭。「你從海裡爬出來後，可以照一下寄居蟹有沒有趁機跑進你的鼻孔定居。記得跟牠收斡，這樣就成交冒泡了。」

阿淘盯著右下方那組神祕、複雜，不因為時間推進而跳動的十位數數字，眼神充滿推敲的專注。他突然靈光乍現，臉上閃過一絲異樣的竊笑，然後彷彿遮掩什麼不可告人的黑色祕密般蓋上名片盒，不著痕跡地清了清喉嚨。「所以妳們又和好了？女孩子真讓人猜不透。」

「泡泡之情啊。」小沫不在意地聳聳肩。

「謝啦，幫忙轉交正妹的禮物。我身上沒什麼好報答的，只能回敬妳一點微薄的心意。」阿淘從口袋掏出一條全新的泡泡糖，「奶油太妃糖口味，甜得像相親相愛的姊妹淘一樣，剛好適合現在的妳喔。」

「你真的很愛這種沒營養的零嘴耶。」小沫皺著眉頭，一副莫可奈何的模樣。

「欸，妳們坐辦公室的行政助理應該也知道，我們做業務的，不管熱浪、沙塵暴還是寒流來襲，天天都要去社區守現、掃街、貼小蜜蜂、開發、募集，還得注意不要被同行踩線。有時遇到警戒心強的客戶，即使保持再親切、再陽光的笑容，他一樣把你當成詐騙集團，不僅當著你的面摔門，甚至咒罵你這輩子不會想再聽第二次的髒話。如果碰上颱風或暴雨，也要把手頭上有鑰匙的房子統統巡一遍，幫忙關好窗戶，確認沒有進水和損害，再一一通知屋主，讓他們知道你很用心在對待物件，不是只想著賺佣金，以後有其他房子要買賣，才會第一個想到委託你。另外，還可能會出現那些跟著你去看房子，卻私下和屋主自行買賣、規避仲介費的買主。說起來，這些人性攻防和應對拿捏，才真的像泡泡一樣虛幻。我們要承受的情緒強度很大，工作時間也很長，每個業務都有自己發洩焦慮和不滿的方式，我是藉著咬泡泡糖，用甜味來麻痺其他知覺。如果能趁沒人注意時偷偷吹個泡泡娛樂一下，享受比肥皂泡泡更持久真實的存在，和任意塑形的自由，那就算是卑微工作中的小確幸了。」

小沫聽完阿淘漫長、毫無修飾的心情告白，深深吸了一口氣，舉起手對他誠摯地敬禮。「辛苦了，勞苦功高的超級業務員。」

阿淘揮揮手，把名片盒輕輕投入胸前口袋。「好啦，我準備去找明星山的屋主。希望他行行好，變回甜蘋果吧。」他背轉過身，走回自己的座位。

小沫撕開泡泡糖的封口線，取出連著包裝的第一顆，放入口中，略微用力地咀嚼起來。甜膩的糖味衝破膠體，滲入敏感的舌根，瞬間布滿濕潤的口腔，甚至向上竄進鼻竇。她一邊上傳最新的影音看屋檔案、製作不動產說明書，一邊繼續咀嚼仍略顯堅硬的泡泡糖。彈牙的口感在反覆咀嚼和唾液的浸潤中漸漸消失，她用舌尖抵著柔軟的膠體，從喉頭輕輕推氣，吹出一個小而厚實的泡泡。她捲回變形的泡泡糖，利用舌頭和上顎鋪平，再次緩緩吹氣。泡泡於是又在她的唇外，一點一點膨脹起來。

手機傳來短暫的震動。她低下眼打算查看訊息，視線卻全被乳白色、濁重的泡泡擋住。她想吸回空氣讓球體消扁，泡泡卻不為所動。無論她怎麼扭動舌尖，只能任由微弱冰冷的螢光，在不靈巧的泡泡後方，默默轉暗下去。

第一時間，小沫還以為自己看錯了。對向那個等紅綠燈的女人窄小單薄的肩幅、雙臂擺動的弧度、微微膨脹的骨盆、膝蓋以下略向內彎的腿型……都和波波如出一轍。女人撥了撥被車流吹亂的瀏海，旁邊幾個男子因此注意到她惹眼的風情，假裝不經意地多瞥幾眼。小沫遲疑地招手。對方沒有看見她踟躕的召喚，自顧自地穿越馬路，直到為了避開迎面走來的行人而閃身，才被那張猛然出現的熟悉的臉嚇了一跳。

「親愛的，妳怎麼還在這裡？加班嗎？」波波詫異地看著小沫，連忙用虛張的熱情來掩飾不知所措的慌亂。

「我弟今晚從南部回來，他早上傳訊息說行李有點多，想請我幫忙，客運剛好會在這一站停，我下班後就直接在這邊等，接到他再一起回家。」紅綠燈信號交換。路上焦躁的車子又開始奔馳。為了不讓聲音被轟然車流給淹沒，小沫傾身向仍處於迷亂情緒的波波。「妳呢？妳家不在這一區吧？」

波波的神色閃過一絲尷尬，「剛好和朋友有約。」

那是隱瞞什麼的訊號。小沫聞得出她說謊的氣味，她吃過太多次這種惡意的悶虧，於是不自覺地向前進逼：「特別到我們公司附近，卻沒和我說一聲？有問題喔。」

波波故作天真地傻笑，拿出包包裡的手機看了看時間。「啊，親愛的，我快遲到了，晚點再傳訊息和妳聊！」不等小沫回應，也沒有禮貌的告別，說完便徑自急促地跑開。

小沫疑惑地望著波波急欲擺脫她的背影。她的心裡又襲上一陣似曾相識、不舒服的灰色迷霧。包包裡傳來一陣微弱的震動。她拿起手機查看。是弟弟阿浦，說高速公路塞車了，會晚一點到。她將手機丟回包包，嘆了一口氣，緩緩走進旁邊明亮得刺眼的超商，什麼也沒買，直接在臨街的窗邊座位坐下來等待。

行人來來往往，就像不斷橫流而過、短暫現形的浮泡。有人一臉終於從工作解脫的舒暢，也有人垂喪著頭，深陷於頹靡的情緒漩渦，更多人只是專注地閱讀掌心裡發光的手機，看不出情感和波動。小沫單手托腮，輕微的感傷盤踞在她有些疲倦的心頭。她忽然看到兩個熟悉的身影，不合時宜的奇妙組合，從公司的方向往這裡走來。他們一起進了超商。波波稍微警戒地左顧右盼，阿淘則愉悅地和她維持親密的距離。

小沫旁邊剛好有個壯碩的男生擋住她的身體，因此沒被發現，但她還是盡量壓低身形，把自己藏起來。他們兩人高昂、互有試探的對話，在清冷的超商顯得格外明晰。

「不是喔，名片盒的時鐘顯示是單純故障，只是剛好停在有意義的數字上，才不是我故意留手機號碼呢。」

「哪間店這麼上道？賣這種不得了的好貨。這樣不行，萬一所有的名片盒都故障怎麼辦？以後我就打不進妳的電話了。」

波波揚起一陣銀鈴般的清爽笑聲。「那……周末我帶你去檢舉他。」

「不行啦，周末剛好是我最忙的時候，很多客戶都約好要看房子。今天難得不用值班，不然等一下我們先吃個飯，再去那家店討公道。我請妳，美式餐廳如何？附近有一家我成交的客戶，公車坐兩站就到了。還是妳想搭計程車比較舒服？」

「搭公車就好了啦。我又不是小沫，她很討厭搭公車。」

「是喔，我不知道小沫討厭搭公車。為什麼？公主病嗎？」

「嗯，而且她這個人啊，怎麼說，也有一點心機。想要利用我的時候，才會放下高傲的姿態纏上來，使喚我幫她做東做西，還常常背地裡說我壞話。以前大學時，假如有學長約我出去，她雖然會和其他姊妹淘一起調侃我，但我知道她其實會在心底詛咒，可以的話還會暗中破壞，好像我是個骯髒的女孩子似的。」

「嘖嘖嘖，小沫啊小沫，看不出來是這種角色。」

「我不知道工作上她是怎樣的同事，但以朋友而言，確實有點難相處。不過我們畢竟當了四年的同學兼室友，在一起久了總會有感情。既然是姊妹，就要包容、忍受對方的缺點，尊重她原本的個性，友誼才能長存啊。」波波的語氣絲毫沒有顫抖。不安未曾出現在她悠揚平靜的聲音裡。

「女孩子還是要像妳一樣善良，才討人喜歡。」阿淘愛憐地說。

小沫聽見超商自動門開啟的鈴響，兩人從她面前毫不知情、愉快地走過。她突然有股強烈的嘔吐欲望，像是喉嚨被強灌甜膩噁心的泡泡。廉價、輕易就破碎成空虛浮渣的泡泡。她全身因為羞恥和憤怒而發燙，腦中還響起長長的耳鳴。她進入暫時性的失聽狀態。除了自己激烈撞擊的心跳，什麼也聽不見。

有團黝黑的影子忽然在前方出現，輕輕敲了玻璃窗。小沫抬起頭。是弟弟阿浦。他一臉歉意地拖著行李走進超商，肩膀因為背負了兩個沉重的背包而朝右邊傾斜。

「對不起，高速公路大塞車，等很久嗎？」

小沫搖搖頭。站起身，順手接過阿浦鼓脹的側背包。「姊，妳還好嗎？怎麼和平常不太一樣?臉色也有點難看。」阿浦擔憂地看著表情僵硬的小沫,遲遲不敢放開手上的背包肩帶。

「沒事。」小沫對他露出勉強的微笑,強行拉過背包,轉身往門口走去。「啊,我買個泡泡糖。」她忽然又轉過身,自言自語地走向琳琅滿目的貨架,蹲下來,緊緊抱著他略帶汗味的背包。

「好想狠狠地咬什麼紮實的東西。真實、不會消失的東西。」

傷井

大淵仔站在馬桶前，已經超過五分鐘了。

他兩手輕輕舉著軟弱的生殖器，微量的尿液斷斷續續從窄小的排泄口滴漏而出，之後便停止下來。大淵仔以為終於結束了，卻感覺膀胱還是滿脹的。他稍稍用力，解尿欲又襲了上來。他的大腿開始發痠，膝蓋也快要支撐不住，他連忙放下馬桶座，轉身坐了上去。寒冷的夜氣從貼合座蓋的大腿皮膚滲進骨髓。他無可控制地閃過一記震顫。又射出了一點點尿滴。大淵仔擠了擠最前端的出口，想將陰魂不散的殘尿感驅逐出去。

攝護腺肥大。這是大淵仔最近才學到的新詞彙，關於自己體內看不見卻如影隨形的改變。上禮拜胃潰瘍回診，醫生問他還有沒有其他不舒服的地方，大淵仔支支吾吾說出夜間頻尿的困擾，才第一次聽到這個大多數中年男子都會有的退化症。攝護腺在哪裡，大淵仔根本不清楚。他只能以身體感覺那種無法預期的騷動，像閃電一樣突然就降臨在下腹部和腦海中。在第一滴尿無情地滑落以前，他唯一能做的只有束緊那個受到強烈衝擊的開口，盡可能驅動不靈活的雙腳，朝陰濕的廁所奔去。

大淵仔朝下腹側再次施了壓力。沒有尿滴漏出來。總算結束了。他緩緩站起身，拉上鬆垮垮的內褲。按下沖水鈕，馬桶立刻發出咳痰般刺耳的噪音。一聽見水聲，他想像中的尿意又來了。大淵仔趕緊打開廁所門走出去。冰冷的夜霧彷彿獵網罩了上來。他清楚感覺到濕潤的水珠凝結在他的皮膚上。他快步走進屋內，輕輕掩上老舊的紗門，怕彈簧的反彈聲會吵醒女兒小沁。

他沒有開燈，憑直覺摸索回房間的路。經過廚房時，大淵仔猶豫要不要喝杯水。一個晚上連跑五次廁所，他的喉嚨不由得乾渴起來。但一想到膀胱可能又會進入滿位的警戒，大淵仔便立刻斷念。他寧願忍受乾枯造成的意識渙散和手腳無力，也不想再被急促的尿意喚醒，或者擔憂地朝床單一摸，指尖就沾上濕漉漉的水氣。

小沁穩定的鼾聲從房間隱隱傳了出來，像一隻安心蟄眠的幼獸。夜盲的大淵仔一時之間分神，不小心踢到突出的門框。他縮緊疼痛的腳趾，神經傳來一陣難以忍受的刺麻，提醒他那根曾骨折的趾骨仍十分脆弱。大淵仔緊緊咬牙，無聲地罵了一句髒話。渾濁的油脂從他的眼角流了下來，他的視線因此變得更加迷濛。大淵仔害怕地揮舞雙手，確認前方沒有障礙，才小心翼翼地移動麻痺的腳板，進入澈底黑暗的房間。

他苦惱地躺上床，用被子把自己包裹起來。腳趾痛和膀胱脹的感覺仍十分立體。遠方有狗群吠叫。薄薄的牆壁傳來小沁翻身微微的震動。大淵仔閉上眼睛，想像自己跟著小沁呼吸的頻率，一步一步朝意識的黑洞走去。下墜，下墜，再往下，就像水桶下降至井底一樣。他得快點趁著下一次尿意來襲之前，深沉、義無反顧地，早一步跌進睡眠之井。

大淵仔的一天從吃藥開始。胃潰瘍的治療藥片。綜合維他命。補強膝蓋的保健品。預防黃斑部病變的葉黃素錠。銀杏。抗氧防癌的葡萄籽。一一吞下這些形狀各異的膠囊，他窄小的食道總會有一股猛然擴張的不適和灼燒感。大淵仔老是覺得喉嚨卡著動彈不得的異物。不管用力吞嚥幾次口水，或者嘗試嘔吐，他都只聞得到強壓臟器飄起的濁氣。

幾個做工的朋友說，吃藥是中年男子光榮的悲哀。該吞的藥品種類越多、越雜，代表年輕時越努力，只有小白臉身上才沒有為生活拚搏的傷疤。大淵仔以前也認同這種默默預支後半輩子的健康是男子漢的表現，在粉塵瀰漫的工程現場總是不戴防護面罩，嘴角不間斷地啣著長壽菸，一天至少要抽上兩包，或是把維士比當水喝，不然就是挨餓到下工回家才狼吞虎嚥。但妻子意外罹癌、痛苦地逝世後，再也沒有人為他準備口罩和便當，提醒他在孩子面前少抽幾根菸，大淵仔的胃終於因為忍耐過度而潰瘍，呼吸時氣管隱約出現濃濁的雜音，下半身也漸漸耐不住久站，他才恍然大悟：什麼受傷就是查埔人的勳章，那只是他們一群無能、身體衰廢、討人厭的臭老頭，讓心情好過一點的自我欺騙罷了。

現在就算吃藥、避開某些會造成不適的動作，大淵仔千瘡百孔的身體依舊無法恢復。光是扛著裝有他和小沁三天份髒衣的洗衣籃，他的腹部和下半身都籠罩著一股致命的灼痛。大淵仔艱難而緩慢地推開門，走向屋外的洗衣機，一一拾起髒衣丟進去。洗衣籃裡還剩幾件壓扁的襪子和內褲，無論大淵仔怎麼伸長手臂，就是搆不到最底層的衣物。他護著微微顫抖的膝蓋，一點一點蹲下身，抓住剩餘的髒衣，再緩緩站起來。他的膝蓋傳來劈哩啪啦、乾燥的磨損聲。他早就習慣那種乾澀刺耳的噪音，不以為意地撒下一匙結塊的洗衣粉。洗衣機開始遲鈍地攪動。廉價的清潔劑味道冉冉飄起。在一團造作的香氣中，有另一陣溫濕、濃厚的腥臭，像氣團過境般壓了過來。大淵仔循著臭味的軌跡，看向旁邊陰暗的工具間。接近視線死角邊緣，有個略高於地面、磚頭砌做的開口，安靜地豎立在蜘蛛網和塵埃下方。那是座無名的古老水井。他們二十幾年前搬過來時就存在了。

大淵仔走向水井，推開封蓋的木板。歲月累積的灰塵頓時飛揚四起。井底塵封許久、難聞的惡氣一股腦噴了出來。大淵仔突然激烈地咳嗽，喉嚨湧起一塊黏稠的痰。洗衣機在後方轟隆作響。大淵仔來不及聽見自己氣管收縮的聲音，痰就從他的喉頭飛射出去。即使他想伸手攔截，痰塊仍越過他遲鈍的指尖，墜向幽暗、無法測量深度的井。水面綻開小小的水花。那塊黃綠色的痰在偶爾閃動的波光上載浮載沉。一股奇異、難以言喻的臭味湧了上來。大淵仔掩住口鼻，又無可克制地靠近井邊深深吸一口氣。金屬廢料的澀味。化學藥劑。腐爛的潮土和植物屍臭。無法稀釋的油汙。不知從哪裡倒灌進來的泡沫。還有新加入、他體內發炎的細菌。都在這口渾濁的井，繼續醞釀、堆疊出複雜的惡氣。

大淵仔又打了一個噴嚏。尿滴意外地滲至底褲。他急忙拉開貼住皮膚的褲襠，下緣已經透出顏色略深的水印。他無奈地扶著冰冷的鐵皮牆，脫下沾濕的褲子，丟進轉動的洗衣機中，遮遮掩掩地走回屋內。大淵仔一心只想著自己赤裸的下半身，忘了那塊封蓋井水氣味的木板，還沒有關回去。

記憶早已不中用，但大淵仔清楚記得，那座樸素的井，原本並沒有那些惹人嫌惡的異味。

剛開始搬來，大淵仔第一次整理屋外、打算搭蓋幾塊鐵皮板充當工具間時，發現了這座安靜的井。他湊近敞開的井口，井水舒宜的涼氣輕輕撲上他的臉，空氣中還瀰漫著淡淡的、潮濕的甜味。往下仔細一看，水面上的漣漪反射著點點鱗光。是魚。不知誰放流、充滿生命力的小魚。大淵仔用麻繩綁住一個水桶，下降至深處舀起半滿的水量。他用舌尖淺淺沾了一點井水，口腔立刻充盈清新的甘甜，舌頭還有一陣麻醉退去、輕飄飄的酥軟感。大淵仔捧起水桶，一口氣把盛起的水灌下肚。井水滑順地流入他的食道，透過循環布滿他全身的每個細胞。他的身體從裡到外都透出一股意想不到、說不出的輕盈。

大淵仔也試過用井水煮茶，喝起來有不可思議的順喉感和餘韻，連討厭中藥味的小沁都願意乖乖喝下妻子以井水燉煮的四物湯。沒什麼案子接的淡季，大淵仔甚至考慮自己釀酒，當作另一份不能公開的收入。可是某天清晨，他騎著老舊的摩托車準備上工，正要彎出以矮樹叢當護欄的圍籬時，瞥見左上方有輛巨大的砂石車，正把車斗裡的黑色砂土倒向一旁無人居住的斜坡。傾倒的砂土有股刺鼻、詭異的惡臭，不像牛或羊那種草食動物的糞便穢氣，而是讓人起雞皮疙瘩、眉頭深鎖、生理直覺抗拒的味道。大淵仔調轉車頭方向，往上騎到砂石車旁，扯著痰重的喉嚨，對專心操作車斗起降按鈕的駕駛大喊：

「恁佇倒的是啥物件？」

司機注意到大淵仔的聲音，轉頭過來看。「一般的土而已啦。」他露出檳榔色的牙齒，牙齦也被菸垢燻得發黑。「頂頭好額人欲起游泳池，叫阮把土挖起來。反正遮也無人住，借放一下。」

另一個體格較瘦弱的男人聽見對話聲，從車頭前方笑臉盈盈地走過來。他穿著乾淨體面的衣服，臉上沒有深刻的紋溝和曬斑，手指關節也沒有腫大，看起來不像做工的勞力，而是發號施令的指揮者。

「頭家啊，歹勢啦，透早佮你吵到。阮只是倒土而已，不是佇做啥歹代誌，你免緊張，也請你嘜佮別人亂講喔，拜託啦！多謝！」

大淵仔點點頭。他沒有想要告訴誰，只是覺得男人諂媚的笑容有點奇怪，還有那一車砂土，無論色澤、質地、氣味，都不像他們聲稱只是一般的土。普通的土哪會那麼臭？只有油漆、強力膠、金屬廢料、爐渣……之類的化合物才有那種讓人掩鼻皺眉的味道。

「這咁真正是頂頭挖落來的土？」大淵仔耐不住心中的困惑，繼續追問，「假若有一種奇怪的臭味？」

司機對他意味深長地笑了笑，沒有回答。那個體面的男人急忙擋住想靠近查看的大淵仔。「嘿啊，是土啦，地主以前種田澆肥，所以這土有一種較特別的氣味。可能是伊當時肥料落太多，改變著土質，才會有咱嘸習慣、感覺怪怪的味。嘸過頭家免煩惱，這土的肥性會乎遮的土強起來，以後嘸管種啥攏好呷擱好看。」

大淵仔遲疑地看著男人身後那些神祕的土。車斗高高舉起，黑色砂土頓時像洪流般傾瀉而下。男人輕輕推了推大淵仔渾厚的肩頭，「歹勢喔，頭家，要請你嘜站佇遐，驚土會佮你噴著，阮司機也難作業。」

大淵仔被男人以不著痕跡的方式趕走了。他每天出門上工，都會看見他們來倒土。男人在砂石車後方拉起一條警戒線，不讓大淵仔再有機會靠近。那面雜草叢生的斜坡已經被砂土填成一座死氣沉沉、令人走避的墳塚。大淵仔很想看看山上那戶好額人的游泳池，是不是蓋得像電視廣告的水上樂園那麼大。

大概過了一個禮拜，大淵仔再也沒看到那些人。他騎車去山上繞了一圈，沒發現其他工程車或任何挖陷的地基。砂土就這樣被棄置在那裡。太陽毒烈地曝曬。雨水沖刷。季風混亂無章地吹擾。土塚只崩落、位移了一點點，顏色變得更深、更陰暗了一點。幾株樹木相繼乾枯倒下。附近的土地也漸漸透露出不毛的病氣。

後來大淵仔接的案子越來越多，工作時間越來越長，他慢慢淡忘那些廢土的事。很久之後，不知道是不是錯覺，大淵仔開始在家裡聞到不舒服的異味。他以為是自己身上的味道。年紀的臭味，做勞力活汗水的臭味，傷口潰爛的臭味，藥物在體內代謝後的臭味。他試著一天洗兩次澡，隨身攜帶毛巾擦汗，上完廁所立刻沖水，但那幽魂般惱人的氣味仍舊沒有消散，甚至一天比一天更濃烈。直到他為了清除口腔內的菸臭，打算泡茶來喝，走向井邊時，才驚訝地發現那股異味的來源，竟然是這口簡樸的井。

大淵仔慌張地蹲下來。翻起的魚肚在水面反射著暗淡的微光。他放下水桶，打起沉重的水。井水變得渾濁，帶著灰色絲狀的雲霧，裡頭還有不明的懸浮物質。大淵仔推開水桶裡一起盛上來的魚屍，用手掌舀起一點井水，戰戰兢兢地喝了一口。苦味、澀氣、焦臭立刻在他不敏銳的口中擴散，衝上他的鼻腔和腦門。大淵仔痛苦地吐出那口井水。無論怎麼乾嘔，舌頭上黏膩的觸感都甩不掉。他不得已吞下分泌過多的唾液。那股特殊又噁心的氣味，突然一股腦逆著他的胃和食道湧了上來。

那個味道。只要聞過一次便永生難忘。大淵仔腦中閃過幾段清晰的影像。砂石車。司機沾著檳榔汁的牙齒。男人虛假的笑。還有黑色廢土。大淵仔抹掉嘴角惡臭的殘液，怎樣也不敢相信，這座隱密的水井溫順可親的性格，竟然變得和那些惹人厭的黑色廢土一模一樣。

不能再晚了。大淵仔看著牆上吃力行走的老鐘，著急地在冷掉的早餐前來回踱步。指針又往前進一格。大淵仔決定走到房門口，對仍躺在床上的小沁說：「已經七點半了，再嘸起床上班會袂赴。」

小沁一反貪睡過頭的常態，她沒有驚慌地跳起，也沒有翻身耍賴。「我今天要請假。」她微微仰起頭，臉色和嘴唇發白，聲音非常虛弱。「我那個來。」

大淵仔愣在原地。那個來。大概就是女人肚子痛的意思。每次小沁蜷縮著身體，窩在沙發不肯動，或是莫名奇妙抱著肚子哀哀叫，他都只能面色凝重地在一旁手足無措。

「……甘欲呷啥物？」

小沁搖搖頭，「我等一下自己泡熱的來喝就好，我先躺一下。」

大淵仔不知道該怎麼辦。他努力回想妻子以前怎麼照顧每個月都為疼痛所苦的小沁，腦中卻盡是兩人遮遮掩掩的模糊印象。「小沁腳寒手冷，是寒底，較會畏寒。」這是妻子唯一對大淵仔說過關於小沁身體的話。但他在心中默念三遍，還是無法理解其中的暗示和關鍵。

他走去廚房翻找適合的食物。他記得這種時候小沁都會吃大量的甜食來分散注意力。可惜泡芙和巧克力都吃完了。大淵仔正猶豫要不要外出購買時，忽然在櫥櫃角落看見一個老舊的紙盒，上面畫了一個戴花圈的婦女，寫著「中將湯」。他瞇著老花眼看了小小的說明文字和保存期限，左思右想一陣子，決定拿出其中一包，放進小沁的杯子，依據指示倒入滾燙的熱水。濃郁、溫潤的中藥味頓時飄溢四起。妻子在世的時候，他好像曾經聞過這種厚實的香氣。

「爸，你泡中將湯喔？」小沁無力的聲音從房間傳了出來。

大淵仔等待水色被藥包染深，端著冒出蒸騰熱氣的杯子，小心翼翼地走進小沁房間，笨拙、彆扭地遞給她。「妳咁嘸是無爽快？」

小沁為難地看著那杯濃濁的深色液體，皺起眉頭，表情十分苦澀。她湊近杯口聞了聞，嘴角痛苦地往下垂。

「猶未過期啦。」大淵仔連忙解釋，他害怕這段沉默的空白隱藏著女兒對他不了解自己的指責。「妳媽以前假若攏會泡這乎妳飲。」

小沁眼中含著不甘願，捏著鼻子，輕輕啜了一口，整張臉立刻浮誇地扭曲。「好難喝……好像水彩加泥巴加石油再加水調出來的，好噁心喔。」

「用你哥網著的霧水泡的，應該袂那麼歹飲。」大淵仔溫婉地規勸：「歹飲也是要飲，為著身體好。」

小沁鼓起腮幫子，對著那杯難以入口的中將湯和非喝不可的自己生悶氣。她的臉忽然又皺起來，連續打了好幾個響亮的噴嚏。她從床頭櫃抽起幾張衛生紙，擤出一團團黏稠的鼻涕。「糟糕，是黃的，頭也有點痛，好像感冒了，討厭啦。」

「誰叫妳昨暗擱呷冰，無怪身體會無爽快。」大淵仔不由得擺出父親的威儀，語氣略帶惱意。

小沁嘟著嘴巴，不服氣地反駁：「只是吃一點而已嘛，又不會怎樣，我也不知道那個今天會來啊。」

「家己的身體家己要顧啦，」大淵仔語重心長地說，「嘸是講身體內面無看著就當作無代誌，親像井同款，佇那麼深的所在，攏袂去佮注意，真正出問題的時陣就袂赴啊。」

大淵仔停頓了一下，哽在喉頭的話仍失控地衝出口：「像妳媽按呢。」

一提起早逝的母親，小沁的臉立刻暗了下來。大淵仔也緊緊閉上嘴巴，無法再多說一句。父女倆同時陷入痛苦的沉默。中將湯的蒸氣緩緩上升。小沁吸了吸鼻子，彷彿正極力忍耐傷心的淚水，不讓它們從眼眶中掉下來。

「緊飲一飲，等會歇睏。」大淵仔頭也不回、困窘地走出房間，留下小沁一個人捧著杯子，無言地抽動鼻涕。他扶著牆壁，胸口突然感到一陣劇烈的疼痛。但大淵仔無法分辨這種撕裂般的痛楚，究竟是因為想起逝去的妻子，還是那個維繫生命來源的心臟，終於快到了忍耐的極限。

郵差正要把信件塞入窄小的信箱口，那個生鏽的鐵盒子就從水泥牆上掉了下來。大淵仔聽到屋外的聲響，疑惑地走出來看。

「歹勢，我太大力了，佮你批桶用壞去。」郵差慌張地道歉，汗水從他的額頭流下來。他推了推隱隱滑動的安全帽，明亮的雙眼看起來非常年輕。

「無要緊。」大淵仔吃力地彎下腰，將信箱靠向不會阻礙出入的牆邊，再緩緩站起身，接過郵差手中有些分量的信件。「多謝。」他一一瀏覽那疊來信，大部分都是繳費單和毫無美感的競選文宣，只有一張是房屋仲介的廣告單，上面聳動地寫著：「買方願意出千萬！隨時 call 阿淘幫您搞定房事：0931-581-888（我幫你－發發發）」大淵仔納悶地想，他這種破舊、建材簡陋、格局又差的老屋，怎麼可能會有人有興趣。

「阿伯，我拄才看著外面遐有政府人員，你咁知影他們佇做啥？」郵差問。

大淵仔搖搖頭。順著郵差手指的方向看過去，是他們院子圍籬外的地方。他瞇起眼睛，樹叢間好像有隱隱約約的腳影。

郵差發動擋車，往下一個送信處騎去。大淵仔將信件丟至客廳桌上，轉身走向圍籬。外頭果然有兩個穿著墨色背心的陌生男人，背後和左胸口繡著「環保稽查」的字樣。他們對著地上指了指，雙手叉腰交談了幾句。

「咁是按怎？」大淵仔遲疑靠近，防備地問。

靠近大淵仔、較高瘦的男人轉過頭來，看著一臉狐疑的他說：「我們接獲檢舉，說有人長期在這裡傾倒廚餘，阿伯知道這些垃圾是附近住戶還是外來客丟的嗎？」

大淵仔看了看地上沾著沙土的飯菜和骨頭。骨頭有啃過的痕跡，連著關節的筋肉已經被咬掉了。那是他昨晚拿出來倒的剩菜。自從前陣子發現沙地上有小小的動物腳印，這便成了他飯後的習慣。

「這是乎狗呷的啦，嘸是亂丟糞掃。附近有幾隻野狗，暗頓呷剩的我攏習慣留乎牠們。」

「給狗吃？阿伯，所以這些是你丟的嗎？」

大淵仔怯生生地點頭。另一個挺著啤酒肚的男人轉過頭來，銳利的目光帶著令人警戒的攻擊意味。「阿伯，你不知道不能亂餵食流浪狗嗎？萬一造成狂犬病，或者攻擊其他無辜的路人怎麼辦？碰到流浪動物就應該要通知衛生單位，不能放任牠們這樣撒野下去，否則問題只會更多。你不養牠又要餵，這是什麼做半套、自以為是的善良？而且你這樣亂丟垃圾，有礙環境衛生，抓到是要罰錢的。這次沒有蒐證影像，只能開勸導單給你，不過我們會在電線桿加裝監視器，以後要是拍到就得罰錢了，最高可以罰六千。」

男人低頭寫了簡單的敘述，將勸導單交給大淵仔，要求他把地上的穢物處理乾淨。大淵仔看著那張制式又拗口的單子，無法理解讓流浪狗得到短暫溫飽為什麼是破壞環境。他出聲吸引兩個男人的注意，指著不遠的前方那面覆蓋黑色廢土的斜坡。

「啊彼個咧？之前有一台砂石車逐日攏來倒爛土，倒了就走了，恁哪嘸去佮他們罰？」

兩個男人看了看彼此，不以為意地聳聳肩。「那個不是垃圾，不像阿伯你丟的是廢棄物，會造成環境衛生破壞，它是產品，可以再利用回填，所以一切合法，當然不用罰。」

「啥物產品？那土倒落來，味歹聞到欲死，雨水、曬日佮歹物仔攏總流入地層，害遮附近的樹仔攏死一片，連我厝內面的井水也攏傷著、歹了了。哪是產品？根本是汙染，是毒啊！」

高瘦的男人拿起相機，對著地上的食物殘渣拍照。挺著啤酒肚的男人不耐煩地說：「阿伯啊，我知道你被開單心情不好，但是你有錯在先，我們也只是依法行事而已，不要為難稽查人員嘛，不然我們可能要控告你妨礙公務喔。你對別人倒產品有什麼不滿，或是想要檢舉，看你要不要打市民電話去申訴。」

確認同事拍攝完影像，挺著啤酒肚的男人點點頭，無視大淵仔還站在原地，繞過他身邊，朝一旁的摩托車走去。「好了，這邊解決了，去下一個地方。」他們發動吵雜的引擎，頭也不回地往山下騎。

摩托車排出的廢氣一股腦噴在大淵仔身上。他被煙塵刺激得睜不開眼睛，不由自主地咳起嗽來，卻因此吸入更多致命的廢氣。勸導單在他手裡越捏越皺。即使殘餘的食物已經開始飄起發酵的酸味，他破舊孱弱的身體，也只被摩托車和廢土令人作嘔的臭氣深深傷害。

他一直咳。雖然已經戴上口罩，卻仍阻擋不了空氣中的懸浮微粒進入他敏感的呼吸道。大淵仔盡可能加速摩托車油門，將煙塵瀰漫的市區甩在身後，爬上多霧的坡道，直往老家奔馳。空氣變得清新乾淨。他漸漸不想咳了，但另一團黏稠的分泌物，卻在喉嚨深處膨脹起來。

大淵仔取下口罩，往路邊吐了一口濃痰。他熄掉引擎，把側腳架往下踢。一抬起頭，就看到房仲阿淘精神抖擻地站在家門口，帶著一臉過度開朗的笑意。最近這個熱情的年輕人三天兩頭就會出現，積極勸說房屋買賣的事。

「劉爸爸，你回來了啊。去醫院拿藥嗎？」阿淘靈敏地趨身迎接大淵仔，指了指他手上的藥袋。

大淵仔點點頭。他握著鑰匙，猶豫是否要開門邀請阿淘進去。

「家裡離醫院很遠，劉爸爸跑這麼一趟一定很辛苦，不僅花時間，也很耗體力，這裡又多上下坡和轉彎，有時候還會有狗突然衝出來，騎車必須要全神貫注，不然很容易發生意外，要是碰上下雨還是颱風，人包鐵的摩托車就更危險了。對劉爸爸這種需要常跑醫院的長輩來說，住在市區還是比較方便，萬一身體真的臨時出了什麼狀況，也能比較快得到治療。」

「袂啦，我佇遮住慣勢了，騎車無啥問題啦。」

「劉爸爸，那是因為你還年輕力壯，等年歲再大一點，關節和肌肉就會耐不住久彎，意志也不容許你花那麼長的時間騎車，到時候怎麼辦？這是很現實的問題。」

「我無住遮是欲住叨位？我只有這間厝而已啊。」大淵仔稍稍板起臉孔，他的聲音中有一點被威脅的無奈。

「這就交給我阿淘吧，我可以幫劉爸爸找到市區的房子。老實說，我手頭上就有幾間臨近醫院、採光好、格局佳、環境清幽、交通便利，各方面條件都很不錯的房子。剛好政府為了打房實施實價登錄，開徵房地合一稅、囤房稅之類有的沒的，反正國家萬萬稅嘛，讓不少多屋族想要快點脫手名下的不動產。劉爸爸可以趁現在房價下跌買起來，如果住了之後不喜歡，也可以委託我幫你轉手賣掉。」

大淵仔聽完後忽然感到一陣暈眩。阿淘一次說了太多他無法理解、拗口的詞彙，他的臉不由得紅了起來，為自己的無知感到慌張和自卑。

阿淘敏銳地發現大淵仔情緒的轉變，趕緊以另一種柔軟的感情攻勢來說服。「劉爸爸之前好像說過，兒子一個人在市區租屋工作，很擔心他因為忙而忘了吃飯，沒有好好照顧自己。我也是做兒子的人，我相信他一定也同樣掛念劉爸爸的身體，特別劉爸爸又曾經發生胃潰瘍大量出血過。父子分隔兩地不是很寂寞嗎？這樣也等於房租和生活費要另外多一筆開銷。如果劉爸爸搬到市區和兒子一起住，既能省錢又能重溫天倫之情，完全是一舉兩得、有利無弊的選擇啊。」

「我查某囝佇附近的區公所上班，伊住遮較方便。」大淵仔連忙提起他一樣操心的小沁。比起兒子阿津，這個女兒更沒有日常生活的能力。

「哇，女兒是公務員嗎？好優秀喔。沒關係啊，她可以申請調職，轉到市區或中央機關，升官會比較快。」

「伊是臨時的而已，嘸是正式員工。」

「喔，是約聘雇？那更好，到市區補習，考上正職公務員，薪水立刻翻倍漲。捧著鐵飯碗，國家還會照顧她一輩子。」阿淘的語調不由得越來越激昂，「一家人住在一起，才是真正的幸福啦！」

大淵仔遲疑地點點頭，沒有說話。他覺得阿淘殷切的熱心有些不對勁，卻無法反駁他所描繪的完美生活。如果忽略複雜的事實現況，大淵仔心底確實嚮往能同時和阿津與小沁住在一起。這個世界上，他也只剩他們兩個依靠了。

「剛才等劉爸爸回來的時候，我在外面繞了一下，發現劉爸爸家有一座古井耶，好風雅，這會是個很棒的賣點喔，能為房屋增加不少價值。尤其現在不是又爆出鉛管問題嗎？民眾怕會中毒、變笨，或是腎結石，對自來水澈底失去信心，紛紛尋找山泉、地下水之類的替代水源。像井水這種天然、乾淨又方便的東西，大家最喜歡了。」

「那內底的水足垃圾，已經袂當用啊。」大淵仔帶著莫名的歉意說。他不自覺抓了抓鼻頭，彷彿又聞到井水腥臭的惡氣。

「很髒喔？沒辦法，水悶著總是會長苔和黴垢嘛，還有裡頭生物的排泄物，找人來清一清、洗一洗，整理一下就好了。我有認識的清潔公司，到時候請他們算便宜一點……」

阿淘滔滔不絕說個沒完，大淵仔忽然打斷他膚淺的天真：「這跟洗碗、洗衫無同款，嘸是用水沖一沖垃圾就無去，也無像溪水頂面的糞掃，流入去海就清氣了。井水沉佇土地下腳，較罕流動，你目睭看袂著，也無法度用啥米家私探入去內底。水質若是傷著，歹物仔會永遠沉佇遐，井水就無可能擱再復原返去了。」

大淵仔停頓了一下，嚥下一口卡住喉嚨的口水，「佮人受過傷是同款道理，雖然表面上看起來已經無破空了，但是嘸管體內抑是心肝底，一世人攏袂擱再好勢。」

「沒關係，井如果真的不能使用，當成一般庭園造景也很好……」

阿淘急急忙忙辯解，他仍自顧自地為老井的每一處傷痕說話。大淵仔看著他不斷開合的嘴角垂下一絲泛白的唾液，漸漸了解他隱藏其後的心意。大淵仔移開視線，默默移動腳步，徑自看向陰暗的工具間。那座不起眼的井，即使已經暗自遍體鱗傷，依舊在布滿塵埃的角落，安安靜靜、不張揚地，顯現它樸實清楚的輪廓。

大淵仔按下日光燈的開關，等了幾秒，細弱的鎢絲才緩緩亮起。他反射性地閉上眼睛，等待炫刺的盲目退去。再度睜開眼時，他的眼前有一大片細緻的浮塵正在漫天飛舞。

他揮了揮手驅趕灰塵，卻擾動更混亂的氣流。大淵仔索性暫時停止呼吸，拉出一旁的推車，快步走出清冷的工具間，越過家門前平滑的水泥地，進入崎嶇不平的碎石子路。裸露的石頭絆住運行不順的滾輪。大淵仔吃力地控制推車忽左忽右的方向，往陡斜的上坡前進。傍晚初冷的涼意襲了上來。路燈一盞接著一盞亮起。經過那座巨大的黑色廢土堆，他不由得打了一記冷顫。在昏暗的夜色中，廢土宛如醜陋的怪物不斷增生變形，潮濕的夜氣也放大那股奇異、刺鼻的臭味。大淵仔有種詭譎的幻覺，只要稍微靠近一步，那座黑色廢土似乎就會突然朝他身上撲過來，惡狠狠地將他吞噬殆盡。

他走了很遠、很遠的路。直到接近山頂的土地公廟，大淵仔才停下腳步。他雙手合十，對著煙霧繚繞的土地公簡單一拜。山泉水在後方源源不絕地噴湧而出。以前妻子還在時，她每天都會帶阿津來這裡取水。大淵仔推車走過去，將痠麻、微微發燙的手掌放在出水口讓泉水冰鎮。雙手恢復知覺後，他往身上抹了抹，開始搬運浸潤在泉水中的石頭。

一抬起沉甸甸的石頭，他的腰際瞬間閃過一陣前所未有的劇痛。他好久沒有搬這麼重的東西了。他咬緊牙根，用意志力舉起將近是他一半體重的石頭，肌肉緊繃得好像差點就要爆開。等推車終於擺滿石塊，大淵仔一點一點慢慢挺直腰桿。他的下半身幾乎沒有知覺了。

大淵仔深深吸了一口氣，調整好心情和身體狀態，謹慎地拉著推車往回走。為了維持推車上石頭的穩定，他的膝蓋因過度用力而顫抖。他甚至感受得到那塊薄薄的軟骨正在隱隱滑動。

經過漫長、難受的下坡，大淵仔終於彎進老家。身後忽然傳來一陣熟悉的引擎聲。「爸，你在幹嘛？」小沁下班了。她熄滅摩托車燈，訝異地看著父親和滿載石塊的推車。「怎麼搬這麼多石頭？」

大淵仔一時之間不知該如何解釋，只輕聲回答：「無啦。」便繼續低著頭前進。

小沁追了上來，一臉不解地拉住他。

「暗頓佇客廳桌頂，有妳愛呷的白菜滷佮豆腐，緊入去內底呷。」

「那爸呢？」小沁對現況絲毫沒有頭緒。她困惑的神情顯得十分不安。

「我等一下就去。」

大淵仔推著車子走進工具間。蒼白的燈泡發出低頻的嗡嗡聲。他推開封蓋井口的木板。濃烈、令人難以忍受的異味頓時湧了上來。大淵仔搬起推車上其中一顆石頭，投進深邃的井中。石頭擊破水面，大肆激起強烈喧騰的水花。奇異的惡臭一陣接著一陣飄逸四散，沒多久便瀰漫整個窄小的工具間。小沁不明所以地看著大淵仔奇怪的舉動，急忙攬住他的手臂。「爸，你到底在幹嘛啦？」

大淵仔停下動作，平靜地看著一臉慌張的小沁。「妳嘸是講妳哥的霧水飲起來酸酸？若是有法度像以前同款用井水，妳中將湯就較飲會落去，以後身體也袂那麼虛。」

他又投下一塊石頭。不知道是不是錯覺，井底兇猛的惡氣似乎稍稍被清新的山泉石給軟化了一些。

「這井水雖然傷著，無可能擱原全了，但是也袂當放乎伊爛。妳之前嘸是講過？溪內的石頭會乎下腳的暗河變清氣。我也嘸知按呢掞石頭落去井內底甘是無采工，但是我想就親像人呷藥仔同款，總是會有小可無同。」

井水久違的涼意隱隱約約飄了起來。大淵仔投擲進最後一塊沉重的石頭，將推車歸回原處。「好了，咱來去呷飯。」他對仍略顯遲疑的小沁說。蓋上木板前，大淵仔又低頭望了一眼閃閃波動的井。沉頓、惡劣的渾氣漸漸變得輕盈。暈白的燈泡映照在水面，像是天頂柔和乾淨的月亮。大淵仔關上燈。黑暗從四面八方霸道地降臨。但殘存在他眼中那輪美麗、泛著溫柔光澤的銀盤，依舊沒有散去。

海的另一邊

霧茫茫的礫灘上，有兩個小小的身影正在奮力奔跑。一個是瘦弱的男孩阿湧，另一個是比他更渺小、反應較遲鈍的妹妹洋洋。那兩個孩子玩瘋了，沒有發現天色已經漸漸暗了下來。他們只顧著尖叫，連滾帶爬地踩過大小錯落的石頭，趕在兇猛的浪花追上來前朝岸邊多跑一步。海浪粗魯地撞上陸地。阿湧覺得整個世界好像都在搖晃。他的耳朵裡有爆破的聲音，小小的胸腔也像被轟炸一樣嗡嗡震動。波浪變形的觸手抓住他失去重心的小腿，又很快地鬆開，氣力放盡、不甘心地退回去。滾動的礫石發出沙沙沙清脆的聲響。阿湧看了看旁邊和他一樣被海水淋濕、微微顫抖、幾乎站不穩的妹妹。他們放聲大笑。不顧濕透的頭髮和衣服正滴落豆大的水珠，又朝海的方向跑去。

海上颳來的風如飛刀，割著阿湧發癢緊繃的臉皮。他習慣性地抓了抓癢處。臉頰突然閃過一陣刺痛，還有一股分泌物緩緩流出的感覺。他抹掉臉上潮濕的水痕，指甲縫隙刮下一層透明的黏液和皮屑。阿湧毫不考慮地放進嘴裡吸吮，就像吃新鮮的鼻屎一樣自然。遠方的海層逐漸拉高。下一陣浪要來了。他擰了擰衣角，減少海水沉甸甸的重量，準備要再次拔腿狂奔。

他的心臟狂跳不止，等待前線的海潮一揚起鐮刀般的浪頭就要和妹妹一起向後衝。這時聲音卻突然消失。海潮騷動的聲音。礫石被推擠的聲音。水霧凝結的聲音。地球轉動的聲音。統統不見了。世界安靜得令人害怕。阿湧疑惑地看了看隱隱震動的海面。花白的浪頭突然在他眼前一口氣拔高，遠遠超過他抬頭能仰望的極限，整片天空都被掀起的海浪遮住了。他還來不及對妹妹喊出跑的指令，波浪便舉著巨大的彎刀，氣勢逼人地砍下來。

阿湧的腦中頓時一片空白。他被浪吞噬，頭部被一股隱形的力量不斷重壓，脖子也彷彿讓誰緊緊掐住一樣無法動彈。他沒辦法分辨上下方位，眼球好像快掉出來了，內臟和耳鼓都感受到即將爆開、無以言喻的壓力。他的意識變得輕飄飄，完全無法和任憑擺布、僵硬的身體連繫在一起。阿湧以為自己死定了，甚至某一瞬間還以為自己其實已經死了，直到他看見透明的前方忽然出現一片背對夕日、橘子色的雲帶，他的屁股好像被什麼強力的勁道狠狠踹了一腳，才從海浪堅實的禁錮中飛彈出來。

他倒臥在冰冷的石灘，眼前的景色都罩上一層模模糊糊的水膜。「洋洋！」阿湧爬起身，第一個反應就是呼喊妹妹的名字。海浪退回時，整座沙灘的礫石都在滾動，發出震耳欲聾的嘈雜聲響。力量漸弱的海潮捲動他丟在一旁的書包和破布鞋，還有躺在石灘上的妹妹。阿湧趕緊跑過去，扶起妹妹軟綿綿的身體。妹妹被海水嗆到，身體激烈起伏，痛苦地咳嗽，兩條鼻涕從她小小的鼻孔垂下來。阿湧抹掉她的鼻涕，舀起海水清潔她的口鼻。她抿了抿嘴，伸出舌頭、表情誇張地說：「好鹹喔。」

阿湧趴下身體，整張臉貼在礫石灘上，吸吮縫隙間來不及消退的海水，然後津津有味地抹了抹嘴角，安撫受到驚嚇的妹妹。「嗯！鹹鹹的，鹽放得有點多，但味道還不錯，像喝冷掉的海帶湯。」

妹妹看著他沉醉的表情，也模仿他舔了舔潮濕的石頭，咂咂舌，情緒高昂地附和：「海帶湯！」

「那我們裝一點回家煮，當晚餐喝好不好？」阿湧翻開濕答答的書包，裡頭只有泡爛的課本、一枝鈍得幾乎寫不了字的鉛筆，和午餐吃剩的香蕉皮，沒有任何能盛裝的容器。他往四周的石灘張望，剛好瞥見斜前方有一只麥芽色的米酒瓶，瓶子底部還殘留薄薄一層液體。他湊近瓶口一聞，立刻嫌惡地別開頭。那股味道太刺激，讓他遲鈍的鼻子都痛了起來。阿湧利用海潮沖洗玻璃瓶，等到濃烈的氣味終於被海的鹹氣蓋過，他才開始盛裝海水。

「哥哥，那個是什麼？」妹妹興致盎然地看著地上的一點。阿湧順著她手指的方向看過去，是一具長滿刺的河豚乾屍。

「可能是恐龍化石喔，不然就是鳥巢。」阿湧前後看了看，煞有其事地撿起一旁橢圓形的白色卵石，放在硬刺上，當作巢中的蛋。「鳥媽媽等等就會回家了，牠出去找蟲蟲，家不小心被海浪翻倒。」

石頭的重量壓斷了河豚脆化的刺，魚屍難聞的臭氣緩緩飄起。「鳥鳥蛋死翹翹了嗎？」妹妹捏著鼻子，無辜的眼神似乎就要流出水來。

「牠們只是尿床啦，剛剛家裡翻倒牠們嚇一跳，不小心尿床了，鳥媽媽回來會打牠們屁股。」阿湧表情逗趣地說，伸出手假裝拍了卵石一下。

妹妹咯咯咯地笑，髮絲上的水流順勢滑進她的嘴巴。阿湧把水瓶放進濕漉漉的書包，牽起妹妹被海水泡皺的小手，走向岸邊的水泥堤防。夕陽已經隱沒至山峰後頭，只剩山頂還暈染著一片淺淺的、柔和的火光。阿湧向著殘餘的光暈繼續前進。如果這時他回頭，他稚幼的心靈一定會誤以為太陽悄悄繞過半個地球，從東邊再次升起。那輪在海面上拖著長長尾袍的銀白月亮，就像一顆自己會發光、熾亮得不可思議的恆星。

但他們還是朝著岸上點點的燈火走去。海水在玻璃瓶內搖晃，隔著書包傳出隱約的叮咚聲。阿湧的胃很脹。他剛才喝了好多海水，現在還感覺不到飢餓。他愉快地唱起走調的歌，妹妹也跟著快樂地亂哼，偶爾呼吸不順地咳嗽，很快又繼續哼唱。遙遠的月光在背後溫柔地照耀他們的身影。阿湧摸摸鼓起的圓肚，打了一個響亮的嗝。他竊喜地想，他和妹妹的肚子，今天一定可以撐到媽媽下班回家。

阿湧把飯菜一股腦扒入口中，連剩下的幾塊碎蒜頭也不放過，接著舉起便當紙盒，將浮著油花的菜汁一飲而盡。他仔細地搔刮摺痕中卡住的菜末，再吸吮筷尖細微的殘渣，露出滿足的微笑。

這是媽媽從工作的便當店帶回來的剩菜，給他和妹妹當有點遲的晚餐。雖然菜早就冷了，還是吃得出熱油炒過、淡淡的油煙味。媽媽帶回來的菜色每天都不一樣，他吃過紅蘿蔔炒蛋、咖哩、滷竹筍、四季豆、九層塔茄子……，有時候運氣比較好，還能吃到滑膩的肥肉和香腸。阿湧用手背抹了抹嘴角滲出的油光。他總覺得，比起組裝水龍頭、縫鞋皮和發廣告單，便當店是媽媽做到現在最棒的工作了。

一隻蟑螂爬上餐桌，用細長的觸角在空蕩蕩的便當盒底碰了碰。牠來晚了，已經沒有任何碎末能吃。阿湧徒手往蟑螂身上用力一拍，牠的下腹部立刻濺出乳白色的黏稠物，沾上阿湧的掌心。他不以為意地往身上的制服一抹，拿起捆綁便當的橡皮筋，走向門口的布鞋。他的布鞋前端很久以前就開口笑了，上個月一位鄰居大哥哥才剛幫他用強力膠黏過，但穿沒幾次又再度綻開。他將橡皮筋套住鞋口，費力地繞三圈。鞋頭緊繃得開始扭曲變形。阿湧掀動微微張裂的前口，裂縫沒有再往後延伸，只是橡皮筋逐漸發白。他安心地放下布鞋。就算這條橡皮筋又斷裂，家裡也有很多可以替換。

妹妹靠著角落一團凌亂的布堆，迷迷糊糊睡著了。媽媽在敞開的門外晾衣服。飽含鹽粒的風從海的方向吹過來。阿湧聞到媽媽身上宛如發酵的汗酸味，心中湧起一陣熟悉的親暱。對他來說，那股有些刺鼻的氣味就是媽媽的味道。在黑暗中撫慰他，讓他心神安寧、踏實的味道。

阿湧走出貨櫃屋，蹲在媽媽身邊。他們住的這間貨櫃屋十分老舊，看得出時間和風雨無情的痕跡，屋內卻有方便的水電，甚至還有中古冷氣、冰櫃、音響這些他以前從沒享受過的家電品。他曾聽附近的大人說，這個被稱作「大家樂」的地方本來是簽牌站，基本設備一應俱全；即使沒有要買牌，鄰居和無所事事的閒人也會聚集在此喝茶聊天，對怯懦的賭客發表毫無責任的意見。簽牌熱潮消退後，屋主偶爾也會來這裡休息，或者招待朋友留宿，讓貨櫃屋一直保持活絡的人氣。阿湧很喜歡這間「大家樂」，不僅比他以往住過的房子都還大，更有一種祕密基地讓人興奮的奇幻和刺激感。如果真要挑剔，大概只有供奉在電視旁邊那尊臉孔斑駁的財神爺，晚上看起來有點恐怖而已。

他仰起脖子，無論怎麼伸長手臂，月亮都在他無法觸及、遙遠的天空。白銀色的光暈均勻地灑落在這個山海之間的狹長小鎮。媽媽的輪廓被照得立體分明，像遠方層次起伏的山脊。「媽媽。」阿湧不由自主地叫出聲，聲音帶著黏稠的依賴。

「嗯？」媽媽輕輕應了一聲，彎腰拿起一隻破洞的襪子。

「爸爸什麼時候過來和我們一起住？」

這個問題，阿湧不知問過多少次了。他很久沒有看到爸爸，也很久沒有聽媽媽提起爸爸的事。每次匆匆搬家，阿湧都以為他們終於要和爸爸團聚。但他總是一次又一次地失落，又一次次地提振心情安慰自己。或許要等他們搬到穩定的居所，爸爸才會出現。阿湧樂觀地想，「大家樂」是間好房子，有水，有電，有房間，爸爸應該很快就來了。不過這間貨櫃屋沒有門牌，阿湧擔心他找不到地方。

媽媽沒有回答。她繼續甩動衣服，表情看不出任何變化。

「我可不可以打電話給爸爸？」阿湧不死心，怯生生地追問。他凝視著媽媽肥厚的嘴唇，期盼那道柔軟的肉牆能吐露讓他雀躍的甘蜜。

但阿湧只聽到鼓動的風聲，和樹林間夜鷹高亢的鳴叫。遠方的海依舊規律地襲來一捲一捲的潮音。媽媽把最後一件褲子掛上衣桿，提起洗衣籃越過阿湧，沉默地走進屋內。

窗戶透出的光線暗了下來。「大家樂」頓時變成一具荒涼、失去神祕感的舊貨櫃。阿湧站起身，拍拍屁股沾黏的塵土，誇張地伸了個懶腰。「大家樂，大家都快樂！你快樂，我也好快樂！」他胡亂編織簡單的順口溜，一邊配合地用力扭動身體。他一個人在清冷的月光下熱烈地手舞足蹈，卻怎麼也無法掩飾潮濕的聲音裡，那故作歡樂的寂寞。

還是被發現了。班上同學團團圍住阿湧，視線都往他座位底下看。幾個剛進教室的同學一頭霧水，放下書包，也跟著擠過來湊熱鬧。鄰座的同學再也受不了簇擁的人群，不耐煩地開口問：「你幹嘛帶你妹妹來學校啊？」

阿湧今天一反遲到的常態，第一個到學校。一進教室，他就把妹妹偷偷藏在椅子底下。媽媽在便當店的工作時間越來越長，沒辦法再抽身回家照顧妹妹，妹妹也還不到能上學的年紀。阿湧捨不得她一個人在家，決定一大早趁導護生和糾察隊還沒在校門口站崗前，偷渡睡眼惺忪的妹妹進學校。

「我爸在國外工作，我媽要飛過去探親，順便喝下午茶。我妹妹太小了，還不能坐飛機，只好跟著我來學校。」阿湧爽朗地回答。

「那你媽怎麼不帶你一起去？」後方的同學問。

「我要上學啊。拜託，我在之前的學校可是品學兼優的模範生耶，連續蟬聯好幾年，當到我都不想當了。」

同學紛紛對他發出不以為然的噓聲。一個女同學蹲下來，興致勃勃地看著張著渾圓大眼、蜷縮成一團，宛如小兔子的妹妹。「你妹是破娃娃，她的衣服看起來好髒好舊喔。」

「什麼破娃娃？她叫洋洋，明明就是洋娃娃，妳才是破麻咧！」阿湧不客氣地對她大罵。女同學不甘受辱，漲紅著臉揮了阿湧一拳。阿湧激動地從椅子上彈起來，作勢要還擊，同學連忙拉開他們兩人。鐘聲響了。圍繞的同學一哄而散。阿湧小心翼翼地坐下，深怕無心的粗魯會撞到妹妹脆弱的頭部。

老師匆匆走進教室。行完禮後，打開課本便開始上課，沒有發現他的座位底下藏了幼小的妹妹。阿湧看著黑板，假裝認真地抄寫板書，盡量不引起老師的注意，其他同學朝他丟紙屑他也不為所動。妹妹有時輕輕捏他的小腿，他就從椅板縫隙遞下一朵紅豔的矮仙丹，讓她吸花筒內甜甜的蜜。

他們平安無事地度過了漫長的八堂課。放學前的打掃時間，妹妹從椅子底下慢慢爬出來，坐在灰塵瀰漫的地板舒展僵硬遲鈍的身體。阿湧聽到幾個男同學討論要去便利商店打遊戲機，心動地湊上去，想加入行動的行列。

「不要帶你妹啦，拖油瓶。」身材最高壯的同學看了一眼緊緊牽著阿湧的妹妹，一臉嫌惡地說。

阿湧皺起眉頭，心中非常掙扎。他想和他們一起去。他好久沒有和同年齡的小孩一起玩了。他一直在轉學，都快忘記有朋友是什麼感覺。可是他也放不下妹妹。她那麼小，講話帶著濃濃的臭奶呆，分不出燙和危險，還不懂得照顧自己。阿湧苦惱地低下頭，牽著妹妹的手不知不覺越握越緊。

「不然把她放在音樂教室，鎖上門窗，打完電動你再回學校接她？合唱團今天沒有練習，不會有人去那裡。」一個戴眼鏡的同學提議。

阿湧蹲下來，愧疚地看著妹妹黑白分明的濕潤雙眼。她毫無雜質、乾淨的瞳孔映出阿湧複雜的表情。阿湧咬了咬嘴唇，心一橫，拉著妹妹走向走廊盡處的美勞教室。他打開教師桌的抽屜，拿出一盒二十五色的蠟筆和圖畫紙，以及未開封的黏土，放進妹妹小小的手心。

「洋洋，妳在這裡畫畫等哥哥，哥哥等一下來接妳。」為了確定妹妹真的聽懂，阿湧跪在地上，膝蓋摩擦粗糙的地面，貼近她的耳朵。「晚上哥哥便當的肉肉給妳吃，好不好？」

妹妹緩緩地點頭。她盯著顏色豐富的蠟筆，眼睛發出水亮的光芒，像第一次看見寶物一樣。阿湧站起身，確認每一扇窗戶都扳上扣鎖，輕輕地掩上門。離開教室前，他再看了妹妹一眼。她背對阿湧，正拿起盒子裡的紅色蠟筆，專心地在圖畫紙上來回塗抹。

阿湧飛奔上前和同學會合，把罪惡的心情全拋向身後愈發遙遠的走廊。他跟著他們胡言亂語。無論同學說什麼，他都湊過去附和，理直氣壯地發表浮誇的意見。一群小男生熱熱鬧鬧地走到便利商店。遊戲機台前沒有人占領。他們爭先恐後地擠上去，急忙掏出身上的硬幣，每個人都想當第一個挑戰的英雄。阿湧趴在前方同學的背上，聽著輕快的電子音樂。搶到遙控桿的同學興致高昂地開始遊戲，其他人也隨著戰況高聲叫喊。阿湧從同學蠢動的身影縫隙看到投幣孔旁畫了十元的記號。他沒有錢。他的口袋裡只有清晨在學校花圃摘下、哄妹妹聽話的矮仙丹。他問壓在他身下那個戴眼鏡的同學，等等能不能借他一枚。

「你連十塊錢也沒有？你爸不是台商？」眼鏡仔轉過頭，詫異的口氣中帶著一點輕蔑。

「一聽就知道是騙人的，他家裡怎麼可能有錢？每次去福利社都眼巴巴望著五元的梅子糖，一定是窮得買不起。」旁邊的同學說。

「我的錢都存在銀行裡啦！有好幾百萬、好幾千萬，每次領都得領好多張，沒辦法只領十塊。」

「聽你放屁。沒錢玩就走開啦！不要和哈巴狗一樣在那邊流口水。」高壯的同學凶惡地揮趕阿湧，忽然像發現什麼奇異的事物，指著店門口一個背駝得都要貼地的老婦人，「不然你學那個老阿嬤，也去撿破爛賣。」

同學爆出尖銳的訕笑。老婦人沒聽見他們惡意的嘲諷，繼續顫抖著雙手壓摺紙箱，拾起傾倒滾動的米酒瓶。阿湧情緒失控地推了同學一把，兩人扭打起來，其他同學在一旁幸災樂禍地叫囂，偶爾跟著踢上一腳。阿湧臉上和腹部挨了幾記結實的拳頭，腦中忽然閃過妹妹弱小、無人保護的身影。他從混亂的人群中掙脫，大吼了一聲，頭也不回地向前狂奔。他的眼睛濕潤，喉嚨含著一股說不出的屈辱。但他沒有流淚。他奮力奔跑。街道和錯身而過的路人在他眼裡晃動。阿湧一心看著前方。遙遠的小學校舍終於從地平線下漸漸浮出輪廓。

大門已經關上，只剩一道窄小、無法通行的縫隙。阿湧魯莽地擠開鐵門，往最裡面的教室跑。「小朋友，你要做什麼！」工友從警衛室衝出來大喊。阿湧沒聽見似的繼續狂奔。安靜的校園，只有他沉頓的足音鏗鏘迴盪。

他奔過長長的走廊，心急如焚地往窗內看。妹妹還坐在教室裡，手中依然握著那枝紅色蠟筆，筆頭看得出來已經鈍了。阿湧壓住心跳不止的胸口，走入教室，跪坐在妹妹身邊。他一邊大口喘氣，一邊指著布滿紅豔圖塊的圖畫紙，問妹妹畫了什麼。

「花蜜。」妹妹天真地回答。舉起蠟筆，對著阿湧的嘴唇塗抹。「哥哥吃花蜜。」

細碎的粉塊掉進阿湧嘴裡，他的舌尖立刻傳來一陣令人作噁的苦澀。妹妹輕輕捏了他的小腿，仰起頭，露出純真的企盼。阿湧突然了解妹妹的意思。他將手伸進口袋，握住矮仙丹，然後宛如變魔術般華麗地攤開掌心。小小的花身早已壓扁，妹妹仍驚喜地拿起其中一朵，興高采烈地吸吮花筒裡的蜜汁。阿湧看著妹妹津津有味的神情，不由自主舔了舔嘴唇。他忽然覺得嘴巴裡粉粉的蠟筆碎塊，也變得像蜜一樣甜。

阿湧緊緊握著手心，急促地往「大家樂」的方向跑。他的心臟撲通撲通狂跳，腦袋卻變得輕飄飄的。他張開嘴巴呼吸，怎麼也無法順利吸進海風中帶著鹽粒的冰冷空氣。阿湧依舊亢奮地向前狂奔。汗水模糊了他手掌的知覺。他將悶濕的手心握得更緊，深怕那兩枚微小的硬幣會在不知不覺中，像冰塊一樣融化。

那兩枚硬幣，是阿湧剛才在便利商店換到的寶物。上次和同學去打電動，他看到老婦人笨重的回收推車裡放了好幾隻玻璃瓶。阿湧於是鼓起勇氣，帶著從海邊撿到的米酒瓶去便利商店，戰戰兢兢地交給百無聊賴、看上去是大學生的店員。店員愣了一會，看了看一臉驚恐的阿湧，從收銀機取出兩元，交放在他兩手迎上前的掌心。阿湧綻開不敢置信的燦爛笑容。店員莫名地看著他，嘴角也跟著微微上揚，隨後又恢復死氣沉沉的眼神，繼續靠著背後的菸櫃。

阿湧回想不可思議、意外的好運，仍然覺得那短短的一瞬間彷彿夢一般美好又不真實。他將手心握得再緊一些，確認幸福堅實的存在。

跑經鄰居家時，阿湧發現門口放了好幾隻空酒瓶。他停下腳步，一邊大口喘氣，一邊計數數量。十元。阿湧心頭閃過一記震顫。這些酒瓶可以換到一次打電動的錢。他下次就能和同學平等地、理直氣壯地搶遊戲機了。阿湧抵抗不了心中強大的誘惑，硬著頭皮走進敞開的門。無窗的客廳十分陰暗。神明桌在角落發出沉鬱的紅光。阿伯整個人鬆垮垮地坐在木頭沙發上，像一團失去彈性和希望的老皮。

「阿伯，門口那些酒瓶可不可以給我？」阿湧黑白分明的眼波在黑暗中閃動光澤。

「酒矸仔？你提酒矸仔欲做啥？」阿伯懶洋洋地抓了抓肩頭，興致索然地問。

「我想拿去換錢。」阿湧的聲音透露出緊張的情緒。他怕他羞恥的貪婪會被責罵。

「換錢？喔，換錢做啥？」

「我……我想買電話卡打給我爸爸。」阿湧說謊了。他的額角冒汗，手中的硬幣也緊緊黏住濕透的掌心。他感覺自己的脖子和臉都在燥熱地膨脹。

「打乎你爸？你爸嘸是跑路啊？」阿伯這時才抬起頭，略顯驚訝地看阿湧。

「夭壽骨啊，你嘜佇囝仔面頭前亂講話啦！」阿嬸忽然從後方的房間急步走出來，大聲斥責阿伯。她轉向阿湧，換上另一張柔和的表情，「阿湧啊，門口那些米酒瓶都給你，廚房後面還有幾瓶，阿嬸去拿，你等一下。」

阿嬸的身體傾斜一側，踩扁的拖鞋在地板上發出啪嗒啪嗒的噪音。阿伯仍癱坐在沙發上，一動也不動。他看著一個人立正在門邊，緊緊握著拳頭、有些局促的阿湧，忽然幽幽地開口說：「一個查某欲帶兩個囝仔也真辛苦。」

「對啊，無像恁查埔人攏存一支嘴而已啦！」阿嬸兩手拎著三隻酒瓶，拖著腳步走回客廳。她聲音響亮地吼了阿伯，然後轉過頭來，彎下腰，將酒瓶小心翼翼地交給阿湧。「阿湧乖，你媽媽養你們很辛苦，要乖乖聽她的話，幫忙照顧妹妹。」

阿湧接過阿嬸的善意，點點頭。阿嬸臉上的皺紋像年輪一樣深刻。她笑的時候，一道一道的鴻溝又往深處陷落，讓阿湧眼前升起一陣海浪湧動的錯覺。阿湧害羞地向阿嬸道謝。離開前，他也看了維持舒適坐姿、不以為意的阿伯一眼。雖然阿嬸親切又慈祥，身上也散發著和媽媽類似的汗酸味，阿湧卻更崇拜看起來有點懶散的阿伯。他似乎知道比較多的真理，然後在意想不到的時刻，誠實、毫不遮掩地說出事實真相。「大家樂」的事，也是他告訴阿湧的。

阿湧跑了三趟便利商店，才終於把所有的酒瓶都換成錢，店員原本滯鈍的眼神也由狐疑轉為不耐煩。阿湧細數錢幣數量，手心已經握不住零散的硬幣。他將零錢全部放進褲子口袋，兩手撐住鼓脹的口袋底部，微微曲著身子跳步回家。他覺得褲子好像重得都快掉了，時不時得停下來，把沉重的褲頭往上拉。

回到「大家樂」，媽媽正坐在窗邊，幫妹妹梳開打結的頭髮。今天是星期天，晚上便當店不營業。媽媽的眼神雖然疲憊，仍一臉滿足、難得優閒地陪伴妹妹。她伸直雙腿，任妹妹像調皮撒嬌的無尾熊在她身上爬來爬去。阿湧脫掉鞋子，忽然想起阿伯說的話。比起滿足自己幼稚的私欲和得到友誼，他更想要讓媽媽陰鬱困苦的神情綻放明亮的笑顏。他走向媽媽，緊挨著她粗壯的手臂，衝動地掏出口袋裡的所有零錢，一股腦交給她。「媽媽，這是我賺來的錢，妳留著用。」

媽媽詫異地看著阿湧，還有手中那些銅氣濃烈的硬幣。她用眼睛算了一下。十八元。極其微薄的金額，卻有著誠懇、懂事、令人感動的心意。媽媽的眼角接連掉下好幾顆透明的淚滴。妹妹傻愣愣地坐在媽媽大腿上不知所措，阿湧也慌張地看著淚流不止的媽媽。他以為自己做錯事了，趕緊低下頭，希望能得到媽媽的原諒。

「謝謝阿湧，你好棒喔，還賺錢給媽媽用。」

媽媽的聲音黏糊糊的。阿湧抬起頭，媽媽的眼淚又掉下來了。他有些怯懦地伸手抹拭媽媽臉頰上的淚痕，卻引發她更澎湃的情感浪潮。過了一陣子，媽媽激動的情緒終於逐漸平緩下來。她漾起溫柔的微笑，輕撫阿湧扎手的小平頭。「媽媽今天也發薪水了，晚上我們三個去逛夜市好不好？」

媽媽說每個人有一百元的額度，要吃章魚燒、喝果汁，還是撈金魚、射氣球、坐小火車都可以。妹妹聽到食物和玩遊戲興奮地又叫又跳，阿湧卻覺得有點恍惚。今天一次降臨太多意料之外的好運，他有種不切實際的虛幻感。他搓了搓手中潮濕的汗垢，湊近鼻子一聞，確認錢幣的銅臭氣，真的來自不敢置信的現實。

天色變暗後，他們三個踏著輕快的腳步出門。阿湧覺得自己好像變成一顆輕盈活潑的氣球，若不是被媽媽牽著手，他可能真的會飛上天空。他抬起頭，今晚沒有月亮，連一點稀薄的雲氣也沒有。晴朗深邃的墨色天空布滿璀璨華麗的星鑽。阿湧被那條霧帶似的銀河深深迷惑。他眨了眨眼，不確定剛才那顆尾巴噴射綠色火光、一閃即逝的絢爛光點究竟是流星，還是他眼裡因感動而泛淚的光暈。

走在水泥堤防上，海浪的脈動就在腳下。每次潮水襲上陸地，都會傳來一陣舒服、宛如心跳的震動。可惜夜幕讓阿湧分辨不出海面和礫灘上滾動的石頭，他只勉強能看見浪花細長暈白的飛沫，前進，消失，前進，消失，像是讓人放下戒心的溫柔觸摸，輕撫陸地一次又一次被海潮撞擊的疼痛。

即使離開海岸，進入燈火輝煌的鬧區，阿湧的耳裡仍迴盪著海水湧動的潮音。直到走進夜市，與心跳合拍的潮湧才逐漸淡去，被喧嚷嘈雜的人聲覆蓋。棺材板。烤肉串。蚵仔煎。滷味。牛排。阿湧和妹妹看著繽紛、讓人眼花繚亂的招牌，一時間不知所措，完全忘記他們一路上的雀躍和天馬行空的安排。他們甚至沒意識到飄進鼻孔的油煙，帶著肉汁熱騰騰、惹人垂涎的香氣。

「想吃什麼？媽媽想買潤餅和臭豆腐。」媽媽拉了拉他們鬆軟的手，喚回兄妹倆的注意。

妹妹搖搖頭，緊緊摟住媽媽的腿。眼前的光景對幼小的她來說太陌生，她覺得那些巨大的看板、燈光和粗魯的人群都像怪獸一樣可怕。阿湧緩緩瀏覽每一格窄小的攤位，深深吸一口氣，終於聞到油膩的香味。「鹹酥雞，」他指著前方升起裊裊白煙的攤子，「我想吃鹹酥雞。」

媽媽交給阿湧一百元，和他約定買完後到旁邊有座位的超商集合，她帶著妹妹一起行動。「人很多，小心安全。」媽媽彎腰附在阿湧耳邊說，仍不自覺提高音量，深怕她的叮嚀會被紛擾的人聲淹沒。

阿湧點點頭，和媽媽她們分開，一個人走至鹹酥雞攤。他踮起腳尖，看著攤車上琳琅滿目的食物。他不由自主嚥了一口口水，觀察其他顧客怎麼購買。有人輕鬆地拿起夾子和塑膠盆夾取想要的食材，也有幾個大人撕下懸掛的菜單，在上頭畫記後依序放上平台。阿湧仰頭看了價目表，決定直接對著站在油鍋前晃動炸網的老闆點餐。

「老闆，我要一份鹹酥雞。」

老闆聽到聲音回頭看。阿湧怕攤子遮擋住他矮小的身高，特意走到油鍋和攤車之間的縫隙。他近距離看著油鍋裡跳動的食物，心情莫名亢奮。熱油的香氣和鮮味逼得他必須不斷吞口水。老闆放下另一批炸籠後，拿濾網撈起油面上細碎的浮渣，丟進一旁的垃圾桶。

「那些鹹酥雞不要了喔？」阿湧驚訝地問。

老闆面無表情地看了阿湧一眼。「只是麵衣而已。」

「那給我，我要！」

老闆皺起眉頭，又看了阿湧一眼，什麼話也沒說，繼續攪動油鍋內翻騰的食物。

等了將近五分鐘，老闆輕輕甩動炸網，將炸好的雞塊和剛才撈起的渣末一併倒入紙袋，交給眼神滿溢波光的阿湧。阿湧把找回的零錢緊緊握在手心，拎著鹹酥雞，朝約定的超商走去。蒸騰的熱氣和油煙薰染他的手指。他湊近袋口聞了聞，露出幸福的微笑。

阿湧迫不及待想回到媽媽身邊，和妹妹一起享用香味四溢的肉塊，一抬起頭，忽然看見前方有個熟悉無比的背影。茂盛的亂髮。粗脖子。陡降、下垂的肩膀。分際不明顯的腰和屁股。走路外八。還有感覺吊兒郎當、漫不經心的氣質。是爸爸。一定是爸爸。那插著口袋、手臂時而像拍翅一樣反折的奇怪姿勢不會是別人。爸爸來了。爸爸來找他們了。

阿湧激動地向前跑。他要快點叫住爸爸、握住爸爸的手才行。他一心只想著前進，毫不客氣地衝撞擋住他去路的人，逆向走來的人群卻一陣一陣湧上，彷彿惡意的潮水不斷將他推回後方。他一再奮力前行，努力擠開晃動的手肘和堅實的身體，那一股一股洶湧、毫不間斷的人潮還是將他沖回原處。他無法動彈，就像困在強勁的浪頭中一樣。無論他怎麼抵抗，盲目澎湃的人潮依舊推翻他向前的意志。

「爸爸！」阿湧用力大叫。前方那個背影並沒有被撼動。「爸爸！」他使盡最大的力氣縮小腹，發出他這輩子最洪亮、最椎心、最暴烈、最疼痛的嘶吼。聲音仍無法從擁擠的人潮中傳出去。嘈雜的笑語宛如千萬顆滾動的礫石，在他耳裡和體內強烈震動。他感覺得到自己的嘴巴在動，但他聽不見聲音。他彷彿全身都淹沒在翻湧的大海中，意識變得恍惚，身體也逐漸失去力氣。他的眼前突然出現一位身材異常高壯的大人，就像那道舉著鐮刀的大浪，一股腦將他撞倒在地。手上的鹹酥雞從袋子裡滾出來。阿湧倒臥在骯髒的地面，後腦勺閃過一記刺痛。他緩緩睜開眼睛。天空是黑的，瀰漫著渾沌的煙霧。眼前渾圓的鹵素燈發散刺目、令人暈眩的光芒。阿湧闔上眼皮閃避光亮。他還以為月亮什麼時候出來了。

他忽然像恢復記憶似的連忙坐起身，慌張地眺望前方。那個背影不見了。爸爸的身影被奔騰的人潮沖散了。阿湧溫熱的淚水湧上來。他的喉嚨被無能為力的痛苦緊緊掐住，四肢也滿是激烈衝撞後僵硬的疲勞。媽媽遠遠看見阿湧一個人坐在地上哭，著急地牽著妹妹跑過來。

「媽媽，」阿湧臉上的淚痕十分清晰，呼吸也變得紊亂不已，「我剛剛看到爸爸了。」

聽見那個封印的關鍵詞，媽媽的身體震了一下。她眼裡的水位逐漸滿溢，驚慌地往阿湧手指的方向看去，但她即將潰堤的情感卻突然急剎止步。淚水層層消退。她扶起阿湧，輕輕拍了拍他屁股上的碎石和髒汙，語調毫無起伏地問：「有沒有受傷？」

媽媽的冷淡讓阿湧非常意外。他沒有說謊，他不懂媽媽為什麼沒有欣喜、瘋狂、驚訝、流淚、吶喊……任何理所當然的反應。他焦急地抓住媽媽的手說：「爸爸來了，真的，就在前面那邊，他一定是找不到『大家樂』，妳快點去找他！」

媽媽沒有說話。她撿起地上那包被踩扁的鹹酥雞和掉落的零錢，牽著妹妹和阿湧的手，走出喧鬧的夜市。阿湧回頭看爸爸消失的方向。浮動的人群遮蔽了他的視線。他被媽媽拉回身，顛簸走了幾步，又不捨地轉過頭。後方行人超越阿湧踉蹌的步伐，撞了他的肩膀一下。迎面而來的路人不小心踩到他閃避不及的腳趾。人流毫無規則地湧進湧出，阿湧的身體和視線也跟著忽高忽低，在翻騰的人潮中載浮載沉。他放棄抵抗，任由媽媽拉著他，隨人群一起前進或倒退。就像是茫茫大海裡，其中一片澈底被馴服、失去個性的波浪。

海浪綻開花白的泡沫，將潮水推湧上岸，淹蓋過阿湧赤裸的腳掌。他不以為意，繼續低著頭，專注地尋找海灘上廢棄的米酒瓶。或許清潔隊員稍早之前來過了，礫石灘上幾乎沒有垃圾，連原本凹凸不平的灘面也變得異常平整，失去平常生機蓬勃、野性的活力。阿湧兩手空空，喪氣地想，以後是不是再也沒有米酒瓶可撿，賺錢去夜市了呢？

妹妹坐在離潮線略遠的岸邊，一個人疊石頭玩。阿湧不死心，繼續往更遠的海灘走，碰巧遇見鄰居阿伯也站在潮濕的灘地上。他嘴邊叼著一根即將燒盡的菸，眼神迷離地望向湧動的大海。阿湧走近他身邊，禮貌地打招呼。

「喔，阿湧喔。」阿伯平靜地看了他一眼，又將視線轉回海面。隔了一陣子，阿伯才像臨時想到似的問：「你買著電話卡未？」

「還沒。」阿湧心虛地回答。他怯生生地看著阿伯飽經風霜的側臉。他刀痕似的皺紋比阿嬸更深邃，眼尾拖得更長，像一尊木頭雕刻、被香火薰赭的寧靜佛像。阿湧心中忽然湧起一股強烈的衝動，如果是阿伯的話，說不定會知道、也能告訴他那個祕密的答案。阿湧小小的心臟撲通撲通狂跳不止。他鼓起勇氣，深呼吸，聲音有些顫抖地問：「阿伯，你知道我爸爸去哪裡了嗎？」

「你爸？」阿伯聽完後沉思很久。香菸最後的火星在他的唇間忽明忽滅。海風吹散了菸嘴脆弱的灰燼。沉默讓阿湧的心志一點一點軟弱下去。他咬了咬嘴唇，正打算默默離開，阿伯終於開口了。

「可能……佇海的另外一邊吧。」阿伯瞇起眼睛，指著遙遠的海面。「你看遐，有看著無？烏烏的海水遐，彼是『烏流』，就是國語講的『黑潮』。烏流流甲足緊，內底也會有足多大魚仔，是天公伯互討海仔的禮物。佇岸邊若是會當看著烏流，就表示魚仔來了，漁獲一定會大收。」

阿湧學阿伯瞇著眼睛，眺望遠方黑色的潮水。前方湛藍的海水邊界有一條明顯的線，隔開另一段墨色的水體，而那段黑海遙遠的後方，則是一大片夜氣逐漸瀰漫開來的天空。他不確定阿伯說的海的另一邊究竟是哪裡。除了海、天空和亮起火光的漁船外，他什麼也看不見。

「阿伯，你是說，我爸爸在黑潮過去那邊嗎？」

阿伯好像有回答，又好像沒有。浪花在他們腳尖前破碎。阿湧只聽得見海潮來回湧動的聲音。岸上礫灘堅硬的邊角，好像又被潮汐侵蝕掉了一點。

阿伯抬頭看了看天色，對阿湧說：「天欲烏了，你卡早帶你妹妹轉去。」他把菸蒂投往湧上的潮水。海浪退回，一併帶走那個輕微的垃圾。它在海面上隨著浪沫漂浮，像一顆不清楚的汙點，逐漸漂向海的中心，離岸邊越來越遠。

阿伯轉身，徑自離開阿湧身邊，慢慢朝乾燥的岸上走去。妹妹還坐在原地堆疊石頭。她似乎完成了一座小巧可愛的尖塔，開心地對著美好的成績拍手歡呼。阿湧回過頭，繼續望著遠方遼闊的海。深邃、幽暗的潮流在他看不見也聽不到的海面下湧動。天空越來越暗，一點一點模糊海和天的分際。他努力將所有感官能力都集中向視覺，盡可能將視線往遠方延伸、延伸、再延伸，希望在黑色的潮湧之後，能再次看見那道熟悉的身影。

後記

比霧更輕、更小的事

我一直記得那幅景象。有一天，我沿著工廠旁的排水溝行走，自己一個人玩著想像中的遊戲。那時候我的時間還很多，沒有大人管我。經過一間廢棄的鐵皮屋，我看見一個年紀比我大一點的男孩子，穿著附近國中的制服，坐在灰色的陰影裡。他應該是中輟生。我們那邊有很多這樣的人。有時在電動玩具店，有時在雜貨鋪旁的電話亭。他沒有發現我的存在。他推推鼻子，把臉埋進雙手中，搓揉起塑膠袋內的乳狀物，然後閉上眼睛，深深吸一大口氣。幾秒之後，他的手臂像失去力氣般慢慢軟了下來，眼皮抽搐幾下，翻起眼白，口水就從他閉不緊的嘴角流了出來。他的身體一點一點朝某一邊傾斜，偶爾像觸電一樣顫抖。最後他倒在滿是灰塵和碎屑的水泥地上。他的腳邊有一條牙膏狀的軟管，上面寫著「強力接著劑」。

他在笑。一邊打嗝一邊咯咯笑，像嬰兒一樣快樂。年幼的我對於眼前的景況懵懵懂懂，卻深深震撼於那股強烈而神聖的氣氛。他在他築起的世界中昏厥、發狂、浪遊、作夢、墜落，然後笑。那短暫的片刻，他得到純粹的快樂。

寫作之於我，也是同樣的存在。

現實生活中，我是個聲音很小、無足輕重的人。念書時被同學嘲笑是自閉症，出社會後很少人願意耐著性子聽我把話說完，工作之外，更不會有人問我的意見。旁人看來，我像是一間空無一物、破舊的廢棄工廠，一個懦弱的失敗者，總是兩眼空洞地望著他們。但我其實著迷於觀察，著迷於語言底下隱隱流動的事物，著迷於想像，著迷於建構微型的、有點骯髒、帶著汙垢的世界。寫作的時刻，我是唯一自由的。

這部作品就是我閉起眼、一頭陷入的腦中幻境。首先是那個開心地往水溝裡打撈寶物、髒兮兮的男孩，仰頭看窗外浮雲的上班族，躺在河底聽伏流震動的年輕女人，接著是望著濕地和老伴嘆氣的老先生，在大霧中迷失對父親感情的兒子……。他們總像是在追尋什麼，或者，在一片汙濁的風景中試圖捕捉一點點霧狀的什麼。他們有的走過我面前，看著我，對我說了一些話，有的則是互相交換眼神，沉默地錯身而過。那通常是在清晨空氣還有點藍的時候。我的呼吸很淺。畫面時而像閃電時而像小小的雨。他們口中噴出的氣息暖暖地留在我的臉頰上。我好像醒過來，又好像沒有。總之，我開始迷迷濛濛、說起一些自以為是的故事。

這原本只是我低調任性的自由，它得以從平面的字句躍起、以立體的面貌展現，要感謝許多人善意的協助。謝謝國藝會和文化部提供補助，讓我生活不至於匱乏。謝謝九歌出版社羅珊珊主編與相關工作團隊，在一群寫作者中看見平庸的我，並給我表現的機會。謝謝明益老師、宜澐老師和克襄老師為我說話，我寫得不夠好，你們仍願意給予我溫暖的鼓勵，我會努力以更好的作品來報答。謝謝我的家人和朋友，如果沒有你們，這一切不可能成為意義。

也謝謝願意打開這本書的每一位讀者。作品能說的一向比我自己還多，希望我創造的這個潮濕、不完美的世界，也能在你們心裡留下一些幽微的顫動。

九歌文庫 1233

捕霧的人

作者　黃暐婷
責任編輯　羅珊珊
創辦人　蔡文甫
發行人　蔡澤玉
出版發行　九歌出版社有限公司
臺北市105八德路3段12巷57弄40號
電話／02-25776564・傳真／02-25789205
郵政劃撥／0112295-1
九歌文學網　www.chiuko.com.tw
印刷　晨捷印製股份有限公司
法律顧問　龍躍天律師・蕭雄淋律師・董安丹律師
初版　2016年9月
初版 2 印　2018年7月

定價　320元

書號　F1233
ISBN　978-986-450-085-7（平裝）

本書榮獲　文化部 MINISTRY OF CULTURE　藝術新秀出版贊助
財團法人｜國家文化藝術｜基金會 National Culture and Arts Foundation　創作補助

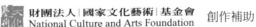

國家圖書館出版品預行編目資料

捕霧的人 / 黃暐婷著. -- 初版. -- 臺北市：
九歌, 2016.09

面； 公分. -- (九歌文庫 ; 1233)

ISBN 978-986-450-085-7（平裝）

857.63 105014671